HEYNE
HARDCORE

GREGOR WEBER

# ASPHALT SEELE

ROMAN

WILHELM HEYNE VERLAG
MÜNCHEN

Das komplette Hardcore-Programm sowie den monatlichen Newsletter finden Sie unter www.heyne-hardcore.de

Weitere News unter www. facebook.com/heyne.hardcore

Der Verlag weist ausdrücklich darauf hin, dass im Text enthaltene externe Links vom Verlag nur bis zum Zeitpunkt der Buchveröffentlichung eingesehen werden konnten. Auf spätere Veränderungen hat der Verlag keinerlei Einfluss. Eine Haftung des Verlags ist daher ausgeschlossen.

MIX
Papier aus verantwortungsvollen Quellen
FSC www.fsc.org
FSC® C083411

Verlagsgruppe Random House FSC® N001967

Vollständige deutsche Erstausgabe 09/2016

Redaktion: Heiko Arntz
Printed in Germany
Umschlaggestaltung: Johannes Wiebel/punchdesign, München,
unter Verwendung eines Motivs von © mathias the dread / photocase.de
Satz: Schaber Datentechnik, Austria
Druck und Bindung: CPI books GmbH, Leck

ISBN: 978-3-453-27020-6

www.heyne-hardcore.de

*1999* *Der See glitzert im tiefen Licht der Sonne. Weiße Dreiecke flirren auf dem Wasser. Hier und da Juchzer und Kreischer. Platschen und Klatschen. Man kann es hören bis zur Terrasse des Restaurants, aber angenehm gedämpft. Den Nachmittag haben die vier Männer auf dem Wasser verbracht. Einer von ihnen, Speedy, kann segeln, und sein Vater hat ein Boot hier am See. Auf dem Boot hat er es als Zehnjähriger gelernt.*

*»Macht euch einen guten Tag damit, Junge«, hat der Vater gesagt.*

*Sie sind hoch am Wind zur Mitte des Sees gekreuzt. Dort haben sie Anker geworfen, sind geschwommen, haben Bier getrunken und rumgeblödelt. Nach zwei oder drei Stunden haben sie wieder Segel gesetzt und sind keine halbe Stunde später in den kleinen Hafen auf der anderen Seite eingelaufen. Sie haben Eis gegessen und sich dann vom rauen Wind bis an den Anleger zurücktragen lassen. Die drei Nichtsegler haben die Flaschen weggeräumt und allgemein Ordnung unter Deck gemacht, während Speedy, der Skipper, die Segel festgezurrt und mit einer Persenning umhüllt, die Pinne festgelegt, alle Leinen noch mal sauber aufgeschossen und Fender ausgebracht hat. »Seeklar zurück machen«, hat er es genannt und lachend den Kopf geschüttelt.*

*Jetzt guckt er von der Restaurantterrasse noch mal auf das Boot und hebt seine Bierflasche. »Mein Alter wäre so verflucht gerne Kapitän geworden.«*

*»Dein Alter ist okay. Ich meine, wer gibt Typen wie uns sein schickes Boot, woll?« Quitte prostet Speedy zu.*

*Alle lachen. Bongo sagt: »Der Einzige hier, der kein Boot haben sollte, bist du, Alter. Wir mussten Kaution hinterlegen, damit du mitdarfst.«*

*Quitte zieht seine dunklen Augenbrauen zusammen und sieht einen nach dem anderen an.*

*»Ährlich?«*

*Alle nicken todernst.*

*»Gibbet doch nich. Ich dachte, dein Alter mag mich, ey. Der ist immer voll nett zu mir.«*

*Speedy seufzt.*

*»Tja. Er ist halt höflich.«*

*»Nä.«*

*»Doch.«*

*»Näääääää. Dat glaub ich nich.«*

*Jetzt können die anderen drei nicht mehr die Fassung bewahren.*

*»Reg dich nicht auf, Quitte. Alles cool. Keiner hat Kaution bezahlt. Und mein Vater mag dich.«*

*Quitte haut Speedy mit der flachen Hand auf den Hinterkopf.*

*»Ich bin immer hinter dir, Alter. Vergiss das nicht. Und jetzt schuldet ihr mir eine Runde.«*

*»Ne Runde?«, meldet sich Bongo wieder. »Wir zahlen uns und dir 'ne Runde, oder wie? Also jeder soll ein Getränk für sich kaufen und ein Drittel Getränk für dich? Richtig? Oder meinst du, jeder von uns zahlt 'ne Runde? Jeder von uns außer dir natürlich. Oder wir alle zahlen dir eine komplette Runde? Also wir drei kaufen gemeinsam eine Runde, die du aber allein trinkst? Oder, ganz wilde Nummer: Jeder von uns drei kauft eine Runde für dich, und du trinkst die alle?«*

*Quitte sieht Bongo wütend an. »Hör auf mit der Klugscheißerei, Bongo, hörsse?«*

*Bongo zuckt übertrieben mit den Achseln.*

*»Ich mein' ja nur. Ich möchte eben verstehen, was du sagst. Das ist oft schwierig, Quitte. Du hast so komplizierte Gedanken.«*

*Die zwei anderen haben sich bisher zusammengerissen, aber jetzt spritzen Speedy Mayo aus der Nase und Krümel von den Pommes. Der vierte, Mücke, hat noch gar nichts gesagt. Er hält die Hand vor den Mund, als könnte er so sein Lachen verstecken. Er ist der Jüngste am Tisch.*

*»Leck mich, Bongo. Du, du und du«, er zeigt nacheinander auf seine Kumpels, »ihr schuldet mir ein verkacktes Bier. Eins«, er hebt einen Finger. »Dafür, dass ihr den ältesten und trotzdem geilsten Typ am Start so mies behandelt habt. Wer das wie bezahlt, is' mir völlich egal. So. Und getz will ich bitte in Ruhe mein Schnitzel verputzen, ihr Saftsäcke.«*

*Quitte ist ein Typ, der schnell mal die Beherrschung verliert. Das konnte manchmal zum Fürchten sein. Aber sie kennen sich schon eine Weile, und jeder am Tisch weiß, dass er im Grunde ein lieber Bär ist.*

*Die Sonne versinkt glutrot hinter dem Horizont, das Gras ist sattgrün, vom See weht eine kühle, modrige Brise. Das Essen duftet und schmeckt wie das pure Leben, an den Bierflaschen läuft schimmernd Kondenswasser herunter.*

*Sie werden oft an diesen Tag denken in den nächsten Jahren. Nicht, dass es danach nur noch schlechte Tage geben wird. Das nicht. Aber in ihrer Erinnerung wird dies der letzte Tag gewesen sein, an dem sie sich frei und unbesiegbar fühlten.*

Manche Tage ziehen sich endlos hin. Schon auf dem Weg zur Arbeit erscheint mir dann der Asphalt wie ein Laufband am Flughafen, auf dem ich in die falsche Richtung gehe. Ich komme einfach nicht vorwärts. Der Kerl im Glaskasten findet den Summer nicht. Die Tür klemmt. In der Kantine stehe ich ewig an für einen Kaffee, der dann nur lauwarm ist, was zu der immer gleichen Frage führt, nämlich warum ich nicht wie alle anderen eine Kaffeemaschine im Büro stehen habe. Den Vormittag über schiebe ich dann Papierstapel auf meinem Schreibtisch von links nach rechts, gucke, dass sie dabei ein winziges bisschen kleiner werden, indem ich mich aufraffe, den Scheißkasten von uraltem PC anzuwerfen, um irgendwelche »Vorgänge« zu »bearbeiten«. Irgendwann mittags verziehe ich mich dann nach draußen, weil ich die Kantine nur einmal am Tag ertrage, und das eine Mal ist mit dem Morgenkaffee schon verbraucht. Ich latsche rum, gehe entweder ins »Rhodos« oder in die »Eiche« oder ziehe mir einen Imbiss rein. Burger-Döner-Rindswurst. Egal. Am Nachmittag – schon das Wort klingt nach zu engen Hosen und quietschendem Bürostuhl – setze ich die meditativen Sinnlosigkeiten des Vormittags fort, bis ich die vorgeschriebene Mindestzeit abgehockt habe und rauskann. Danach bisschen einkaufen, vielleicht ein paar Bier im »Schlabbekicker« und ab nach Hause.

Das sind die guten Tage.

An den weniger guten Tagen kriegen wir neue Kundschaft auf der Straße. Oder wir erschrecken die alte. Weil irgendein Oberhirsch findet, »dass wir mal wieder was machen müssen«. Wobei die Oberhirschen lustigerweise dabei nie was machen – was heißt hier also »wir«? Solche Tage sind dann gern Nächte. Ich ducke mich mit ein paar Kollegen an irgendeiner Straßenecke in den Schatten, muss leise keuchen, weil die Schutzweste zu eng ist, und hab die Hand an meiner SIG Sauer P6 im Hüftholster, bis jemand sagt: »Jetzt.« Dann rumpeln wir in eine schlecht beleuchtete Bude, in der illegal gezockt oder Stoff gepanscht wird oder benebelte Frauen ungewaschene Schwänze lutschen. Wir schreien rum und schubsen stinkende und verdammt schlecht gelaunte Typen an die Wand, während kreischende Frauen an unseren Jacken zerren, bevor unsere Mädels sie auf den Boden drücken. Die jungen Kollegen rennen den Vollidioten nach, die tatsächlich denken, dass sie es mit dem Zeug, das sie nicht dabeihaben dürfen, bis ins Klo oder womöglich auf den Hinterhof und dann nach Hause schaffen, und danach gibt es noch mehr Geschrei und blaue Augen und ausgekugelte Arme und den Satz »Scheißbulle, ich fick deine Mutter« in allen möglichen Sprachen. Ich bin dann froh, dass ich nur Deutsch verstehe, weil das hier kaum noch einer spricht. Zumindest nicht an diesen Tagen.

Mein Name ist Ruben Rubeck. Ich bin siebenundvierzig, sehe aus wie siebenundfünfzig und fühle mich manchmal wie siebenundachtzig. Für siebenundachtzig bin ich aber noch ziemlich fit. Geschieden, kinderlos und Kriminalkommissar, was in meinem Alter ein lächerlich niedriger Dienstgrad ist, aber das geht mir ganz ehrlich am Arsch vorbei. Ich komme zurecht. Ich wohne seit fünfzehn Jahren in Frankfurt und bin hier genauso lange Bulle.

Das Bahnhofsviertel ist mein Revier und meine Gegend. Viele denken, ich würde da wohnen, weil mein Geschmack so mies ist, weil ich mich im Dreck wohlfühle und mit meinem Gesicht sowieso nirgends sonst in Frankfurt eine Wohnung bekäme, aber das stimmt nicht.

Ich hab's einfach gern nah zur Arbeit.

Haha.

Dieser bestimmte Tag war ein guter Tag. Er zog sich, tat aber nicht weh.

Zuerst jedenfalls nicht.

Ich hatte pünktlich mein Büro hinter mir zugemacht, in dem ich allein sitze, weil die Leute sich meine Launen ersparen wollen. Ich musste nichts einkaufen, weil ich am Tag vorher gerade einkaufen war. Ich konnte also gleich ab in den »Schlabbekicker«.

Hennes stand hinterm Tresen, wer auch sonst?

»Ei Gude, wie?«, mümmelte er und griff nach einem Bierglas, um es unter den Zapfhahn zu halten.

Das ist zu Hause.

Nix bestellen müssen. Noch nicht mal »das Übliche« sagen müssen. Einfach an die Bar schieben, und alles ist klar.

Hennes stellte das Bier vor mir ab.

»En Kurze dazu?«

»Noch nicht. Danke.«

Hennes nickte.

»Hennes, machsde uns noch ein Gedeck?«, lallröhrte es aus der Ecke. Die Rentnergang. Echte Frankforder. Früher Großmarkt. Breite Schultern, eingeschlagene Nasen, rote Gesichter.

Stimmen wie grobes Schleifpapier auf Granit. Schwielige und knotige Hände.

»Ach, der Sheriff! Alles fit?« Die drei lachen sich immer kaputt, wenn sie mich sehen. Ich hob mein Bier und nickte, prostete den Jungs zu.

Über ihrem Tisch stand eine dicke Qualmwolke, und das ist fast das Beste am »Schlabbekicker«: Einraumgaststätte bis fünfundsiebzig Quadratmeter mit einfachen Speisen – die dürfen selbst entscheiden.

Ich zog meine Roth-Händle aus der Jacke und schnippte eine raus. Die ganze Rauchhysterie hat auch was Gutes. Ich quarze tagsüber viel weniger, weil mir der Weg in den Innenhof der Wache einfach zu weit ist. Und im Herbst und Winter stelle ich mich da gar nicht hin, da kann ich mich beherrschen. Finde ich unwürdig, so bibbernd da draußen zu stehen und zu süchteln. Ich will lässig aussehen beim Rauchen, das ist schließlich der Sinn der Sache. Abends hole ich dann nikotinmäßig allerdings ziemlich auf. Ist ja auch egal, mir schmeckt's jedenfalls noch.

Hennes stellte mir kommentarlos das zweite Bier hin, wartete einen Augenblick, bis ich das erste ganz leer hatte, und nahm es mir ab.

Lief super.

Ein Bier später bestellte ich mir Rippcher mit Kraut. Danach einen Obstler, der hier richtig gut ist. Von Hennes' Bruder, der wohnt im Taunus und hat eine Streuobstwiese.

Das Bier nach dem Obstler schmeckte dann wieder so gut wie das erste des Abends.

Dann ging die Tür auf. Das tat sie zwar öfter, weil der »Schlabbekicker« beliebt ist, aber wenn Ina reinkommt, dann unterscheidet sich das doch immer erheblich von den anderen Malen.

Ina tritt nämlich auf.

»Nabend, ihr Drecksäcke«, trällerte sie und fuchtelte dazu mit ihrer Kippe herum. Hennes ging an die Kaffeemaschine, weil Ina hier vor der Schicht immer Kaffee trinkt. Der »Schlabbekicker« ist für eine Menge Leute ein Zuhause, und Hennes kennt die Gewohnheiten seiner Stammkunden.

Ina schob den Barhocker links von meinem mit dem Fuß näher ran und drückte sich eng an mich, während sie sich draufsetzte.

»Hey, Bulle«, kitzelte mich ihre rau-samtene Stimme im Ohr, während sie ihre Hand auf meinem Oberschenkel parkte. »Kommste nachher vorbei?«

Ina schafft im »Love's In« an. Früher hat sie nur in erstklassigen Läden gearbeitet, aber vierzig ist einfach ein scheißhartes Alter für eine Nutte. Obwohl Ina immer noch spitze aussieht. Ich hab ihr mal geholfen, Jahre her. Ich mag sie echt gern.

»Denke schon«, grinste ich, und dabei fiel mir auf, dass ich ziemlich betrunken war. Ich grinste nämlich total bescheuert.

Ina lachte laut.

»Wie es aussieht, werden wir mal wieder bloß quatschen und Piccolo nuckeln. Na, mir soll's egal sein, ist deine Kohle.«

Ich mache mir da nichts vor: Wenn ich Ina im Puff besuche, bin ich auch bloß ein Freier. Aber wenigstens einer, den sie schon kennt.

Sie trank ihren Kaffee flott aus. Der Kaffee ist bei Hennes nie sehr heiß. Sie gab mir einen spitzen Kuss auf die Wange, und ich grinste noch dämlicher als vorher. Ich hatte ja inzwischen noch ein Bier intus.

Die nächste Stunde hielt ich mich biermäßig zurück. Ich trank sogar einen Kaffee. Wenn ich wirklich noch zu Ina gehen würde, wollte ich sie schließlich nicht enttäuschen. Oder eher mich. Ina ist es vermutlich ziemlich egal, wie fit ein Freier ist, Hauptsache, er zahlt, kotzt die Bude nicht voll und benimmt sich einigermaßen.

Gegen elf stand ich auf der Straße und beschloss, erst mal zu testen, wie breit ich wirklich war, bevor ich eine Entscheidung traf. Ich streunte kreuz und quer durchs Bahnhofsviertel. An Stripclubs und Tabledance vorbei, Peepshows, Spielhallen und Puffs. Wenn's einer von den schlechten Tagen war, hasste ich das Viertel, dann ekelte mich der Dreck an und die Gier. Die billigen Vergnügen, für die eine Menge Frauen am Ende teuer bezahlen.

Aber an einem guten Tag und mit ein paar Bierchen im Bauch fühle ich mich echt gut hier. Die Neonlichter, die erlebnisgeilen Spießer, die Dealer und die Koberer. Dazwischen die Handyshops und Imbisse. Wenn ich dann durch die Moselstraße latsche und die Bankentürme sehe, weiß ich doch genau, wo die Verbrecher hocken.

Ich trieb an den Clubs vorbei, die Sex, Sex, Sex schrien, und kurvte schließlich in eine weniger belebte Ecke. Ich musste eine Entscheidung treffen, wie der Abend weitergehen sollte. Zwei freie Tage lagen vor mir.

Und dann hörte der Tag auf, einer von den guten zu sein. Er wurde richtig mies.

Jemand schoss auf mich.

Also nicht auf mich, aber auf jeden Fall schossen da welche um sich, und ein verdammter Querschläger war knapp an mir vorbeigesaust. Das Gute daran, dass man einen Schuss hört, ist, dass man nicht tot ist.

Vor mir stand eine hysterisch schreiende junge Frau auf dem Bürgersteig. Ich machte zwei erstaunlich flotte und sichere

Schritte, warf mich auf sie und brachte sie kontrolliert zu Boden. Gelernt ist gelernt, auch mit Bierchen. Sie schrie dann allerdings noch hysterischer und versuchte, mich abzuschütteln.

»Ich bin Polizist, keine Panik. Hören Sie? Ich. Bin. Polizist.«

Wenn sie meinen Atem riechen konnte, dann würde diese Information sie auch nicht sehr beruhigen.

»Hilfe«, heulte ein Typ rechts von mir. »Hilfe!« Er kauerte keine fünf Meter entfernt in einer Hofeinfahrt und hatte den Kopf in seine Hände geklemmt wie in einen Schraubstock. Die Frau hörte auf, sich zu schütteln und krampfte sich stattdessen brettsteif in meine Arme.

Es fielen wieder zwei Schüsse, schnell hintereinander. Zwei verschiedene Waffen. Keine kleinen, das stand fest.

Ich konnte nicht weit gucken, weil mir ein großer Müllcontainer die Sicht nahm.

»Wir kriechen jetzt da rüber in die Hofeinfahrt, ja? Hören Sie mich?«

Sie schluchzte, nickte zitternd. Wir krochen los.

In der Einfahrt versuchte ich, den Typ dazu zu bringen, seine Augen aufzumachen, aber der spielte einfach weiter Vogel Strauß. In der Frau dagegen regten sich Beschützerinstinkte: Sie nahm den Lappen in die Arme und fing an, beruhigend auf ihn einzureden.

»Ist ja gut, Torben, die Polizei ist da. Ist ja gut.«

Ah, man kannte sich. Gut. Ich zog zuerst mein Handy aus der Jackentasche, dann meine Dienstwaffe aus dem Holster und lugte um die Ecke.

Wieder ein Schuss, dann noch zwei schnelle hinterher. Kein Gebrüll. Da waren auf jeden Fall Typen zugange, die das nicht zum ersten Mal machten. Das war gut. Bei Schießereien gibt es nichts Schlimmeres als Anfänger.

Ich drückte die Kurzwahl für mein Revier. Hönscheid müsste eigentlich rangehen. Und so war es.

»Ich bin's. Rubeck.« Ich sprach leise. Die Schützenkönige mussten mich ja nicht gleich hören.

Hönscheid lachte blöd. »Was issen? Sollen wir dich aus dem ›Schlabbekicker‹ holen?«

Wieder fiel ein Schuss.

»Scheiße, Rubeck, was is' los?«

»Ich bin, wart mal, Niddastraße, zwischen Karls und Düsseldorfer. Ich kann noch nicht sehen, wer und wie viele, aber die schießen hier.«

»Mach kein Scheiß, Alter, wir sind gleich da.«

»Alles klar.«

Ich legte auf.

Was heißt schon Scheiß machen in dem Job? Wo fängt das an, wo hört das auf?

»Ihr bleibt hier, verstanden?«

Ich lief gebückt und in Deckung des Müllcontainers vor. Immerhin schien die Straße bis auf die Cowboys vom O. K. Corral und das Traumpaar menschenleer.

Ich linste um den Container, und jetzt sah ich, gut zwanzig Meter entfernt, zwei Typen in Jeans und Lederjacken. Einer lag auf dem Boden und machte den Eindruck, als hätte er es bereits hinter sich. Eine Pistole lag auf dem Pflaster. Sein Kumpel hockte halb in der Deckung eines geparkten Autos neben ihm und hatte beide Arme mit der Waffe nach vorn gestreckt.

Stabiles Schießgestell. Der wusste, was er machte. Und war nicht feige. Wollte die anderen kriegen.

Die anderen konnte ich von meiner Position aus nicht sehen. Es waren mindestens zwei, denn jetzt schossen beide, und der

Typ auf dem Bürgersteig ging tiefer in Deckung, guckte aber eisern nach vorn.

Ich schob mich vorsichtig nach links in Richtung der Autos. Kniete mich zwischen einen Passat Kombi und einen Hyundai. Lugte vorsichtig ums Eck.

Es waren drei. Standen mitten auf der Straße, gebeugte Knie, tänzelten, suchten eine Lücke, in der sie ihren Gegner erwischen konnten. Sie hatten Pistolen und Kutten. Hells Angels. Der Typ in der Lederjacke sah nach Balkan aus, Osteuropa. Rotlicht, Stoff. Irgend so was. Ein scheiß Bandenkrieg war das hier. Und ich mittendrin, statt nur dabei.

So ein Dreck.

Dann hörte ich Sirenen. Ich duckte mich tiefer, versuchte aber, die drei Rocker im Blick zu behalten.

Die guckten sich nur kurz an, dann spurteten sie in meine Richtung los. Ich sah zu, dass ich flott aus dem Sichtfeld kam, und landete in einer Burger-King-Tüte, die irgendwer hier voll beladen fallen gelassen hatte. Cola. Whopper. Pommes. Ketchup. Klasse.

Die Rocker trugen geschnürte Stiefel mit Gummisohlen. Für so ein Vorhaben sinnvoller als Biker-Boots. Sie trennten sich auf meiner Höhe, wollten offensichtlich einzeln und in unterschiedliche Richtungen abhauen.

Die Kollegen kamen näher.

Ich stemmte mich hoch. Schüttelte mir Fastfood von der Jacke und linste nach den beiden anderen Typen.

Der eine kniete neben seinem Kumpel. Stellte offenbar fest, dass Erste Hilfe hier vergebens war, und schaute dann zuerst nach rechts und dann nach links, den Rockern hinterher.

Dabei sah er mich. Und meine Pistole.

Ich riss sie hoch und schrie: »Polizei! Waffe fallen lassen!«

Der Typ machte keine Anstalten, meiner Aufforderung Folge zu leisten. Stattdessen zielte er auf mich.

Druckpunkt, nicht atmen, bei entspanntem Hahn ganz gleichmäßig den Abzugswiderstand überwinden, nicht reißen, sich vom Schuss überraschen lassen.

Ich bin kein besonders guter Bulle. Bin nicht übermäßig fit. Aber ich kann echt gut schießen.

Im nächsten Moment lagen da zwei Kerle auf dem Bürgersteig. Ich beließ die Waffe im Anschlag, löste aber die linke Hand, nestelte meinen Dienstausweis aus der Jacke und hielt ihn hoch.

Die zuckenden Blaulichter blendeten mich. Türen wurden aufgerissen.

»Polizeibeamter. Ich bin Polizeibeamter. Nicht schießen!«

Dann wollten die Bierchen, die Rippchen und das Kraut doch nicht mehr bei mir bleiben.

# 2

»Zwei Murmeln sauber nebeneinander reingehämmert, Alter.«

Wenn mein Magen nicht schon leer gewesen wäre, hätte ich dem stiernackigen Blondschopf vom MEK glatt auf die Hose gekotzt. Die Pfütze war keinen Meter entfernt, und ihr Geruch mischte sich mit dem von Blut und abgefeuerten Schüssen.

Ich hockte auf den Eingangsstufen eines Altbaus, um mich herum wuselten die Kollegen.

Zwei Schuss? Echt? Ich hätte geschworen, ich hatte nur einmal gefeuert. Aber ich war ja auch nicht mehr nüchtern gewesen. Jetzt, so leer gekübelt, fühlte ich mich eher zu klar. Ein unangenehmer Zustand, den ich in der Regel mit Bier bekämpfe. Der Typ, den ich erwischt hatte, wurde von einer Ärztin und einem Sani versorgt. Der Sani hantierte mit Verbandszeug, die Ärztin mit einer Beatmungsmaske, nachdem sie den anderen Kerl, der zwei Meter dahinter lag, offiziell für tot erklärt hatte. Sie redete fortwährend auf den Angeschossenen und ihren Helfer ein. Aber nur der zweite antwortete ihr.

Solange sie an dem Typ herummachten, lebte er, das beruhigte mich. Andererseits, warum aufregen? Der hatte auf Kerle geschossen, die auf ihn geschossen hatten, und hatte dann sein Eisen auf einen Typ gerichtet, der ihm klar und deutlich angesagt hatte, dass er Polizist war. So jemand weiß, was er tut, und vor allem, was er besser lässt. Er hatte sich den Scheiß hier selbst eingebrockt. Jetzt hing für ihn alles von einer jungen Notärztin und einem etwas übergewichtigen Rettungsassi ab. Hätte schlechter laufen können, nach allem, was ich sah. Beide arbeiteten ruhig und konzentriert.

Das MEK war sieben Mann und eine Frau hoch in zwei schwarzen Transportern aufgelaufen. Perfekt getimte taktische Anfahrt von zwei Seiten, quietschende Bremsen, Blaulicht, aufgerissene Seitentüren, Gummisohlen, die lautlos über den Asphalt sneakten. Sie hatten sich beeilt, da konnte ich echt nicht meckern. Jeans, Turnschuhe, T-Shirts. Darüber bloß die Schutzwesten geworfen, die Waffengürtel mit den Glocks umgeschnallt, und dann Horridoh. Ein Wagen war mit drei Mann schon wieder los, gucken, ob sie die Typen noch irgendwo vor die Flinte bekamen. Na ja.

Die anderen hatten ihre Masken abgezupft und warteten auf die Kollegen vom KDD, die dann den öden Teil der Veranstaltung bestreiten würden. Hülsen einsammeln, Fotos machen, mich befragen, Zeugen ausquetschen. Zeugen?

»Da hinten war ein junges Pärchen«, ich zeigte in die Richtung, Blondschopf guckte, »die haben vielleicht noch was gesehen. Waren ziemlich durch den Wind wegen der Ballerei.«

Blondie zoppelte am Tragegurt seiner MP5. Beim taktischen Drill war er sicher achtmal schneller als ich, aber Infos zu verarbeiten, die nichts mit »dort Zielperson, Schussfeld frei, go« zu tun haben, dauerte etwas.

»Nikki.«

Die MEKine drehte sich um. Alter Schwede. Schwarzer Pagenschnitt, hohe Wangenknochen, dunkle Katzenaugen. Der wahr gewordene Traum jeder Polizei-Imagekampagne.

»Wat'n?« Reibeisenstimme, Berliner Dialekt. Wow. Wow-wow-wow.

»Da sind vielleicht Zeugen. 'n junges Pärchen oder so.« Oder so? Blondschopf zeigte, und Nikki hob eine Augenbraue.

»Soll ick?«

»Ich komm mit, warte.« Blondschopf beugte sich zu mir, kramte Kaugummi aus seiner Hosentasche. »Hier, Kollege. Du müffelst ziemlich nach Bier. Damit keine blöden Fragen kommen.« Er zwinkerte mir zu, und dann joggte er locker mit Nikki die Straße runter. Geschmeidige Leistungsbereitschaft, Yogurette plus taffer Sexappeal. Gut, dass auf den Schutzwesten groß »Polizei« stand, sonst würden die zwei in der Toreinfahrt – falls sie noch da waren – vermutlich kollabieren, wenn zwei Bewaffnete auf sie zuliefen.

Ich wickelte das Kaugummi aus und steckte es mir in den Mund. Der Geschmack war so sportlich-frisch, da musste sofort eine Roth-Händle drauf.

Aber nette Geste von Blondi.

Bei meinem Kumpel am Boden tat sich was. Der RTW-Fahrer kam mit der Transportbahre angewackelt, und zwei MEKisten halfen den Sanis, ihn draufzulegen. Es bestand also ernsthaft Hoffnung.

Vielleicht kommt das jetzt so rüber, als wäre es mir egal, ob er es schafft. War es nicht. Ich weiß, wie es ist, jemanden zu erschießen. Es ist richtig scheiße, auch wenn man rein rechtlich nichts falsch gemacht hat. Und es ist mit jeder Menge Papierkram verbunden. Nein, ich war schon froh, dass der Typ offensichtlich nicht tot war, und zog etwas hoffnungsfroher an meiner Roth-Händle.

Und fing endlich an zu zittern. Das hätte nämlich noch gefehlt. Wenn man Leute umschießt und dann noch nicht mal mehr zittert, hat man ein ernsthaftes psychisches Problem. Ich fing auch an, elend zu frieren, und das bei geschätzten zwanzig Grad.

*Okay. Ich bin okay. Ich bin gar nicht so ein Arsch, wie ich meistens denke.* Das ging mir durch den Kopf, als ich zitternd auf den Stufen hockte.

Asche bröselte auf meine Hose. Ein Taschenaschenbecher schob sich in mein Blickfeld.

»Du wirst mir doch nicht meinen schönen Tatort verunreinigen, Rubeck?«

Hallstetter von der Tatortbereitschaft grinste mich an. Ich nahm einen letzten Zug von der Zigarette und zeigte mit ihr auf die Pfütze, bevor ich sie in Hallstetters Ascher drückte.

»Die Kotze da ist auch von mir. Von wegen DNA und so.«

Hallstetter lachte asthmatisch, er rauchte zwar seit Jahren nicht mehr, aber den Teer wurden seine Lungen offenbar nicht los.

»Dein Wort genügt mir. Ich werd mir sicher kein Löffelchen davon mitnehmen.«

Er zog eine gefaltete Papiertüte aus einer Tasche seines weißen Overalls und wedelte damit.

»Deine Wumme, Rubeck.«

Ich nickte. Hallstetter guckte mich an.

»Muss ich mich bücken, oder kommste 'nem alten Mann entgegen?«

Ich stand auf, zog die Jacke überm Holster zurück und drehte die Hüfte zu Hallstetter. Seine Gummihandschuhwurstfinger zogen vorsichtig die Waffe heraus.

»Hast du immer noch keine P30?«

Ich schüttelte den Kopf.

»Ich mag die SIG.«

Hallstetter tütete die Waffe ein.

»Man dankt. Hast du Dienst am Wochenende?«

»Nee.«

»Und wenn, bekämste eh frei. Nach dem hier.« Er nickte mit dem Kopf zu der Stelle, wo eben noch der verletzte Typ gelegen hatte. »Ich denke, Montag hast du das Ding zurück.«

Das Holster am Gürtel kam mir plötzlich total bescheuert vor. So leer.

»Alles klar bei dir?«

Hallstetter war näher getreten. Er roch nach Eibrötchen und saurem Kaffee.

»Alles super. Ist doch der optimale Tagesabschluss. Einen wegschießen.«

Hallstetter machte dicke Backen und stieß noch mehr Eibrötchen und Bürokaffeedunst aus.

»Wagner hat heut Schicht. Also verkneif dir lieber deine Scherze, wenn er dich vernimmt.«

Wagner. Ausgerechnet. Stellvertretender Leiter vom KDD. Der konnte mich noch nie leiden.

Wie gesagt. Es war halt einer von den miesen Tagen.

»Du warst also mit Dienstwaffe in der Kneipe?«

Wagner hat die angeborene Fähigkeit, eine Augenbraue bis zum Haaransatz hochzuziehen, während die andere finster gesenkt bleibt. Warum der Mann nicht bei der Internen arbeitet, kapiert keiner. Schon das Gesicht qualifiziert ihn dazu.

Wir saßen in einem Sprinter der Grünen, die jetzt ja Blaue sind, aber daran kann ich mich einfach nicht gewöhnen. Wobei sich das Optische schon klar verbessert hat.

Ich hielt die Hand mit der Kippe aus der offenen Tür und beugte mich für jeden Zug raus. Affig. Unter normalen Umständen hätte ich mich niemals so zum Horst gemacht, aber Wagner steht auf Unterwürfigkeit. Und ich konnte einen Wagner, der ein kleines bisschen auf mich steht, jetzt gut gebrauchen.

»Wie viel hast du getrunken?«

Eigentlich wollte ich antworten, dass ich ja offensichtlich nicht zu viel gesoffen hatte, um Freund Lederjacke zwei Mumpeln sachdienlich reinzudengeln, was nachts und unter Stress nicht so einfach ist. Sollte Wagner mir mal nachmachen. Aber das wäre genau die Sorte Fehler, die man von fertigen Typen wie mir erwartet.

»Drei Pilsbier. Kleine.«

Wagner starrte mich an, ich guckte zurück. Wagners eine Augenbraue wanderte noch ein kleines bisschen höher, was ich für unmöglich gehalten hätte. Ich warf die Kippe auf den Bürgersteig. Wir waren ja weit genug von Hallstetters Tatort weg. Oder meinem Tatort, wie auch immer.

Wagner überflog, was er bislang von meiner Aussage notiert hatte.

»Du warst von etwa achtzehn Uhr bis dreiundzwanzig Uhr im ›Schlabbekicker‹ und hast *drei* Pils getrunken?«

Wollte der sich jetzt echt daran festbeißen? Kann er haben, dachte ich mir und guckte lieb. Also ich hatte das Gefühl, lieb zu gucken. Vermutlich sieht das in meiner Fresse nicht besonders lieb aus. Aber lieber als sonst.

»Na ja.«

Die Braue wanderte noch einen oder zwei Millimeter höher, unglaublich. Wagner war jetzt gespannt wie ein Flitzebogen.

»Ich hab noch zwei Spezi getrunken und ...«, ich kniff die Augen zusammen, als müsse ich mich sehr konzentrieren, »... zwei Kaffee. War müde. Und wollte noch 'ne Freundin besuchen.«

Wagner nickte mehrmals langsam.

»Hat die Freundin keinen Kaffee?«

»Nur schlechten. Aber das sag ich ihr nicht.«

Wagner spuckte Luft aus und schüttelte den Kopf.

»Du bist 'n Komiker, echt.«

Ich wiegte den Kopf hin und her.

»Ein höflicher Mensch, würde ich sagen.« Halt's Maul, Rubeck. Fällt mir leider immer zu spät ein.

Wagner spitzte die Lippen und klopfte mit dem Kuli auf das gekritzelte Protokoll.

»So weit hört sich das alles schlüssig an und sogar so, als hättest du aus polizeilicher Sicht alles ordentlich gemacht. Dienen und schützen und so.«

Ich fragte nicht: »Aber?«, guckte aber so.

»Wenn der gute Mann doch noch den Abgang macht oder wir in dem anderen Typ eine Patrone aus deiner Waffe finden, dann kommst du zur nächsten Vernehmung lieber mit einem Anwalt und ohne lustige Kommentare. Das ist ein Rat unter Kollegen, okay?«

Ich nickte. Wagner war Gewerkschafter, und das nahm er ernst. Himmel.

»Darf ich kurz stören?«

Rauer Sound. Can Karakaç. Mit Can habe ich eine Weile hier in der Gegend gearbeitet. Guter Typ. Gallusviertel, Problembär, Jugendgang, Festnahme wegen Abziehen, Verwarnung, Läuterung, Schulabschluss, Bulle.

Wir guckten ihn an. Blaulicht zuckte über sein Gesicht und ließ es krank aussehen. Sein sorgfältig ausrasierter dünner Bart wurde von den Stoppeln einer viel zu langen Bereitschaftsschicht fast verschluckt.

»Das ist Frau Scheerbaum. Ähm ... ich hab sie um eine Identifizierung gebeten. Frau Scheerbaum?«

Es war die Frau, die ich vorhin umgetackelt hatte. Die Freundin von Torben. Torben selbst war vermutlich schon in Therapie. Frau Scheerbaum stand da, in eine gold glänzende Rettungsdecke gewickelt. Unten guckten schwarze Leggings raus. Die Füße steckten in abgetragenen blauen Chucks, über deren Rand sich türkisfarbene Stulpen wellten. Mir fiel ein, dass sie einen Jeansrock getragen hatte, den sah man jetzt nicht, nur Gold.

»Das ist er.« Sie zeigte auf mich und lächelte. Ihre Leggings waren an den Knien gerissen, die Haut aufgeschürft. Meine Schuld. Dafür hatte sie nirgends Einschusslöcher. Auch meine Schuld. Immerhin etwas richtig gemacht heute.

»Danke. Ich weiß gar nicht ...« Ihre blonden Haare waren sehr süß verstrubbelt, und ein bisschen zerlaufener Eyeliner hat echt was, wenn die Frau wieder lächelt.

»Ich hab nur meinen Job gemacht«, hätte ich jetzt sagen können. Ich glaube, den Satz wollte ich immer schon mal sagen. Will den nicht jeder Bulle sagen, nachdem er eine schöne Frau gerettet hat? Das war meine Gelegenheit. Doch stattdessen sagte ich: »Sorry fürs Umschmeißen«, und zeigte auf die zerfetzten Leggingknie.

Sie nestelte die Rettungsdecke drüber und sagte mit einer Mischung aus Lachen und Schluchzen: »Ach, das macht nix.«

Dann tippte Can vorsichtig mit den Fingerspitzen an ihren Arm. »Das war's schon, Frau Scheerbaum, vielen Dank.«

»Ich heiße Rieke. Also danke, Herr ...?«

Ich beugte mich vor und nahm die ausgestreckte Hand.

»Rubeck. Ruben Rubeck. Mein Vater war 'n bisschen komisch.«

»Das war ziemlich cool, irgendwie. Also, heftig natürlich, und meine Knie tun scheiße weh, und Torben, also mein Freund, der auch dabei war, Sie wissen schon, also dem ist das echt übel rein. Und ich hatte zuerst auch total krasse Panik, aber Sie haben das irgendwie … cool gemacht. Wie im Kino. Sehr, sehr krass. Echt. Also, ich könnte das nicht. Total cool.«

Ihre Hand war schweißnass, und ihre Stimme kiekste zwischendurch. Wagner war offensichtlich genervt, aber hielt sich zurück vor der jungen Frau. Can grinste ein bisschen und zwinkerte mir zu, sie konnte sein Gesicht ja nicht sehen.

»Na ja, Sie haben aber auch gut reagiert. Damit rechnet man ja nicht, dass man in so was reingerät am Freitagabend. Respekt.« Ich meinte das echt so. Für eine Studentin, die mal eben abends mit ihrem Freund was trinken geht und dann in eine Schießerei stolpert, war sie gut klargekommen.

Ihr Mund verzog sich, ihr Kinn begann zu zittern. Hoffentlich klappte sie nicht doch noch weg.

»Der Mann. Also der, auf den Sie … geschossen haben …«

Wir guckten alle nur. Zuerst sie an, dann uns gegenseitig. Nach den Regeln durften wir ihr gar nichts dazu sagen, aber Regeln spielen in meiner Welt öfter mal nicht so die große Rolle. Die grundsätzlichen Sachen natürlich schon. Also Rechtsstaat, Strafprozessordnung und so, ich hab das alles drauf, ich bin ja schließlich Diplom-Verwaltungswirt, wie jeder deutsche Kommissar. Aber mein Job ist einfach oft ein bisschen realer als klimatisierte Büros. Und in der Realität sind Regeln meistens Verhandlungssache. Ich hab sonst nicht viel anzubieten, als die Regeln mal etwas großzügiger auszulegen. Oder kurz ganz zu vergessen. Und ich kann auch meistens mit nichts anderem drohen. Je nachdem.

Aber im Augenblick machte Wagner die Regeln hier. Rieke Scheerbaums Gesicht zeigte akute Symptome. Je länger das Schweigen dauerte, desto brutaler wurden fraglos die Bilder in ihrem Kopf. Mann, Wagner.

»Er ist auf dem Weg ins Krankenhaus, Frau Scheerbaum. Mehr wissen wir auch nicht.«

»Okay. Danke. Dann …« Sie nickte, lächelte, schniefte. Ich nickte auch, und dann ließ sie sich von Can sanft wegziehen. Er drehte sich im Weggehen zu uns um. »Ich komm gleich zurück, ich hab noch was.«

Heute wollte es wohl jeder irgendwie spannend machen.

»Also«, Can zog einen Block aus der Jackentasche, »der Mann, den Kollege Rubeck angeschossen hat, ist identifiziert. Gani Palokaj, siebenundfünfzig. Geboren in Ferizaj im Kosovo. Lebt in Hamburg. Was er hier wollte, wissen wir noch nicht, aber natürlich kann man sich unter Kosovo-Albaner, Bahnhofsviertel, Rocker, Schießeisen und Leibwächter schon mal so einiges vorstellen.«

Wagner nickte. Ich hatte mich mittlerweile aus dem Sprinter geschoben und zoppelte eine neue Roth-Händle aus der Packung.

»Ich hatte auch den Eindruck, der wusste genau, wie man das so macht bei 'ner Schießerei. Vor allem, als er auf mich gezielt hat.«

Can legte mir unauffällig die Hand in den Rücken.

»Ich hab mit Hallstetter schon mal ein paar erste Gedanken über den Ablauf angestellt, und das deckt sich so weit mit dem, was Kollege Rubeck ausgesagt hat.«

Wagner beide Arme hinterm Kopf verschränkt und sich zurückgelehnt. Er schloss kurz die Augen, dachte nach. Dann stierte er an die Fahrzeugdecke. Als er redete, war es nicht viel mehr als ein Murmeln.

»Ist spät, Rubeck. Und der Abend war nicht gerade erquicklich für dich. Von mir aus kannst du heim. Die Kollegen von der Tagschicht melden sich morgen bei dir und holen dich irgendwann in die Adickesallee rein. Protokoll, Unterschrift, warten, was der Staatsanwalt sagt, du kennst das ja.«

»Okay.« Ich zog lange an der Kippe, meine Finger zitterten, ich hatte keinen Bock, dass Wagner das sah.

»Sollen wir dich fahren, Alter?« Can grinste. Er wusste genau, dass ich bloß zwei Straßen weiter wohnte.

»Wenn ich die Strecke nicht mehr laufen kann, dann bin ich tot.«

Can lachte laut und haute mir auf die Schulter.

»So siehst du auch aus, Alter, deswegen frag ich doch.«

Ja, ja.

# 3

Ich bin natürlich nach der Ballerei und allem doch nicht gleich heim, sondern zu Ina, ins »Love's In«. Also nicht sofort. Erst war ich noch im »Hush Hush«, Pilsbier zur Beruhigung. Was eine echt bescheuerte Idee war. Da kostet das Pilschen nämlich sechs Euro fuffzig, weil es oben ohne und mit Schenkelstreichler serviert wird. Aber in den »Schlabbekicker« wollte ich einfach nicht zurück, da hätte ich was erzählen müssen.

Nach sechsundzwanzig Euro und drei verschiedenen Frauen an der Polestange im »Hush Hush« war ich zwar wacklig auf den Beinen, aber das Rückenmark schmuggelte eindeutige Signale von unten in mein Restbewusstsein.

In leichten Schlangenlinien bin ich dann Richtung »Love's In«, hab aber immerhin drauf geachtet, nicht an den Kollegen vorbeizulaufen, die bestimmt immer noch am Tatort rumwurstelten.

Ina war tatsächlich frei und lachte sich erst mal schlapp, als ich drei Versuche brauchte, meine Jacke loszuwerden. Sie guckte auf die Uhr und meinte dann, dass sie auch genauso gut gleich Schluss machen kann. Es sei denn, ich wäre scharf drauf, 'nen Fuffi für 'ne halbe Stunde Quatschen hinzulegen.

Unten gab's dann Krach mit einem offenbar neuen Wirtschafter, weil der nicht wollte, dass ich im Eingang rumlungerte. Ich sagte ihm ruhig (Ruhig? Nach den ganzen Bierchen und zwei

Oberkörpertreffern, Rubeck? Come on), dass ich auf Ina warten würde, was ihn dann richtig auf die Palme brachte. Ich schob lässig (lässig?) die Jacke vom Holster, damit er mal gucken konnte, aber dann fiel mir erst ein, dass das Holster ja leer war.

Für ihn war es aber eine klare Aufforderung, die Baseballkeule rauszukramen, und ich bekam den Dienstausweis nicht flott genug aus der Tasche.

Ausweichen ging ganz gut, aber statt meiner Birne kloppte der Glatzkopf einen Spiegel zu Bruch, der an der Wand neben mir hing. Das Scheppern weckte dann offenbar zwei Kumpels von ihm, und das Ganze endete in einer geisteskranken Brüllerei mit Knüppelgefuchtel und Dienstausweiswedeln, die erst mit Inas Auftauchen aufhörte.

Ins »Love's In« werde ich dann wohl in nächster Zeit nicht mehr gehen. Was wegen Ina schade ist. Den Punkt, an dem wir uns auch privat sehen konnten, hatten wir irgendwie vor ein paar Jahren verpasst.

Was trinken ging immer, aber zu ihr oder zu mir kam nicht infrage. Ich bin ein Freier. Nicht ihr Freund. Tja.

Wir liefen in geradem Kurs Sultan an. Sultan heißt natürlich nicht so, sondern Tayfun, aber sein Laden heißt »Sultan's Dönerpalast«, und da driften früher oder später alle rein, die es mit dem Nachtleben im Bahnhofsviertel ernst nehmen.

»Hey, Rubeck, Dönerpommes und Pilsbier? Und Ina mein Engel, wie geht es dir?«

Sultan kam tatsächlich hinterm Tresen vor, und Ina kriegte Küsschen links und rechts. Sultan ist stockschwul im Übrigen. Hat aber das Aussehen eines Türstehers. Und kann sich auch genauso durchsetzen. Gute Type, der Sultan.

Ina nahm immer ohne Knoblauch, aber extra Krautsalat.

»Furzen macht Spaß, aber aus dem Hals riechen kostet Kundschaft.« Das sagt sie immer und lacht dazu ihr rostscharfes Ina-Lachen.

Sultan stellte uns zwei eiskalte Raki dazu, und langsam verschwamm der ganze beschissene Abend vor meinen Augen und löste sich in volltrunkenem Wohlgefallen auf, gut gewürzt mit Kreuzkümmel und Knoblauch.

Dann hab ich Ina doch von der ganzen Scheiße erzählt. Sie war ziemlich erschrocken und hat mich spontan in den Arm genommen.

Was nach einer Menge Pilsbier, insgesamt drei Raki und dem ganzen miesen Rest des Abends leider fatal wirkte.

Ist keine gute Idee, gegen vier Uhr morgens mitten im Bahnhofsviertel einer befreundeten Nutte in den Kragen zu lallen, dass man nicht alleine schlafen will. Tut weder der Frau gut, noch einem selbst.

Was sollte Ina denn machen? Als Professionelle mit zu mir kommen und Stundentarif nehmen? Oder die Freundin spielen, und dann wird's peinlich, wenn ich das nächste Mal in den Puff stolpere?

Na ja.

Ina hat mal wieder gezeigt, dass Frauen mit emotionalen Notlagen besser klarkommen als Typen, hat mich einfach untergehakt und bis vor die Haustür begleitet.

Da dann aber direkt den Abgang gemacht, nachdem sie mir aufgeschlossen hatte. Das kriegte ich allein nicht mehr hin.

Aufgewacht bin ich dann von meinem Handy. Und ziemlich im Arsch.

In die Wohnung hatte ich es nicht geschafft, sondern nur bis auf den Treppenabsatz darunter. Ich wohne im obersten Stock.

Gegenüber ein Klimaanlagentechniker oder so was, der dauernd auf Montage ist. Hatte ich also wenigstens niemandem im Weg gelegen.

»Rubeck?«

»Eh … gn … j-aaa …« Mein Hals war innen eine einzige Schürfwunde.

»Hier ist Dani.«

»Ähem …?«

»Daniel vom KDD. Kortemeyer. Mann, bist du noch besoffen?«

Ich schüttelte den Kopf, was Kortemeyer natürlich nicht sehen konnte. Atmete zwei-, dreimal tief ein, hielt das Mikro zu und hustete erst mal ab.

»Nee, sorry, alles klar. Ja, äh … Dani?« Der Name war mir irgendwie geläufig, aber ich hatte null Check, wie der Typ aussah.

»Kannste mal rumkommen? Protokoll und so.«

»Ja.«

Dani wartete auf etwas, aber mir fiel nicht ein, was. Mir fiel gar nichts ein. Außer, dass ich gern in einer besseren Welt wäre, einer, in der man keine Kopfschmerzen, keine Rückenschmerzen und auch keine Übelkeit kennt.

»Wann kannste?«

»Ja. Gleich. Ich … gleich.«

Lachte der immer so blöd? Oder kam ich in meinem Zustand nur nicht klar damit?

»Lass dir Zeit, ich bin ja eh hier. Außer, jemand fängt 'ne Schießerei an. Dann muss ich weg.« Wieder Lachen. Das machte mich langsam kiebig. Aber in meinem Zustand war es zwecklos, sich aufzuregen, dabei käme nichts als Sultans Palastdöner raus. Und zwar in hohem Bogen. Gerade wollte ich auflegen, da rührte sich Dani noch mal am anderen Ende.

»Warte mal kurz, Rubeck.« Dann hielt er offenbar den Hörer zu.

Ich stemmte mich langsam hoch, um in meine Wohnung zu kriechen. Kramte den Schlüssel aus der Jacke. Ich stank wie ein Iltis.

In der Bude schälte ich mich aus den Klamotten, soweit das ging, ohne das Handy wegzulegen. Beim linken Schuh meldete sich Kortemeyer endlich wieder.

»Rubeck? Pass auf. Da will noch 'n Kollege dabei sein. Wenn du hier bist. Der kann aber nur von fünfzehn bis siebzehn Uhr. Kriegste das hin?«

Ich verknotete mir beinahe die Beine beim Versuch, das Handy in die andere Hand zu nehmen, den linken Schuh ganz loszuwerden und dann auf meine Armbanduhr zu gucken.

Kurz vor zwei. Alter.

»Also Punkt drei schaff ich nicht mehr. So halb vier.«

»Aber dann, Rubeck. Und putz dir die Zähne.«

Mit noch einem blöden Lachen legte Dani Kortemeyer auf.

Arschloch.

Dusche war kalt gewesen, aber das war nicht so schlecht, hatte ich dann festgestellt. Kaffee hatte halbwegs geschmeckt, und die drei Minifrikadellen, die noch in der Packung waren, gingen mit Löwensenf runter und blieben da auch. Eine frische Jeans hatte ich noch, ein sauberes und erst einmal getragenes Hemd auch. Meine Jacke hängte ich während Dusche und Frühstück auf den Balkon zum Lüften, immerhin waren weder Kotze- noch sonstige Flecken drauf.

Ich hab nur zwei Jacken und einen Mantel. Reicht auch völlig. Die Lederjacke trage ich nie im Dienst, und für den Mantel war es viel zu warm. Die andere Jacke hab ich schon ewig. Ein

Ami-Parka. Unempfindlich gegen Dreck, robust und große Taschen. Und lang genug, dass man Holster, Handschellen und den anderen Krempel nicht sieht, wenn ich draußen bin. Und die Schutzweste passt auch drunter. Mehr Ansprüche hab ich an eine Jacke nicht. Wenn die irgendwann im Eimer ist, kauf ich mir dieselbe noch mal. Das steht fest.

Es gibt immer mal blöde Bemerkungen über das Teil, weil ein Typ in einer Krimiserie jahrelang so eine getragen hat. Aber ich geb 'nen Scheiß auf blöde Bemerkungen. Wenn die mich kümmern würden, hätte ich seit dem ersten Tag als Bulle nichts anderes zu tun. Bemerkungen über mein Gesicht oder meine Laune oder meine Übermotivation früher beziehungsweise Untermotivation heute. Über meine Scheidung und die Gründe dafür. Übers Saufen und die Gründe dafür (also ich brauche dazu keinen Grund, ehrlich).

Was ich neben blöden Bemerkungen auch noch gern ignoriere, sind Fragen. Also persönliche Fragen. Was dazu geführt hat, dass immer wieder mal die irrsten Spekulationen über mich im Umlauf waren. Was ich gemacht hab, bevor ich Bulle wurde (das bin ich nämlich erst knapp vor der Altersgrenze geworden, weil ich vorher Soldat war, was ich heute kaum noch glauben kann). Was mir beim Bund wohl passiert ist (hab ich vergessen, vielleicht ja gar nix) und ob das vielleicht der Grund für Scheidung, Trinken, meine Laune und meine Über- oder Untermotivation ist. Dass ich mich nicht in Hierarchien einordnen kann (wo er doch Soldat war ... Tja Jungs, umgekehrt wird ein Turnschuh draus – genau deswegen, *weil* ich Soldat war) –, was für den Umstand verantwortlich gemacht wird, dass eigentlich keiner so richtig gern mit mir arbeitet. Außer Can Karakaç damals, aber den halten auch alle für ein bisschen komisch. Wobei ich schon sagen muss, dass ich jetzt nicht direkt unbeliebt bin. Aber ich gelte als ein bisschen schwierig.

Auf dem Weg zur U-Bahn schlenkerte ich noch am Wasserhäuschen vorbei. Ich hatte meine Roth-Händle zu Krümeln zerquetscht, als ich auf der Treppe gepennt hatte, und brauchte Nachschub.

Dann runter in den Schacht und rein in die rollende Konservendose. Ich hab kein Auto, und in Frankfurt brauch ich auch keins. Was ich nicht zu Fuß mache, mache ich mit Öffentlichen. Außerdem: Wo soll ich privat schon groß hinwollen? Ich hab ja alles in der Nähe. Supermarkt, Wasserhäuschen, Kneipen. Lieferservice. Ja, schon gut. Puff auch. Ich geh gar nicht so oft, das ist jetzt vielleicht falsch angekommen. Und wenn, dann nur zu Ina.

Jedenfalls, ich mag das auch, Bahn fahren. Bus nicht so, aber U-Bahn, Tram, S-Bahn. Ist irgendwie sorglos und sagt mir, dass ich in einer Großstadt wohne und nicht auf dem verschissenen Land. Ich hab keinen Hang zum Landleben, weil ich es kenne. Ich bin da aufgewachsen. Land ist für mich Enge, unfassbare Langeweile, Stumpfsinn, totale Sozialkontrolle (Herr Rubeck, Ihr Junge hat schon wieder … wissen Sie das eigentlich … also bei uns gab's das aber nicht …). Und beim Bund war »Land« dann Grundausbildung, Uffzlehrgang, Feldwebellehrgang, wieder Grundausbildung, bloß dann war ich der Ausbilder, was nichts am Programm änderte: Stellung buddeln, Platzpatronen verknattern, Zecken kriegen, nass werden. Ich hatte eine Überdosis Land.

Jetzt bringe ich mich seit fünfzehn Jahren mit Stadtdreck wieder runter. Klappt gut, ich bin ein ziemlich entspannter Typ, würde ich sagen. Auch wenn mich eine Menge nervt. Aber wem geht's da besser?

Den Weg zum Präsidium an der Adickesallee kenne ich im Schlaf, (obwohl ich schon ewig nicht mehr da arbeite, ich bin im 4. Revier an der Gutleutstraße). Aber Obacht: Hauptwache umsteigen, und wenn es dann in der anderen Bahn hell um dich wird, biste zu weit gefahren, weil ab Dornbusch fährt die Bahn oberirdisch. Dann musste auf den anderen Bahnsteig turnen und wieder zurückfahren (und die Frankfurter erkennen das natürlich, ah, da hat mal wieder einer nicht aufgepasst, hehe).

Ich hab mit meinem Ausweis gewedelt, gesagt, dass ich zum KDD will und weiß, wo der ist. Durch die Gänge, in den Aufzug, und dann Arsch Kortemeyer finden. Als ich ihn schließlich gefunden hatte, hatte ich auch wieder ein Gesicht zum Namen. Der ist eigentlich okay. Und ich hab schließlich auch einen Ruf.

»Grüß dich, Rubeck, danke fürs Kommen. Kaffee?«

Ich horchte noch mal in meinen Magen. Der schwieg.

»Ja. Schwarz.«

»Zucker? Milch?«

Ich weiß ja nicht, was an »Schwarz« schwer zu verstehen ist, aber anscheinend trinkt keine Sau mehr den Kaffee so.

»Ohne alles. Danke.«

Dani Kortemeyer ging vor mir her. Er ist deutlich kleiner als ich, was nicht allzu oft vorkommt. Ich bin eher der gedrungene Typ, wie man so sagt. Hat auch verhindert, dass aus mir als Boxer was geworden ist. Ich war immer zu schwer für meine Reichweite. Oder hatte zu kurze Arme für meine Gewichtsklasse, kann man sich aussuchen.

Kortemeyer ist schmal. Halbglatze, Jeans, Hemd, Sakko. Die Uniform des Zivilbullen, der seriös und locker zugleich wirken will. Nicht wie ein Streber aussehen, aber auch die Hoffnung auf Karriere noch nicht ganz aufgeben.

Mir kann man natürlich vorwerfen, dass ich einem irgendwie aus der Mode gekommenen Bild des miesen Straßenbullen entsprechen möchte. Das Ding ist: Ich *bin* ein mieser Straßenbulle. Und ich finde, meine Umwelt hat ein Recht darauf, das zu sehen. Von wegen Warnung.

»Das ist LKA-Kollege Nawrocki. Von OK. Ruben Rubeck.«

Organisierte Kriminalität. Aha. Nachtigall ...

»Wie geht es Ihnen, Kollege?«

Ziemliche Kante, der Nawrocki. Stirn zum Türeindrücken, Schrankschultern, gut sitzender Anzug, fester Händedruck.

»Besser, als ich aussehe.«

Kurzes Auflachen. Blankweiße Zähne, guter Teint. Der hatte aber sicher keinen Humor. Bestimmt Erster Hauptkommissar oder so was. LKA. Soso.

Dani zeigte auf den Stuhl vor seinem Tisch, und er setzte sich auf seinen. Nawrocki lehnte sich ans Aktenregal, schlug die Füße übereinander und setzte ein freundliches, aber desinteressiertes Gesicht auf, so à la »*Sie* sind hier der Sheriff, Mister Kortemeyer, *mich* geht das alles nichts an, ich guck nur.«

Jaja.

Blöderweise merkte ich, dass ich auf einmal Schwitzhände bekam. Wenn die mich jetzt auch noch in einen Vernehmungsraum gesetzt hätten und nicht in Danis Büro, dann wäre mir bei dem Ganzen hier richtig unwohl geworden. Ich musste gut aufpassen, durfte aber auch nicht paranoid werden. Wenn man anfängt, Dinge zu verbergen, obwohl es nichts zu verbergen gibt, dann sehen die anderen in null Komma nix auch Dinge, die nie da waren.

Ich kriegte meinen Kaffee, dann klackerte und cursorte Dani auf seinem PC herum, bis er das Dokument offen hatte.

»Alsooo … Den Kopf haben wir schon mal fertig gemacht, Angaben zur Person, Dienststellung und so weiter. Das guckst du dann noch mal in Ruhe nachher an, ja?«

Ich nickte und schlürfte. Ätzbrühe. Also genau, wie ich es mag.

»Dann haben wir den Sachverhalt, so wie das Kollege Wagner zusammengefasst hat. Das würde ich dann mal vorlesen?«

Dani guckte zuerst die LKA-Kante an, dann mich. Interessant.

Nawrocki spielte viel besser als Kortemeyer. Er ließ sein Gesicht in tiefes Erstaunen entgleisen und streckte dann beide Hände vor, Handflächen nach vorn: *Ihr Kunde, Sir.*

Langsam bekam ich den Verdacht, dass ich möglicherweise nicht fit genug für das hier war. Scheiß Pilsbiere. Ich verspürte einen fast unwiderstehlichen Drang, auf dem Stuhl hin und her zu rutschen, aber den verbiss ich mir mit aller Macht. Weil: Stuhlrutschen hat immer Signalwirkung bei Vernehmung. Man denkt, das ist ein Klischee, stimmt aber.

Dani leierte die Aussage runter, und mir wurde wohler. Entweder hatte ich das sauber abgearbeitet gestern Nacht, oder Wagner hatte meinen Sermon gut sortiert. Es klang alles logisch und vor allem nach dem, woran ich mich auch jetzt noch erinnerte.

Da konnte mir eigentlich keiner ans Zeug flicken. Ich meine, ich halte mich ja nicht für Bruce Willis, und mein Bahnhofsviertel ist auch nicht die Bronx. Deutsche Bullen schießen nicht zuerst und fragen dann, und ich hab dem Typ ja wohl klar gesagt, wer ich bin und dass er die Knarre runternehmen soll. Und der hat auf mich gezielt.

Ach ja, und Rieke Scheerbaum samt Torben Zitterbacke hatte ich auch in Sicherheit gebracht. Voll der Held irgendwie.

Ich wurde richtig euphorisch, was natürlich auch daran liegen konnte, dass mein Kater plötzlich wie weggeblasen war. Ich hatte sogar schon wieder einen Anflug von Durst. Ein klitzekleines Pilsbierchen wäre schon wieder gegangen.

Wenn das hier erledigt war, war meine nächste Station die Kleinmarkthalle. Rindswurst mit Senf, ein Becher Brühe und dazu eiskaltes Zapfbier. War ja schließlich Samstag.

»Irgendwelche Einwände, Rubeck?«

Dani war fertig, hatte ich gar nicht mitbekommen.

»Äh, ne. Druck mal aus. Das passt schon.«

Nawrocki, die LKA-Kante, lachte. Ich guckte ihn an, während Dani sich auf den Weg zum Druckerraum machte.

»Sie nehmen das ja recht locker, Kollege Rubeck.«

»Wie meinen Sie das?« Ich grinste. Mal kommen lassen, den Mann.

Nawrocki stemmte sich vom Regal weg und setzte sich mit einer Arschbacke auf Danis Schreibtisch.

»Sie haben nicht gefragt, wie es Palokaj geht.«

»Ich dachte, das darf ich nicht wissen. Gegen mich wird ja ermittelt.«

Kante Nawrocki wiegte den Kopf hin und her.

»*Gegen* Sie doch nicht. Der Sachverhalt wird ermittelt. Exakterweise sollte man sagen: vorermittelt, das muss ich Ihnen doch nicht erklären. Hatten Sie noch nie so was?«

»Doch.«

Nawrocki lächelte. »Sehen Sie. Dann wissen Sie ja, wie der Hase läuft.«

»Genau.«

Was dachte der eigentlich, wer er war? Hockte sich hier in meine Vernehmung, ohne dass mir jemand einen offiziellen Grund dafür genannt hatte, und machte jetzt einen auf väterlicher Freund im Anzug, der dem Schmuddelbuben mal die Welt erklärt.

»Palokaj geht es den Umständen entsprechend gut. Der ist zäh.«

Lächeln, freundlicher Augenglanz. Der machte mich richtig sauer.

»Schön.«

Ich fummelte Kaugummi aus der Jacke und bot ihm keins an.

»Sitzt ein Kollege von Ihnen bei Palokaj am Bett und hält Händchen?«

Wieder lachte die Kante. Amüsierte sich prächtig hier bei den doofen Citycops. Und jetzt machte der tatsächlich dieses Zeigefingerwinke-Ding und guckte so: *Na du bist ja ein Früchtchen.* Ich war hier definitiv in einem ganz schlechten Film gelandet.

»Was macht ein Mann wie Sie – das soll jetzt nicht despektierlich klingen – auf einem stinknormalen Revier als Sachbearbeiter?«

»Ich fühle mich wohl da. Und bin ja auch nicht mehr der Jüngste. Hab's nicht weit zur Arbeit, kenne meine Wege.«

Er nickte.

»Klar. Das verstehe ich doch.«

»Genau.«

Wir schwiegen.

Dani kam zurück mit meiner Aussage. Ich überflog sie kurz und unterschrieb. Dani nahm sie entgegen und beugte sich dann etwas vor.

»Ich sach ma ganz ungeschützt: Da gibt es hundert Pro kein Ermittlungsverfahren, Rubeck. Das war Notwehr und Nothilfe. Dein Eingreifen als Polizeibeamter war geboten und gerechtfertigt. Saubere Sache.« Und dann zwinkerte er auch noch.

Nawrocki grinste, zog die Augenbrauen hoch.

»Sag ich doch, Herr Rubeck. Sie wissen, wie der Hase läuft.«

»Allerdings weiß ich das. Schönen Tag dann noch.«

Dani guckte etwas irritiert zwischen mir und der LKA-Kante hin und her, hielt aber den Mund.

Vorm Präsidium steckte ich mir zuerst mal eine Roth-Händle ins Gesicht.

Da kam noch was nach. Ganz sicher.

Ich war echt gespannt, was.

# 4

Über den Sonntag gibt es nicht viel zu erzählen. Über den Rest vom Samstag schon, aber das überspringe ich lieber. Pilsbier im »Schlabbekicker«, und dann doch noch Ina, das sagt ja genug. Deswegen hab ich den Sonntag ruhig angehen lassen. Hat eh geregnet.

Montag früh gab's dann, zum ersten Mal seit ich da arbeite, großes Hallo in der Dienststelle.

»Obacht, der Sheriff ist da« und »Na, einen getroffen am Freitag?«, waren die originelleren Sprüche. Es gab sogar Schulterklopfer, was ich bisschen unpassend fand, ich war schließlich nicht auf 'nem Schützenfest gewesen, aber das ist halt Bullenhumor.

Nicht, dass wir in Frankfurt dauernd Leute umballern, aber gerade im Bahnhofsviertel geht es schon oft ordentlich zur Sache, das ist keine Innenstadtwache mit Taschendiebstahl und Der-hat-mir-den-Parkplatz-weggenommen. Man kriegt als Bulle draußen schon öfter mal ein frisches Nasendesign verpasst oder eine vorübergehende Neuanordnung der inneren Organe. Und so gut wie jeder hier hat schon mal wirklich Muffen gehabt und die Waffe mit dem Bewusstsein rausgeholt, dass er sich nicht allzu viel Zeit zwischen Androhen und Schießen lassen kann.

Deswegen fühle ich mich auch so wohl im 4. Revier. Ich bin hier nicht ganz so verhaltensauffällig wie in anderen Dienststellen. Aber das ist noch lange kein Grund, mit allen befreundet zu sein. Und ganz ehrlich: Ein Büro für mich alleine ist totaler Luxus. Das soll auch so bleiben.

Heute saß aber schon jemand drin, und zwar Meyer-Becker. Ist kein Witz, der heißt wirklich so. Meyer-Becker ist der Ermittlungsgruppenleiter. Er heißt Meyer und seine Frau, die mal Frau Becker war, leitet irgendwas im Sozialamt. Ist auch kein Witz, bloß ein Klischee. Jetzt heißen die also Meyer-Becker. Kinder haben sie nicht, und ich denke, das ist auch ganz gut so. Am Ende hätten die noch irgendwelche Müller-Schmidts geheiratet und dann?

»Tag, Rubeck. Du machst ja Sachen.« Meyer-Becker wedelte mit einem Schnellhefter, der dann wohl die Zusammenfassung meiner Freitagsaktivitäten beinhaltete. Also den Teil mit den zwei Schüssen in schneller Folge. Meyer-Becker grinste immerhin, das machte mich locker. Der hat nämlich null Nerven. Wenn irgendwas schieflaufen würde, dann wäre der jetzt schon schweißgebadet, und ich hätte sofort die Tür schließen müssen.

»Aber gut reagiert, wie es aussieht, alle Achtung. Wirklich, alle Achtung.« Er wies in meinem eigenen Büro auf den Besucherstuhl. Na ja, Chef halt. Ich hätte ihn ärgern können und mir eine anstecken, aber ein gut gelaunter Chef ist 'ne Menge wert, wenn man jemandem zwei Dinger reingeschossen hat. Auch wenn man recht damit hatte.

»Ja. Na ja. Danke. Immer schön geübt und dann Glück gehabt, würd ich sagen.«

Meyer-Becker lachte zu laut und zeigte mit dem Finger auf mich.

»Willste Pressesprecher werden? Da kann es helfen, wenn man schnell feuert.« Er lachte wieder, lang und laut.

Jaja.

Dann hörte er auf zu lachen und beugte sich ein bisschen vor.

»Spaß beiseite. Wie geht's dir?«

Ich zuckte mit den Achseln.

»So weit gut, denke ich. Ich war in der Adickesallee«, ich zeigte auf die Akte, »die meinten, da kommt vermutlich nix nach. Ja. Ach so, weißt du irgendwas, wie es dem ... Palokaj geht?«

Meyer-Becker hatte die ganze Zeit genickt und verständnisvoll geguckt, jetzt schüttelte er übergangslos den Kopf.

»Nee. Keine Ahnung, aber der war ja wohl stabil. Ich denke nicht, dass es dem schlechter geht. Eher besser, oder?«

Wieder Achselzucken, was anderes hatte ich nicht drauf.

»Ich mach mich mal schlau, Rubeck. Ist doch klar, dass du das wissen willst.«

»Ja.«

Er nickte, mehr so für sich. Dann schlug er die Beine übereinander. Kam jetzt der Psychologenteil? Oder war der mit »Wie geht's dir?« abgearbeitet?

»Ich hab gehört, in der Adickesallee war auch einer vom LKA dabei? Von OK?«

Ah. Das.

»Ja. Komischer Vogel. LKA halt.« Ich tippte mit dem Zeigefinger von unten gegen meine Nase. Meyer-Becker hob die Augenbrauen und machte so ein »Ts«. Ich legte gleich nach.

»Palokaj ist Kosovare aus Hamburg. Ich sachma, angesichts der Umstände ist der Typ vermutlich nicht gerade der Inhaber eines Reinigungsdienstes, der sich mal 'n bisschen das Nachtleben in good old Frankytown angucken wollte.«

Meyer-Becker patschte zwei-, dreimal mit der flachen Hand auf meine Akte.

»Wir haben den mal durchs System gejagt. Die Liste ist meterlang. Natürlich das meiste irgendwie im Sand verlaufen. Aber der mischt überall mit: Prostitution, BTM, Waffen, vermutlich Unterstützung terroristischer Organisationen, zumindest früher, als das im Kosovo noch richtig gekracht hat. Na ja, muss ich dir nix drüber erzählen.«

Ich war als Bundi im Kosovo gewesen und vorher in Bosnien. Ewig her jetzt. Aber außer der täglichen Scheiße dort hatte ich keine tieferen Einblicke gewonnen. Ich war ja schließlich kein General gewesen. Obwohl ich bei denen auch nicht an tiefere Einsicht glaube. Ich guckte aber möglichst profimäßig, weil Meyer-Becker drauf steht. Er ist schon so lange von der Straße runter, dass man ihn vermutlich nicht mehr alleine im Bahnhofsviertel aussetzen dürfte. Als Chef ist er aber okay. Da kann man nicht meckern.

»Was wollte der LKA-Mann denn von dir? Was hat er gefragt?«

»Eigentlich nix. Dani Kortemeyer hat mich befragt, und der Nawrocki hat bloß so geguckt. Als würde er Dienstaufsicht führen und mal gucken, ob der kleine Citybulle so was überhaupt kann.«

»Typisch. Na ja. Interesse werden die schon an der Sache haben. Wenn der von OK ist. Vielleicht haben die den Palokaj observiert.«

»Das hätte dann ja hervorragend geklappt, das Observieren. Vielleicht durften die Buben nicht in die Überstunden oder mussten mal Pipi und gehen immer zusammen.«

Meyer-Becker grinste. Ich grinste. Alles cool.

»Wie auch immer …«

Aha?

Es kam länger nix. Ich guckte mal etwas auffällig auf meine Akte unter Meyer-Beckers Hand, irgendeinen Grund musste es ja geben, dass er die mithatte. Aber er war offenbar in seiner eigenen Welt aus Vorschriften und dem dicken Verhaltenskatalog, wie man als Chef unangenehme Situationen schnell und schmerzfrei hinter sich brachte, versunken. Ich lass gern mal was unausgesprochen stehen. Meine Erfahrung sagt, dass man damit oft um die entscheidenden Meter bis zum nächsten sicheren Dach weiterkommt, ohne von der Scheißelawine erwischt zu werden. Aber manchmal ist es auch besser, stehen zu bleiben und es über sich ergehen zu lassen.

»Was steht denn jetzt für mich an? So aus deiner Sicht.«

»Also niemand hier bezweifelt, dass du sauber aus der Kiste rauskommst und zwar schnell. Die Sachlage ist klar. Keine Frage.«

»Ja.«

Er wippte ein bisschen mit dem Oberkörper, merkte es aber gar nicht. Ich musste an Rennrodler vorm Start denken. Obwohl ich nie Sport glotze.

»Also …«

Ich guckte nur. Da musste er jetzt mal ohne meine Hilfe durch.

»Du kannst es diese Woche gern etwas ruhiger angehen lassen, wenn du magst.«

Ich nickte.

»Heißt das: Zu Hause bleiben?«

Er schüttelte energisch den Kopf.

»Nein, also, klar, wenn du möchtest, kannst du auch freinehmen.« Jetzt nickte er und holte Luft. Dann fuhr er etwas hastig fort. »Natürlich ohne dass deine Urlaubstage dabei draufgehen. Du musst ja eh noch zum Psychologischen Dienst, die können dann auch was fertig machen.« Er konnte mich nicht mehr angucken.

Aha. Die Nummer.

»Zum Psycho? Chef. Ehrlich. Ich? Der fängt an zu weinen, wenn ich reinkomme.«

Meyer-Becker wand sich auf seinem Stuhl.

»Ist nur Formsache. Nach jedem Schusswaffengebrauch. Weißt du doch.«

»Hm.«

»Rubeck.«

»Ja, ja. Kein Problem.«

Er schnaufte aus. Heftiger, als er vermutlich wollte. Aber ich ließ ihn noch nicht vom Haken.

»Und wenn ich nicht freihaben will?«

Er guckte erst irritiert, dann genervt.

»Mann, das hat doch damit nix zu tun. Aus Fürsorgegründen muss jeder Beamte nach potenziell belastenden Erlebnissen zu einem Gespräch beim Psychologischen Dienst. Also auf jeden Fall. Ich meinte nur, wenn du, also falls du freihaben willst, ohne dass das vom Urlaub abgeht – die können dir da gleich was schreiben. Wenn du eh hinmusst.«

»Was ist mit meiner Wumme?«

Jetzt war er völlig aus dem Tritt. Gefiel mir.

»Deiner ... was?«

»Wumme. Knarre. Schießeisen. Knallprügel. Knipse. Mein Lifesaver, mein Boytoy. Mein Schwanzersatz. Mein ...«

»Ja. Ist ja gut. Wo ist sie denn?«

»Tatortbereitschaft Adickesallee. Aber die müssten durch sein damit, oder?«

»Meine Güte, keine Ahnung. Ja. Nein. Wieso?«

»Na, weil ich als deutscher Polizeibeamter verpflichtet bin, im Dienst eine Waffe zu tragen. Ich bin doch noch im Dienst, oder?«

»Äh ...«

Ich machte ein ganz empörtes Gesicht, was Meyer-Becker mir eigentlich nicht hätte abnehmen dürfen. Empörung ist mir, wie sagt man so schön, wesensfremd. Aber er war offenbar angezählt.

Und das im Sitzen.

Ich weiß, ich habe gesagt, dass ich ihn lieber nicht ärgern wollte, aber ich bin eher der wankelmütige Typ. Ein bisschen unberechenbar, auch für mich selbst. Hält alle wach.

»Bin ich suspendiert?«

Er wurde rot.

»So ein Käse. Natürlich nicht.«

»Dann brauche ich eine Dienstwaffe.«

»Na, die werden sich schon melden.«

»Ich ruf an.«

»Rubeck, jetzt mach doch nicht so 'ne Welle. Wart's einfach ab.«

»Sag mal ...«

»Was denn?«

»Ich werd eh ständig aufgefordert, meine SIG endlich mal abzugeben, weil die überall ausgemustert sind. Und mir ein aktuelles Modell zu holen.«

Meyer-Becker riss die Augen auf.

»Du willst 'ne neue Dienstwaffe, *jetzt*?«

»Ist doch 'n guter Zeitpunkt. Wo die alte bei der KTU rumliegt. Wenn ich dann entlastet bin, können sie die gleich einziehen.«

Er ließ pfeifend Luft ab.

»Na gut«, sagte er. »Dann mach das so.«

Ich sprang auf und zeigte auf den Stuhl, auf dem er saß.

»Ich müsste dann mal an den Schreibtisch.«

»Ach so. Ja.« Er stand auf, ich setzte mich. Meyer-Becker stand ein bisschen verloren im Raum.

»Ich muss 'ne Stellungnahme schreiben. Wo die Waffe ist. Und die bring ich dir dann zum Signieren, okay?«

»Okay, Rubeck.«

Ich fuhr den PC hoch.

»Äh, Rubeck.«

»Ja?«

»Vergiss den Psychologen nicht, bitte.«

Jaja.

»Konni, nach Dienst geb ich 'ne Runde aus.«

Der fette Prohaska drehte sich zu seinem schielenden Kollegen aus der Waffenkammer rum. Der antwortete nicht. Wie immer. Prohaska redet, Konni ackert.

»Ich glaub, das ist die letzte P6 in ganz Hessen. Die hast du bei der Einstellung gekriegt, oder? Und die darf jetzt in Rente?«

»Ich will erst mal gucken. Was haste denn?«, unterbrach ich ihn.

Prohaska ließ die runden Schultern enttäuscht fallen.

»Rubeck. Ich hab alles. Weißte doch. Alles außer Flammenwerfern. Aber 'n Kunstschütze wie du könnte mit 'nem Schießkuli von James Bond ein Fliegenbein erwischen, stimmt's?«

»An dir vorbeizuschießen wäre mir auf jeden Fall nicht möglich.«

Prohaska kann Witze über seine Wampe gut wegstecken. Er lachte rasselnd, dann stützte er sich auf seinen Tresen.

»Nimm doch einfach, was alle haben. 'ne schöne P30. Fünfzehn Schuss statt acht wie in der ollen SIG. Handlich, leicht, ich kann das Griffstück optimal an deine Pfoten anpassen, und du kannst dir noch 'ne geile SEK-Lampe an die Picatinny-Schiene klemmen. Dann kommt der nächste Gangster nachts nicht so günstig davon.«

Die P30 war seit Jahren Standardwaffe in Hessen, eigentlich hatte ich auch nix Schlechtes darüber gehört. Ich bin einfach ein Gewohnheitstier. Und außerdem muss man ja nicht jede Mode mitmachen, nur weil der Dienstherr das gerne will.

»Ist gut. Ist jemand unten zum Anschießen und so?«

»Das mach ich persönlich. Olle Rubeck goes einundzwanzigstes Jahrhundert. Da will ich dabei sein.«

Prohaska lachte dreckig und rief nach hinten: »Konni, mach mir mal 'ne P30 fertig. Mit Holster, zwei Zusatzmagazinen und ... warte mal«, er kniff ein Auge zu, »hundert Schuss. Hundert okay, Rubeck? Zum Kennenlernen?«

Ich nickte.

Eineinhalb Stunden später stand ich schweißgebadet im jetzt rauchigen Schießkeller. Ein Haufen zerfetzter Scheiben mit Volltreffern lag in der Ecke. Prohaska griente.

»Scharfes Baby, oder? Liegt in der Hand wie Butter. Gib's zu, Rubeck, 'ne junge Braut ist doch was Geiles. Wirst du sie heiraten? Sag ja. Bittebitte.«

Ich schaute auf die Waffe. Das war wirklich ein schönes Teil, musste ich zugeben. Elegant und stylish, richtig modern. Dagegen war die SIG eher 'ne Steinschleuder.

»Nee. Lass mal. Ich mag mein altes Baby. Hat mich nicht im Stich gelassen. Aber danke für den netten Vormittag.«

Prohaska machte so ein Zitronengesicht. Seine Stimme bekam einen Sound zwischen Wut und Panik.

»Rubeck. Hundert Schuss und meine Zeit! Ich hab alles schon ins Register getippt.« Er zeigte auf die Kabine, in der sein PC stand. »Und dann sagst du nein? Hast du 'nen Knall?«

»Nimm's mir nicht krumm, Dicker. Hat Spaß gemacht.«

Ich legte die Wumme, das Holster und die Magazine auf den Tisch und ließ ihn stehen, bevor er anfing rumzuheulen.

»Arschgeige«, brummelte er, aber Prohaska war nie lange sauer.

Und ich war ihm auch echt dankbar.

Hundert Murmeln hintereinander ins Schwarze trommeln, das war genau die richtige Vorbereitung auf meinen nächsten Termin. Jetzt noch flott eine smoken und dann: Psycho, ich komme.

# 5

Der Psycho hat nicht geweint. Ich auch nicht. Er hat was von »guter Resilienz« gemurmelt, womit er vermutlich das meinte, was ich unter gesunder Ignoranz verstehe. »Vollumfänglich dienstfähig«, war dann der entscheidende Satz. Ein paar freie Tage hat er mir trotzdem angeboten und empfohlen. Ich hab dankend abgelehnt. So höflich konnte ich nur wegen der lustig verballerten hundert Schuss sein. Ich finde das sind gut angelegte Steuergelder.

Dann hatte ich Hunger. Unser Psycho heißt Giuliani. Ob das jetzt Hypnose war oder ich bloß sehr einfach gestrickt bin, weiß ich nicht. Ist auch egal. Ich hatte jedenfalls das dringende Bedürfnis nach einer Pizza.

Und wie ich so ins »Da Nico« reinschlurfte, war gleich klar, dass ich dazu ein, zwei Pilsbierchen bräuchte. Was dann die irgendwie logische Folge hatte, dass ich beschloss, doch ein paar Tage freizunehmen. Ohne Krankschreibung, einfach Urlaub. Ich fahr sowieso nie weg und schiebe immer ewig freie Tage und Überstundenausgleich vor mir her.

Vier Pilsbierchen und zwei Grappa später musste ich mich ein bisschen am Riemen reißen, weil der kleine Diepholz an der Pforte fragte, was mit mir los wäre, ich hätte ja gute Laune. Im Büro hatte ich dann erstens einen Anruf ohne Nachricht von der KTU in der Adickesallee, wie mir mein Display sagte, und zweitens eine Mail von denen, in der stand, dass ich mein

Eisen bei der Tatortbereitschaft abholen könnte, sie wären durch damit.

Ich sagte Meyer-Becker Bescheid und beantragte bis Freitag frei, was ich auch sofort kriegte. Und am Wochenende würde ich keinen Dienst haben. Also eine Woche raus.

Nicht übel für einen Montag. Ich fühlte mich so was von gar nicht wie ein Beamter. Crazy Ruben goes to town.

Ich musste zuerst kurz heim, weil da mein Holster rumlag und ich die gute SIG ja schlecht in der Jackentasche rumtragen konnte. Auf dem Weg rauschte ich noch durch den Supermarkt. Kaufte ein Steak, TK-Pommes, 'ne Dose Erbsen mit Möhren und ein Sechserpack Budweiser. Und um mal richtig frei zu drehen, schnappte ich mir noch 'ne Flasche Jim Beam, dazu Ginger Ale und eine unbehandelte Zitrone. Zwei Päckchen Kippen am Wasserhäuschen und ab nach Hause.

Ich parkte alles im Kühlschrank, räumte schnell bisschen auf, weil ich nachher todsicher keinen Bock dazu haben würde, und machte mich auf den Weg in die Adickesallee.

Hallstetter händigte mir die Wumme aus, es war alles okay.

»Du hast ausschließlich auf den Palokaj geschossen, wie ausgesagt. Es fehlten zwei Schuss an deinem Bestand, die beiden Hülsen haben wir auch. Sauber wie Schnee, der vom Himmel fällt, Kollege.«

Nicht dass ich etwas anderes erwartet hatte, trotzdem war ich irgendwie erleichtert. Und wollte deswegen noch mal bei Dani Kortemeyer vorbei. Lief aber genau in Wagner. Na ja, der Tag war auch zu smooth gewesen bisher.

Seine Augenbraue hüpfte sofort hoch zum Haaransatz.

»Was machst du denn hier?«

Ich schob die Jacke zur Seite und klopfte auf mein Holster.

»Wumme abholen, KTU war durch damit. Alles in Butter.«

Er nickte.

»Schön. Na ja, dann wird sich die Staatsanwaltschaft ja vermutlich auch bald melden.«

»Jep. Ich hoffe.«

Dann standen wir kurz rum. Gerade als ich mich wieder in Gang setzen wollte, sagte Wagner doch tatsächlich. »Kaffee?«

Ich war so perplex, dass ich ja sagte. Und dachte im selben Moment, dass jetzt möglicherweise Wagner perplex war. Aber was weiß ich schon?

»Dem Palokaj geht es etwas besser. Ist noch nicht vernehmungsfähig, aber stabil. Du hast ihn beide Male ziemlich weit oben erwischt, in der linken Schulter. Wir haben eine Lady ausfindig gemacht, mit der er hier ist. Hockte im Hotel mit 'nem Haufen Einkaufstüten und hatte keine Ahnung von nichts. War zuerst etwas aufgelöst, hat sich dann aber schnell gefangen. Sie hat es ein paarmal auf dem Handy vom Leibwächter probiert, aber der konnte ja nicht mehr rangehen.«

Wagners Gesicht blieb ausdruckslos.

»Der ist übrigens interessant. Der Leibwächter. War schon mausetot, als du gekommen bist, nur, dass du dir da keine Sorgen machst.«

Ich guckte ihn an.

»Du hast dir keine Sorgen gemacht, stimmt's?«

»Ziemlich herzlos, was?«

Wagner lehnte sich in seinem Bürostuhl zurück.

»Ja, ein bisschen, vor allem wenn man bedenkt, dass es sozusagen ein Ex-Kollege ist.«

»Ach?«

Wagner ließ ein trockenes Lachen raus.

»Von 1988 bis 2001. Aber nicht irgendwo. Der war bei der GSG 9. Ob er gekündigt hat oder rausgeflogen ist, wissen wir nicht. Tja, und dann Bodyguard von einem Rotlicht-Tycoon, dem nie einer so richtig was nachweisen kann. Und jetzt tot. Das macht die drei Vögel, die du gesehen hast, richtig spannend, oder? Legen mir nix, dir nix einen Ex-9er um und kommen ohne Kratzer davon, wie es aussieht.«

Ich zuckte mit den Achseln.

»Na ja. Milieu. Vielleicht war er nicht mehr so fit wie zu seinen besten Zeiten. Oder hatte was intus.« Ich schniefte laut und tippte an meine Nase.

Wagner schüttelte den Kopf.

»Der Doc sagt nein. Nada. Nüchtern. Und so rein körperlich machte der immer noch einen guten Eindruck. Kein Gramm Fett. Tja. Nicht mehr mein Problem. Das haben jetzt die Kollegen bei Kapitaldelikte an der Backe. Möglicherweise wirst du von denen auch noch was hören.«

Ich trank den Kaffee aus, der sogar für meine niedrigen Ansprüche echt scheiße schmeckte.

»Allzeit bereit.«

Wagners Augenbraue wanderte mal wieder nach oben.

»Wenn du Pfadfinder warst, sollte man den Stamm schließen. Die haben pädagogisch völlig versagt.«

Ich hob die Rechte zum Pfadfindergruß.

»Der Große haut den Kleinen und drei gucken zu. Passt doch.«

Ich hörte deutlich, wie mein Kühlschrank nach mir rief.

Ganz ehrlich, kochen kann ich nicht. Jedenfalls nichts Kompliziertes. Aber Steak hab ich drauf. Die Pommes kamen schön kross aus dem Ofen, das Fleisch war innen roh, aber zart. Das

Gemüse schaufelte ich mir nur wegen der Blutwerte rein, aber mit ordentlich Butter war es okay.

Ich hatte im Kühlschrank überraschend Barbecue-Soße gefunden, und aus lauter Übermut haute ich mir noch ein Spiegelei mit 'nem Schuss Tabasco übers Steak drüber. Beim Kochen gluckerte ich zwei Horse's Neck. Ein nicht zu kleiner Bourbon auf Eis, Ginger Ale drauf, Zitronenschale, dünn abgehobelt. So geht der klassisch. Ich hab den gern mit noch 'nem Spritzer Angostura-Bitter.

Sag keiner, ich könnt's mir nicht gemütlich machen.

Zum Essen knallte ich die ersten beiden Bud weg, und dann machte ich mit den restlichen Bierchen, Roth-Händle, Whiskey pur auf Eis und *Blade Runner* weiter. Vor drei Jahren hab ich doch noch von Video auf DVD umgestellt. Ist schon klasse. Und um die Ecke gibt es auch tatsächlich noch 'n DVD-Verleih. Bahnhofsviertel. I love it.

Obwohl sich natürlich auch hier 'ne Menge ändert. Es wird schicker. Neue Clubs, die nur so tun, als wären sie Rotlicht, und richtige Restaurants, die keine Imbisse sind. Bin gespannt, wie das noch wird. Ehrlich gesagt, es macht die Arbeit ein bisschen leichter, aber das Leben vielleicht irgendwann öder.

Ich wohne übrigens nicht so abgefuckt, wie die meisten denken. Meine Bude hat drei Zimmer, Altbau. Und ich räum regelmäßig auf und putze. Meine Exfrau war noch nie hier, was mir nur recht ist. Sie würde wohl sagen, wenn ich während unserer Ehe schon so aufgeräumt hätte, wären wir vielleicht noch zusammen.

Glaub ich allerdings nicht.

Und sie vermutlich auch nicht. Aber es wäre nett gemeint, denke ich. So nach dem Motto, dass ich gar kein Arschloch bin und unsere Ehe mehr so den Umständen zum Opfer gefallen ist. Was in gewisser Weise stimmt. Also das mit den Umständen.

Ich finde schon, dass ich ein Arschloch bin.

Wer meine Exfrau kennt, findet das in der Regel auch. »Rubeck, so eine Frau lässt nur das allerletzte Arschloch laufen.« Das hab ich schon öfter mal gehört. Ist wohl was dran.

Das Ding ist: Ich hab sie gar nicht laufen lassen. Es war mir nicht egal, dass es auseinanderging. Aber ich konnte nichts dagegen tun. Nada. Man muss manche Dinge einfach hinnehmen.

Ich bin während des Films ein paarmal eingenickt. Nicht, dass mir langweilig war, auch wenn ich *Blade Runner* schon echt oft geguckt hab. Ich war einfach fertig.

Beim vierten Bud mit dem zweiten Jimmy auf Eis war ich drauf und dran, den Film auszumachen.

Ich guckte noch zu Ende, und dann ließ ich das sechste Bierchen glatt im Kühlschrank. Saß im Wohnzimmer, rauchte, trank den dritten Jim Beam, in dem sich das Eis schon aufgelöst hatte. Von draußen kam so die übliche Geräuschkulisse. Die Tram bimmelte auf der Münchener Straße, Gegröle, Hupen, Musikfetzen, Lachen. Tief drinnen juckte es mich, noch bisschen rauszugehen. »Schlabbekicker« ging immer, zweiundzwanzig Stunden geöffnet, zwischen vier und sechs Uhr morgens putzt Hennes. Beziehungsweise lässt putzen. Ich könnte mich aber auch rasieren und lässig aufhübschen und mal die neue Szene erkunden. Ich sehe zwar nicht mehr ganz frisch aus, aber auch nicht langweilig. Und die sind doch heute alle immer Retro, Vintage und so. Ich gehe locker als Achtzigerjahre-Bulle durch. Ich hab schon die Mode mit den Outdoorklamotten nicht mitgemacht. Alle fanden das super, weil man damit nicht nass wird und trotzdem ist alles bequem und so. Das waren aber mehr so die Lederjackenbullen, die das plötzlich geil fanden. Klar. Lederjacke war immer schon scheiße für den Job. Kannste dich doch gar nicht drin bewegen. Und was unsereiner sich an Lederjacke für den Dienst leistet, sieht auch schon aus hundert Metern nach Zivilbulle aus. Na ja. Das Outdoorzeug trägt zwar heute auch so gut wie jeder, aber abends, zum Weggehen dann doch nicht. Und dann fallen die Kollegen hier im Viertel schon wieder auf. Ist nicht mein Problem. Ich bin mit meiner Army-Jacke immer gut gefahren. Und bei richtig Regen stehe ich doch eh nicht auf der Straße rum. Hallo? Das fällt doch wohl erst recht auf.

Wobei – zum Auffallen muss ich natürlich sagen, dass mich hier im Viertel eigentlich fast alle unserer Kunden kennen. Ich mach das einfach schon zu lange, und außerdem wohne ich auch noch hier. Aber ich bin ja auch kein Zivilfahnder mehr. Das ist nichts für 'nen Typ in meinem Alter. Nä. Die Observiererei, das Hinterherrennen.

Apropos.

Ich hatte es ziemlich schleifen lassen in letzter Zeit, fiel mir in diesem Moment auf. Ich süppelte den letzten Schluck Whiskey, zog noch einmal an der Kippe, und dann fasste ich einen Entschluss.

Morgens um halb acht war ich dann nicht mehr sicher, ob der Entschluss wirklich so klug war, aber da hatte ich schon die ersten zwei Kilometer am Main hinter mir. Immerhin tat es nicht ganz so weh, wie ich befürchtet hatte. Ich hab's Gott sei Dank nicht mit den Knien oder dem Rücken. Obwohl ich einiges dafür getan hab, dass es so kommt. Klar, meine Lunge findet Joggen nicht super und mein Kopf nach Abenden wie gestern auch nicht so. Aber ansonsten bin ich geschmeidiger, als man so denkt.

Wahrscheinlich, weil ich früher richtig viel Sport gemacht hab. Nachdem Fußball einerseits wegen Talentmangel, hauptsächlich aber wegen meiner chronischen Mannschaftsallergie ausgefallen war, landete ich beim Boxen. Das hat mir immer Spaß gemacht. Boxer laufen nicht gerne, aber es gehört einfach dazu. Kondition, Beweglichkeit. Und man ist mal woanders als im stickigen Boxkeller, der nach hundert Jahren Schweiß und Leder müffelt. Wobei ich genau das am Boxen schon auch immer gemocht hab.

Die Strecke hier bin ich früher fast täglich gelaufen. Auf dem Holbeinsteg über den Main, also von »Hibbdebach« nach »Dribbdebach«, wie der Frankfurter sagt. Und dann Richtung Westen bis zur Leunabrücke. Ziemlich grün alles. Und gute zehn Kilometer. Dann wieder über den Main und auf der anderen Seite bis zur Station Höchst hoch und von da mit der S-Bahn zurück zum Hauptbahnhof.

Als ich noch beim Polizeisportverein aktiv war, bin ich das fünfmal die Woche morgens oder abends gelaufen, ab und zu auch ohne S-Bahn zurück, also doppelte Strecke. Im PSV waren mir aber einfach zu viele Kollegen. Und in der Staffel zu boxen hatte ich dann irgendwann auch keinen Bock mehr. Macht keinen Spaß, wenn einen die Achtzehnjährigen mit Hormonüberschuss schon bei Partnerübungen von den Füßen holen. Ich meine, draußen und wenn es ernst wird, hab ich vor denen keine Muffe, weil so viele Fairnessregeln, wie ich vergessen kann, haben die noch nicht mal gelernt. Aber im Verein muss man sich am Riemen reißen. Und immer nur »Alda, ey, tut mir leid, Mannscheise« macht den Abend auch nicht besser.

Seit Jahren gehe ich außerdem ein- bis zweimal die Woche zu Dragan. Der hat 'nen richtig miesen Kampfschuppen, in dem im Grunde nur Thai- und Kickboxer trainieren. Straßenschläger, die mit allem zuhauen, was sie haben. Da zieh ich mein Programm durch, Seilchen hüpfen, Boxbirne, Sandsack, Schattenboxen, paar Gewichte. Wenn einer Zeit hat, bisschen Pratzentraining, und gut ist. Zum Sparring bringt mich da keiner, die Typen haben alle keine Bremse.

Hab ich »ein- bis zweimal die Woche« gesagt?

Na ja, das war mal.

Im Augenblick, also so seit etwa fünf Jahren, laufe ich vielleicht ein- bis zweimal im *Monat* und gehe etwa genauso oft zu Dragan. Wenn überhaupt. Aber es reicht immer noch, um mich einigermaßen fit zu halten und die Bierchen nicht so doll anschlagen zu lassen. Also natürlich hab ich einen kleinen Rettungsring, aber ohne das bisschen Laufen und Dragan wäre der vermutlich doppelt so dick.

Bis kurz hinter die Staustufe Griesheim ging's ganz gut, aber da ist auch erst die Hälfte. Ab da musste ich ganz schön kämpfen. Um Luft und gegen das Kotzen. Aber da werde ich echt garstig. Zu mir selbst. Wenn ich so durchhänge, krieg ich 'ne Wut.

Hilft natürlich nicht viel. Tut nur mehr weh, weil man sich dann auch noch verkrampft. Ich wär ja gerne so ein oberbuddhistischer Kampfkünstler. Total gelassen. Stoisch. Mit unbewegtem Gesicht bei jeder Anstrengung und jedem Schmerz. Manche Kollegen halten mich für stoisch, weil ich im Dienst nicht so viel rede. Aber tatsächlich bin ich eher ein Wutbeißer. Und pfeife schnell auf dem letzten Loch.

Na ja.

Bis zur Leunabrücke hab ich es ohne Stehenbleiben und ohne Gehen geschafft, aber rüber bin ich dann gemächlich und mit Stichen in der Brust. Dass es heute eher kühl war, war mir beim Laufen nur recht, aber jetzt, so verschwitzt, wäre mir bisschen Wärme ganz lieb gewesen. Doch die Sonne ließ sich nicht blicken. Im Gegenteil. Mitten auf der Brücke fing es an zu regnen. Nach ein paar Minuten war ich nass bis auf die Haut. Prima. Ich zog das Gehtempo etwas an, aber dann merkte ich, dass meine Waden hart wie Granit waren. Nix mit flott. Am Ende der Brücke hatte ich mich dann zumindest dran gewöhnt, nass zu sein, und ignorierte es einfach.

Natürlich hatte ich mit einsetzendem Regen auch angefangen, mich zu fragen, warum ich ausgerechnet heute meine Sportabstinenz aufgeben musste. Ich hatte für meine Verhältnisse gestern nun wirklich nicht gesumpft, also dass man denkt: O-oh, jetzt muss ich aber mal mein Leben ändern. Gestern war eigentlich richtig lässig gewesen.

Ich konnte es drehen und wenden, wie ich wollte, es musste mit meinem gelungenen Freitagabend zu tun haben. Einen umschießen ist halt doch was anderes als Ärger im Büro. Und den hatte ich ja irgendwie noch dazu gekriegt. Ich meine, überhaupt aufzufallen. Dass das auf einmal jeder Kollege weiß und dass ich in die Adickes musste, gleich zweimal. Und dann der Nawrocki vom LKA, den ich nicht einordnen konnte und der da einfach in meiner Vernehmung saß und grinste und sich seins dachte, aber mich nicht daran teilhaben ließ.

Ein Rotlichtboss aus Hamburg, ein Toter, weggenagelt von irgendwelchen Rockern. Der auch noch Ex-Bulle ist, und zwar einer von der ganz harten Sorte. Ich will mich jetzt nicht dicke machen, aber ich hab schon ein bisschen was gesehen und gemacht im Leben, was dem Durchschnittsangestellten ordentlich Schweiß in die Arschritze treiben würde. Und ich hab mit Typen wie denen von der GSG 9 zu tun gehabt. Also mit 9ern konkret, aber auch Leuten, die Ähnliches machen. Es gehört was dazu, so einen Kerl umzunieten, zumal, wenn der seine Wumme schon draußen hat und auch irgendwie damit rechnet, dass was passieren kann.

Genau.

Hatte der eigentlich auch geschossen? War er dazu gekommen? Das musste ich mal rauskriegen. Wenn so einer schießt, dann trifft er nämlich in der Regel auch. Und zwar egal, ob er steht, sitzt, liegt oder sich gerade ein Nutellabrötchen schmiert. Das war das eine.

Das andere war, dass ich mir gerne selbst eine auf die Backe geklatscht hätte, weil ich nämlich blöd war. Wir hatten alle immer von Rockern geredet. Also die drei Typen. Ich hab ja auch gesehen, dass die Kutten anhatten und so. Passt ja auch. Rotlicht, Bahnhofsviertel, Rocker. Und die Hells Angels haben nun mal überall ihre Finger drin. Aber! Die dürfen ihre Kutten eigentlich nicht mehr öffentlich zeigen, ist seit einiger Zeit gerichtlich verboten. Und daran hielten die sich auch, um ihre Geschäfte nicht zu gefährden. Hinter den Kulissen lief es wie gehabt. Aber so öffentlich auftreten, nach alter Manier für Ordnung unter den ganzen Kleinganoven und Dealern sorgen – das war vorbei. Mancher Gewerbetreibende im Bahnhofsviertel wünschte sich die alten Zeiten im Stillen zurück.

Mit anderen Worten.

Dass drei Angels sich so offen mit Clubinsignien zeigten und einen möglichen Konkurrenten niederballerten, das war schon komisch. Vielleicht hatte deswegen dieser Nawrocki ein Interesse an der Sache.

Inzwischen war ich so nass, als wäre ich die Strecke nicht gelaufen, sondern geschwommen. Der Bahnhof war in Sicht, also trabte ich wieder los. Ging ganz gut.

Als mir eine S2 direkt vor der Nase wegfuhr, regte ich mich null auf. Ich war im Kopf immer noch bei diesen Rockern und allem. Irgendwas roch faul an der ganzen Sache.

Und ich denke heute, dass ich genau deswegen wieder mit Joggen anfangen wollte.

# 6

Ich blieb hart. An dem Abend nahm ich nur noch zwei Bier und einen Whiskey, rauchte dafür aber mehr als sonst. Irgendwas musste ich mir ja reinpfeifen. Am nächsten Tag stand ich vormittags bei Dragan auf der Matte.

»Rubeck, Alter, wo soll ich dich denn hinhängen? Hier ist kein Platz mehr.« Dragan lässt Gold sehen, wenn er grinst, viel Gold. Er zeigte auf die Eisenträger, an denen Sandsäcke pendelten. »Oder willst du etwa trainieren? Zieh dich um, ich hol den Notarzt. Nur zur Vorsicht, ich muss schließlich auf meinen Ruf gucken.«

Ich konnte ihm das nicht verdenken. Dragans Boxkeller ist nämlich kein Keller, sondern liegt im zweiten Stock, und ich war extra in großen Sätzen die Treppen hochgejumpt, um Geschmeidigkeit zu demonstrieren. (Wem eigentlich? Außer mir war keiner da gewesen.) Entsprechend japste ich jetzt. Ich war drauf und dran umzudrehen. Dragan grinste breiter und haute mir seine Baggerschaufelhand auf die Schulter.

»Gib Gas! Ist gerade nix los. Wenn du Bock hast, gehe ich mit dir ein paar Pratzenrunden, wenn du warm bist.«

Dragan ist Mitte fünfzig, hat dicke graue Locken und eine so breitgeboxte Nase, dass sie von der Seite kaum zu sehen ist. Seine Blumenkohlohren würden an jedem Gemüsestand die Kundschaft vertreiben, und seine Augen sind bei irgendeinem Kampf Anfang der Neunziger zugeschwollen und seitdem nicht mehr aufgegangen. Als kleine schwarze Punkte klemmen sie zwischen seinen mongolisch aufgeworfenen Jochbeinen und der Neandertalerstirn. Er hat praktisch keine Augenbrauen mehr, weil auf dem tausendmal geplatzten, jetzt total vernarbten Gewebe nichts mehr wächst.

Er ist einen halben Kopf größer als ich und war Schwergewichtler. Heute ist er Superduperschwergewichtler, seine Wampe ist fassgroß, aber stramm gespannt. Wenn er mit den Pratzen im Ring um einen herum geht, ist seine Beinarbeit schwerfällig, aber mit den Armen ist der verdammte Hund immer noch sauschnell, und seine Kommandos bellt er messerscharf. In unregelmäßigen Abständen kommt mal seine Linke, mal die Rechte quer von der Seite, damit man die Rübe einzieht und ausweicht, ohne den Schlagrhythmus zu unterbrechen. Tatsächlich kommen die Dinger aber so schnell, dass ich froh bin, wenn ich den Kopf rechtzeitig runterkriege. Dragan ist übrigens der einzige Mensch, den ich kenne, dessen Hände nicht wesentlich kleiner wirken, wenn er die Pratzen auszieht.

Wenn man warmgeboxt ist, dann kommen öfter auch mal Hände von vorn. Mal leicht rechts, mal leicht links. Damit dirigiert er einen in die Richtung, in die die Meidbewegung optimalerweise gehen sollte. Für einen Kerl in meinem Alter ist das 'ne ziemliche Herausforderung, aber auf lange Sicht ist Ausweichen und Meiden natürlich viel gesünder als immer nur draufhauen. Je mehr man haut, desto mehr kassiert man auch.

Ich bin auf der Straße für eine gesunde Mischung aus Meiden und unfair play. Ein beherzter Tritt gegen das Kniegelenk zur rechten Zeit oder ein Ellenbogen in die Fresse statt einer Faust klären oft ganz schnell brenzlige Situationen. Man muss das dann aber auch konsequent durchziehen. Dafür braucht man eine gut gepflegte Boshaftigkeit, der man im geeigneten

Moment dann freien Lauf lässt. Nach einer solchen Aktion ist für den Privatmann dann oft Rennen eine gute Wahl, solange der andere sich noch heulend am Boden krümmt.

Wenn ich beruflich unterwegs bin, sind an dem Punkt dann Kabelbinder angezeigt. Handschellen nur fürs dekorative Abführen. Kabelbinder ansonsten einfach besser. Hat man flott angelegt, tun von einem bisschen bis sehr dolle weh, das liegt ganz bei einem selbst, und kosten fast nix. Ich hab immer drei, vier vorbereitet in der Jackentasche.

Na ja. Aber jetzt war ich in Dragans Boxbude, und da verhält man sich natürlich ganz im Rahmen der Regeln der geordneten Gewaltanwendung innerhalb von Ringseilen.

»Ich bin dann mal im Büro, Rubeck. Bis nachher.« Dragan lachte und winkte mir im Gehen zu. Er verschwand in seinem Kabuff und ich in der nach totem Tiger stinkenden Umkleide. Mir gefiel der Gedanke, jetzt vielleicht wirklich eine Stunde oder länger alleine hier zu trainieren. Ich wickelte mir sorgfältig die Bandagen um die Hände, Handknochen sind schneller gebrochen, als man glaubt. Ich bin nicht der Schnellste und nicht der Fitteste, aber meine Bewegungsabläufe sind immer noch gut und ich hab einen ordentlichen Wumms. Wenn ich meine gut sechsundachtzig Kilo tatsächlich mit sauberer Hüftdrehung vom Fuß ab perfekt hinter die Faust kriege, dann ist schon was geboten.

Beim Rausgehen gab es ein kleines Kuddelmuddel, weil doch noch jemand kam, und ich fast in ihn reinlief. Auch okay. Der Typ war etwas größer als ich und wirkte irre durchtrainiert. Nicht massig, sondern zäh und geschmeidig. Ich schätzte ihn auf Mitte, höchstens Ende dreißig.

»Hi«, sagte er, und sein Blick war weder freundlich noch unfreundlich, sondern einfach neutral. Typischer Kämpferblick.

So gucken Profis, Kampfsportprofis. Aber auch die Typen vom SEK. Die sind ausgebildet, anderen wehzutun, ohne ins Schwitzen zu kommen. Und immer grundgechillt zu bleiben. Beim Boxen, beim Schießen und auch wenn Messer fliegen. Bei Letzterem die Nerven zu behalten ist verdammt schwer. Man ist nah aufeinander, und Treffer oder Schnitte tun saumäßig weh. Ich hatte einmal das Vergnügen. Hat mir gereicht für immer. Seitdem ziehe ich sofort meine Wumme und steppe drei, vier Schritte zurück, wenn mir einer so kommt, da endet dann die Motivation des Gegners in der Regel.

Ich lief erst ein paar eng gezirkelte Runden in sehr gemächlichem Tempo und lockerte Gelenke und Muskeln. Nach fünf Minuten war ich warm und schwitzte auch schon ordentlich. Ich holte mein Springseil und machte mich bereit.

An jeder Wand des Gyms hängt eine Rundenuhr, da sieht man genau, wann drei Minuten um sind, und die eine Minute Pause ist auch markiert. Egal, an welchem Gerät man arbeitet, man sieht immer, wie lange die Runde noch geht. Drei, eins, drei, eins, drei, eins. Das ist der Herzschlag des Boxers. Drei Minuten Arbeit, eine Minute Pause.

Der Zeiger rückte auf den nächsten Rundenbeginn, und ich fing an zu springen. Nicht hoch und immer im Wechsel, links, rechts, schön locker bleiben. Nur so kriegt man die Frequenz hin, die es braucht. In der ersten Runde blieb ich immer wieder im Seil hängen, aber irgendwann fand ich den Rhythmus, und ab dann brachte es Spaß. In der zweiten Runde machte ich schon fünf, sechs Doppelsprünge, also da zieht man das Seil zweimal unter den Füßen durch während eines Sprungs. In der dritten kamen dann schon die Spielchen dran. Arme kreuzen, links, rechts vorbeischwingen, Doppelsprung, Sprint. Beim Sprint zieht man die Knie abwechselnd richtig hoch und macht Tempo. Dabei ist das Auf-die-Fresse-fall-Risiko ziemlich hoch, aber ich war gut drauf, und es lief recht elegant.

Der Profityp hatte mittlerweile auch angefangen, und bei dem sah das so aus, wie ich erwartet hatte. Völlig unangestrengt, superlocker, aber präzise wie ein Uhrwerk. Der tanzte. Sein Körper geschmeidig, der bewegte sich wie ein heißes Messer durch Butter. Ich wechselte zum Schattenboxen. Er auch.

Seine Fäuste flogen so schnell und genau, dass man echt denken konnte, die knappen Ausatmer, die man beim Schlagen immer von sich gibt, wären eigentlich das Geräusch, das seine Hände in der Luft machen. Seine Beinarbeit war präzise, leicht und doch explosiv, wenn er schlug. In den Rundenpausen keuchte ich schon wie eine Dampflok, während er noch nicht mal zu schwitzen schien.

Ein echtes Biest, der Kerl. Deprimierend.

Dass ich jetzt nicht mehr in Ruhe allein mein Ding machen konnte, war okay. Aber konnte nicht einfach einer der stumpfsinnigen Kickbox-Türsteher aufkreuzen, die die Masse der Kunden hier ausmachten? Mit denen messe ich mich nicht, andere Sportart. Müsste ich mit einem von denen in den Ring, würde er vermutlich den Boden mit mir aufwischen, aber auf der Straße sacke ich die alle ein. Spätestens, wenn ich meine SIG raushole.

Der hier war so, wie ich als aktiver Boxer immer sein wollte und zeitweise auch war. Eine gut geschmierte und völlig störungsfrei arbeitende Maschine. Alles lief wie im Schlaf. Ganz egal, ob er Seil sprang (doppelt so schnell wie ich), am Sandsack arbeitete (schnelle Beine, ansatzlose Gerade, Haken, die keine Sau kommen sieht) oder an der Maisbirne (ratta-da-dong-ratta-da-dong-ratta-da-dong, aber wie ein MG).

Ich packte mich in die Gewichteecke. Machte zuerst Liegestütze, dann Sit-ups, dann Kniebeugen, mit fünfundzwanzig Kilo an der langen Stange (ich blieb stehen). Ich japste und schwamm in meinem grauen Sweater und den ausgeleierten Hosen. Trotzdem ging ich auf die Bank und drückte dreimal acht mit vierzig Kilo. Dann, zum Abschluss, Bizepscurls.

Mir brannten die Arme und Beine, und meine Lunge musste außen Stacheln haben. Dragan hatte sich nicht mehr blicken lassen, aber mir passte das eigentlich ganz gut. Ich sammelte also mein Springseil ein und ging Richtung Umkleide.

»Hey, warte mal!«

Der Typ hatte gerade noch eine Schlagserie auf den Sandsack abgefeuert, dann war wieder eine Runde zu Ende, wie ich aus dem Augenwinkel sah. Er kam auf mich zu, lächelte.

Dann fiel mir ein, an wen der mich erinnerte. Der sah ein bisschen aus wie The Edge, der Gitarrist von U2. Hatte dunkle, eher kurze Haare und so einen kleinen Soulpatch unterhalb der Unterlippe. Eigentlich schräg für so eine drahtige Kampfmaschine.

»Hast du Bock auf zwei, drei lockere Runden?«

Ich wiegte ein paarmal den Kopf hin und her, als würde ich es mir überlegen (bin ich irre?), dann sagte ich: »Nee, sorry, aber mir reicht es für heute.«

Er lachte und zeigte eine perfekte Reihe weißer Zähne.

»Drei Runden, Halbkontakt. Ganz easy. Du machst 'nen guten Eindruck, technisch. Mir geht es einfach um Reaktionstraining.« Er nickte aufmunternd in Richtung Ring, und mein Magen meldete sich.

»Scheiß drauf. Drüben im Schrank sind Kopfschützer.«

»Brauchen wir nicht. Nur andeuten. Locker.«

»Ich häng an meinen grauen Zellen. Werden auch nicht mehr, wenn man älter wird. Wirste noch erleben.«

Was mir ehrlich gesagt mehr Sorgen machte als meine Rübe, waren meine Zähne. Ich hatte keinen Mundschutz, weil ich seit Jahren nicht mehr sparrte. Aber der Typ wusste, was er machte.

Ich zog den Sweater über den Kopf. Im Schrank waren auch noch Zwölf-Unzen-Handschuhe.

The Edge war schon durch die Seile gejumpt und shuffelte durch den Ring wie Ali in seinen besten Zeiten. Ich staffierte mich aus und krabbelte eher käfermäßig zwischen die Seile. Dragan würde sich totlachen, wenn er mich so sah.

»Okay, Mann, locker-flockig, halbe Kraft von mir, du kannst gerne mehr Gas geben, ich muss meiden üben. Drei Runden. Alles klar?«

Ich nickte, wir dotzten die Handschuhfäuste aneinander, der Zeiger ruckte aus der Pause in die nächste Runde, und der Tanz begann.

Also er tanzte, ich stapfte. Der Typ war schätzungsweise gute zehn Kilo leichter als ich, was bei seinem Alter und seiner Größe hieß, er musste einfach dreimal so schnell sein. War er ja auch.

Ich hielt mich zurück, guckte, dass ich in der Mitte blieb und ihn um mich rumlaufen ließ. Je weniger Strecke ich machen musste, umso besser für meine Puste. Als der Kleinere und Bulligere musste ich natürlich zusehen, dass ich in die enge Distanz kam. Der Witz ist aber, dass der mit der größeren Reichweite sich wirklich nicht doll anstrengen muss, um die größere Distanz zu halten. Ich musste also Druck machen und seine Beinarbeit und Deckung gut im Blick haben, die Chance für Täuschbewegungen suchen und dann beherzt vorsteppen, damit ich ihn in meine Reichweite bekam. Das ist bei Kämpfen ziemlich riskant, aber für mich war es eben nie anders gewesen. Eigentlich ein Wunder, dass mein Gesicht alles in allem noch ganz okay aussieht nach all den Jahren.

The Edge machte das richtig gut, war ja zu erwarten. Seine Beinarbeit war flott, aber keine Show. Absolut effektiv und logisch. Und seine Führhand kam quasi ständig, um mich fernzuhalten und meine Reaktionen zu testen. Der machte sich ein ganz genaues Bild von mir. Und Jabs konnte der vermutlich an die fünftausend schlagen, ohne je müde zu werden, jedenfalls wirkten die so. Ab und an legte er mal Wumms dahinter, dann schlug er aber absichtlich vorbei, und ich hatte das Gefühl, dass es einen richtigen Luftzug gab, wenn die Faust an meinem Ohr vorüberflashte. Und immer hatte er so ein kleines Lächeln im Gesicht. Dem machte das Spaß. War mir auch lieber, der hatte gute Laune und bekam, was er sich vom Sparring mit einem leicht moppeligen alten Sack versprach, als dass er aus lauter Langeweile anfing, mir die Fresse zu polieren.

Ich hatte eigentlich damit gerechnet, dass ich nach der ersten Runde meine Lunge außerhalb des Körpers tragen würde, aber es ging. Und The Edge schwitzte auch langsam.

»Läuft doch. Du bist richtig alte Schule, gefällt mir.«

Er lachte und boxte mir federleicht auf den Oberarm. Wir sahen beide nach der Uhr und gingen wieder in Stellung.

The Edge zog jetzt das Tempo etwas an und schob mich hin, wo er mich haben wollte. Die Hände kamen schnell und locker, sein Gesicht war nach wie vor völlig entspannt. Natürlich ließ er mich nicht in eine für mich günstigere Distanz und traf mich andauernd, aber seine Deckung konnte er nicht vernachlässigen, das immerhin kriegte ich hin. In der Mitte der zweiten Runde kam ich sogar ein Mal durch, und es klatschte auf seiner rechten Wange. Ein lockerer Jab war das, also nicht sehr schnell und mit der Linken, das gefiel mir. Ich hatte ihn gut ausmanövriert und mir die Chance ehrlich erarbeitet. Er lachte auch anerkennend, aber danach drückte er mir sofort eine Serie rein. Links, links, links-rechts-links, zwei schnelle Schritte ran und dann rechter Haken zum Kopf, wieder raus, rechter Cross. Alles kam durch. Wenn er Vollgas gegeben hätte, wären jetzt die Lichter aus gewesen für Ruben Rubeck. Ich hatte mich mit Meiden, Ausweichen, Beine nicht Verknoten und ein paar Paraden, die mehr so ins Leere gingen, dann doch ziemlich ausgepowert und schielte halb nach der Uhr – als ich gegen einen fahrenden Omnibus rannte. Direkt danach ließ jemand Feuerwerkskörper unmittelbar neben meinen Ohren explodieren, gleich darauf traf mich eine Rakete auf dem Weg in ihre Umlaufbahn unterm Kinn.

Jemand kippte Dragans schönen Ring und knallte ihn mir voll ins Gesicht. The Edge beugte sich zu mir runter und sang »In the name of love« mitten in mein Gesicht, dann wurde es tiefschwarz.

Es war ein klassischer Knock-out gewesen, schöne Sache. Da bleibt man nicht sehr lange weg und übel wird einem erst Stunden nach dem Aufwachen, wenn überhaupt. Ich will damit nicht sagen, dass so ein K. o. gesund ist, aber es gibt definitiv schädlichere Arten, das Bewusstsein zu verlieren. Es ging mir wesentlich weniger mies, als ich nach der Reihe von unerklärlichen Anschlägen, die das Schicksal auf meine Rübe verübt hatte, erwartet hätte.

The Edge war weg, zumindest konnte ich ihn nirgends sehen. Ich stemmte mich hoch, und nachdem ich ein, zwei Minuten an den Seilen gerastet und mich stabilisiert hatte, guckte ich mich gründlicher um. Er war tatsächlich weg, seine Sachen auch, was dann doch dafür sprach, dass ich deutlich länger als die klassischen zehn Sekunden weg vom Fenster gewesen war.

Was zur Hölle war in den Kerl gefahren? Hatte er die Kontrolle verloren und dann war es ihm peinlich? War der so ein Freak?

Duschen, dachte ich. Duschen, umziehen, und dann leg ich mich daheim noch mal 'ne Runde hin.

Ich war schon bis auf die Unterhose nackt, da fiel mir ein, dass Dragan den Typ ja vermutlich kannte. Und überhaupt, was hatte der eigentlich die ganze Zeit gemacht?

Ich schlappte auf Badelatschen zurück in die Halle und rüber in Dragans Kabuff. Ich rechnete damit, dass er mit einer seiner dicken Zigarren im Maul bei geöffnetem Fenster auf Serbokroatisch irgendwelche Zoten in sein Handy knurrte, aber da lag ich völlig daneben.

Dragan saß auf seinem Stuhl. Und das Fenster war offen. So weit stimmten meine Vorstellungen. Was nicht ins Bild passte, war der Kabelbinder, mit dem seine Handgelenke hinter der Rückenlehne fixiert waren. Und das Gaffer-Tape auf seinem Mund.

# 7

Zuerst hatte Dragan mir nichts sagen können, weil er hyperventilierte. Dann, weil er umgekippt war. Danach, weil der Rettungsassistent ihm eine Atemmaske aufgesetzt hatte, und schließlich, weil er auf dem Weg ins Krankenhaus war.

Folgerichtig konnte ich den Kollegen, die natürlich auch gekommen waren, auch nicht viel mehr sagen. Ich beschrieb ihnen den Typ, der mich ausgeknockt hatte, was nicht übermäßig erfolgreich gewesen war. »The Edge?«, hatte der eine gefragt und mich hohl angeguckt, worauf ich »Ja. U2. Der Gitarrist« antwortete, was er mit Achselzucken quittierte. »Googlen wir«, sagte der andere. Der eine war Anfang, der andere Mitte zwanzig. Meine Güte. Schickte man heute die Anfänger nicht mehr mit wenigstens einem erfahrenen Sheriff auf die Straße? Andererseits: Der ältere hatte schon zwei Sterne, war also Polizeioberkommissar und lag damit eine Besoldungsstufe über mir. Mahlzeit.

Während ich mit den beiden Schülerlotsen verhandelte, trudelten die ersten Schiffschaukelbremser und Kirmesboxer ein, die beim Anblick der Uniformierten am liebsten sofort wieder umgedreht wären, wenn sie nicht gewusst hätten, dass das sehr ungünstig rüberkommen würde. Letztlich konnten sie alle nach kurzer Personalienklärung wieder abzischen. Einer kannte Dragans Bruder und rief ihn an, damit der wiederum

Dragans Frau informierte und sich selbst auf den Weg zum Gym machte.

Dann rumpelten Dani Kortemeyer, Can Karakaç und eine Kollegin von Hallstetter, die ich nicht kannte, die Treppen hoch.

»Gibt's ja net«, frankfurterte mein türkischer Kumpel mich an, »was stimmt mit dir nicht, Kollega?«

»Ich bin Opfer. Behandelt mich gefälligst auch so.«

Can und Dani lachten, die Kollegin von der Tatortbereitschaft schnappte sich den Oberkommissar, damit er sie einwies.

Ich gab Can die Singleauskoppelung der Geschehnisse unter Hinweis auf die Langspielplatte, die die beiden Karnevalsgardisten hatten.

»Schon klar, Alter.« Can schüttelte lachend den Kopf. »Ich kann das immer noch nicht fassen. Freitag 'ne Schießerei, Mittwoch drauf zusammengeschlagen und leider nutzloser Zeuge einer Freiheitsberaubung. Vielleicht solltest du mal über 'nen Jobwechsel nachdenken. Du machst Frankfurt irgendwie nicht sicherer, hab ich das Gefühl.«

Er klappte seinen Notizblock zu, auf dem er sich ein paar Stichpunkte notiert hatte, und stopfte ihn in die Innentasche.

Aus Dragans Büro blitzte die Kamera der Spurensicherung, Dani, der Kinderkommissar und die Kollegin murmelten, der zweite Uniformierte war mittlerweile unten.

»Haste die Sanis mal danach gucken lassen?« Can zeigte mit dem Stift auf mein Gesicht.

»Na ja, die hatten andere Sorgen. Sieht schlimm aus?«

Can zuckte mit den Achseln.

»Was heißt bei deiner Fresse schon schlimm? Ich würd's halt mal säubern und desinfizieren. Wir haben was im Wagen, soll ich …?«

»Lass mal. Ich geh heim, wenn's okay ist. Duschen werd ich hier ja wohl nicht dürfen?«

»Nee. Lieber nicht, die Brobowski ist ziemlich unentspannt. Ist noch neu.« Er nickte in Richtung Dragans Kabuff. »Also klar, von mir aus kannste los.«

»Okay.«

Can sah mich an.

»Und du hast echt keine Ahnung, wer der Typ war? Und was er wollte?«

»Darüber zerbrech ich mir schon die ganze Zeit den Kopf. Aber es kommt nichts dabei raus.«

Can bot mir ein Kaugummi an, ich lehnte ab.

»Vielleicht ging es ja auch nur um Dragan. Keine Ahnung.«

Can kaute mit offenem Mund, zog die rechte Augenbraue hoch.

»Möglich. Mal sehen, was sein Bruder sagt. Ob was fehlt im Büro. Geld, was weiß ich. Oder ob Dragan sonst irgendwelche Probleme hat.«

»Ja. Wer weiß.« Ich zeigte in Richtung Umkleide. »Aber meine Klamotten kann ich mitnehmen, wie?«

Can nickte.

Ich tauschte bloß die Trainingsshorts gegen die Jeans, die Boxstiefel gegen die Straßenschuhe und zog meine Jacke über den verschwitzten Kapuzensweater. Den Rest stopfte ich in die Sporttasche. Beim Rausgehen guckte ich Can kurz an und tippte mir an die Stirn als Gruß. Er nickte.

Ich fühlte mich ein bisschen mies. Nicht wegen der Prügel. Sondern weil ich nicht ganz ehrlich zu meinem Kumpel gewesen war. Ich hatte eine sehr verschwommene Vorstellung, warum der Typ mich zu Mus geschlagen hatte. Das Bild wurde nicht klarer beim Nachgrübeln, aber ich wusste, irgendwo in meiner verbeulten Rübe versteckte sich eine Antwort.

Ich ging straight nach Hause, wusch mir das getrocknete Blut aus dem Gesicht und machte Bestandsaufnahme. Eine Schwellung unter meinem linken Auge und eine winzige Platzwunde neben der Braue. Von der Platzwunde kam das Blut. Das ist immer so am Kopf, aus den kleinsten Löchern läuft die Suppe nur so raus. Die Nase tat mir ziemlich weh, aber sie war nicht gebrochen. Alles halb so wild. Außer, ich würde in den nächsten paar Stunden wackelig auf den Beinen werden oder kotzen. Dann hatte ich eine Gehirnerschütterung. Glaubte ich aber nicht.

Nach dem Duschen ging ich noch mal los, in die Apotheke. Ich brauchte Desinfektionsspray und Pflaster. Die Apothekerin war zuerst bisschen reserviert, klar, so eine zerdengelte Fresse. Ich sagte, dass ich mich beim Boxtraining etwas überschätzt hätte, dann taute sie auf.

»Ich hab mal Kickboxen gemacht, während des Studiums. Jetzt hab ich keine Zeit mehr, leider. Arbeit, Kinder. Na ja.«

»Ist auch besser fürs Gesicht«, sagte ich, »also bei Ihnen. Bei mir isses ja wurscht.«

»Ich mag's bisschen verwegen.« Sie lachte, wurde sofort ein bisschen rot und fingerte unwillkürlich an ihrem Ehering. Ach je.

»Nett, dass Sie das sagen. Kann ich gut gebrauchen heute.« Ich lächelte schief, wegen der Nase.

Sie erklärte mir, wie ich den kleinen Cut am besten versorgte, und ich machte mich beschwingt auf den Rückweg. Ich würde mich zu Hause erst mal flachlegen. Es gab eine Menge, worüber ich nachdenken musste. Ich hatte das Gefühl, vor einem Tausend-Teile-Puzzle zu hocken, aber ganz am Anfang, wo man erst mal die Randstücke heraussucht und dann den Rest nach Zonen sortierte, so gut es ging. Da würde mir eine

Mütze Schlaf guttun. Als ich gerade die Wohnung aufschließen wollte, klingelte mein Handy. Ich kannte die Nummer nicht.

»Ja. Rubeck.«

»Nawrocki hier.«

Die LKA-Kante. Aha. Ich hatte das Gefühl, ein paar Teile rutschten aus dem großen Haufen und tanzten direkt vor meiner Nase. Leider noch zu schnell, ich konnte nichts erkennen.

»Ja. Und?«

Er lachte kurz und nicht, weil er etwas lustig fand.

»Wie geht es Ihrer Nase?«

What? Nicht mit mir, Freundchen, dachte ich.

»Etwa so wie Ihrer, wenn Sie sie noch lange in meine Angelegenheiten stecken, ohne mir zu sagen, was Sie eigentlich wollen.«

»Ich hätte Antworten, wenn Sie möchten.«

»Möchte ich das?«

»Meiner Einschätzung nach ist Ihnen nicht egal, wer sie warum vermöbelt.«

»Das ist richtig. Aber mich interessiert auch, warum jemand, den ich nicht kenne, darüber mehr zu wissen glaubt als ich.«

Er schwieg. Das tat ich auch, schloss währenddessen endlich die Tür auf und setzte mich in die Küche. Fingerte die Ziggis aus der Jacke und steckte mir eine ins Gesicht.

»Rubeck, ich kenne Kerle wie Sie. Ihnen gehen die Dinge nicht so am Arsch vorbei, wie Sie den Eindruck erwecken. Manche zumindest.«

Ich ließ mein Zippo klimpern und zündete die Kippe an. Sog den Rauch tief in meine Lunge, hielt ihn einen Moment und stieß ihn dann aus.

»Ach, ist das so?«

»Ja, das ist so. Und hier geht es um etwas, das vermutlich sogar genau Ihren Arsch trifft. Ganz offen: Wir haben gemeinsame Interessen, und die würde ich Ihnen gerne persönlich darlegen.«

Ich nahm einen weiteren tiefen Zug und lachte.

»Bieten Sie mir einen Job an? Ich hab schon einen. Und der gefällt mir tatsächlich, auch wenn er für einen landeshoheitlichen Superbullen wie Sie nach Idiotenarbeit aussieht. Ich mag die einfachen Dinge im Leben.«

»Rubeck, wir können das Spielchen hier noch stundenlang spielen. Aber es führt zu nichts. Ich biete Ihnen tatsächlich eine Art Job an. Vorübergehend. Die Details würde ich mit Ihrer Dienststelle klären, und wenn die Sache erledigt ist, dann kehren Sie wieder dorthin zurück. Es wird sein, als ob Sie nie weg waren.«

»Und das kann keiner von Ihren Edelcops aus Wiesbaden für Sie erledigen?«

»Sehen Sie, genau darüber würde ich gerne mit Ihnen reden.«

Ich rauchte und schwieg. Dachte an das Puzzle und sah auf die immer noch rasend schnell tanzenden Teilchen. Suchte in meinem Hirn nach dem Detail, das mich an der ganzen Sache so verwirrt hatte. Die Kleinigkeit, die ich Can Karakaç gegenüber unbedingt hätte erwähnen müssen, wenn ich denn gewusst hätte, welche Kleinigkeit das genau war. Und begriff, dass ich schon längst den Punkt passiert hatte, an dem ich das alles mit einem Achselzucken einfach hinter mir lassen konnte. Die Sache heute musste mit der Sache am Freitag zusammenhängen, sonst hätte ich jetzt nicht Nawrocki am Telefon. Und wenn ich erst auf einen Mann schießen muss und dann von einem anderen Mann zu Brei gehauen werde, während ein dritter Mann fast abnippelt, weil er an seinen Bürostuhl gefesselt und sein Mund verklebt wird – dann möchte ich schon wissen, was zur Hölle das alles mit mir zu tun hat. Oder mit irgendwas. Ich gab mir einen Schubs.

»Wann und wo?«

Nawrocki lachte. Diesmal tatsächlich, weil er sich freute.

Irgendwie nett. Aber ich bin nicht bescheuert.

Als er mir den Treffpunkt mitteilte, hätte ich beinahe aufgelegt. Palmengarten. Wie schlecht war das denn?

Ich musste auf dem Weg an Donald Sutherland in *JFK* von Oliver Stone denken. Nawrocki wartete vor dem Gesellschaftshaus. Leichter taubenblauer Anzug, graues Leinenhemd, dunkelblauer Schlips, Pilotenbrille. Ich konnte mich nicht bremsen.

»Und jetzt? Sagen Sie mir, dass ich Sie Mister X nennen soll und der militärisch-industrielle Komplex Kennedy ermordet hat?«

Nawrocki grinste.

»Guter Film. Schwache Theorie. Und Sie sehen Kevin Costner überhaupt nicht ähnlich.«

»Billig, sich über das Aussehen anderer Leute lustig zu machen. Bei Ihnen reißt es der Anzug auch nicht gerade raus. Sie sind trotzdem ein Kinderschreck.«

Er nickte mit dem Kopf in Richtung des kleinen Teichs westlich vom Palmenhaus. Dahinter war ein Café.

»Kaffee? Die haben bestimmt auch Eis für Ihr Auge.«

Ich knurrte nur und nickte. Nawrocki lockerte seinen Schlips und schlenderte los, Hände in den Hosentaschen, ganz entspannter Besucher. Hoffentlich war der Typ nicht passionierter Rosenzüchter und würde mir gleich Vorträge über Botanik halten.

»Bevor Sie mir Ihren tollen Job anbieten, erklären Sie mir erst mal eins: Wieso wissen Sie nicht mal zwei Stunden, nachdem ich k. o. gegangen bin, schon darüber Bescheid?«

Die Kante lachte.

»Berechtigte Frage, Rubeck. Sagen wir es vorerst so: Meine Abteilung ist bei allem auf dem Laufenden, was Palokaj angeht. Es ist allerdings nicht sinnvoll, damit hausieren zu gehen. Warum das so ist, möchte ich Ihnen gerne im Gesamtzusammenhang darlegen.«

Mann, war der Kerl glatt.

»Also ich hab grad nichts Besseres vor. Reden Sie nur.«

Nawrocki blieb an der Gabelung vorm Palmenhaus stehen und guckte um sich, als würde er nach dem richtigen Weg suchen. Hielt der nach Verfolgern Ausschau? Das wurde langsam echt creepy. Wir gingen an dem kleinen Amphitheater vorbei in Richtung Teich, das Café kam in Sicht.

Nawrocki schwieg. Aber trotz Pilotenbrille und Eisenkinn konnte ich sehen, wie es in seinem Kopf rundging. Der Kerl arbeitete sich an etwas ab. Ich war mir plötzlich nicht mehr sicher, ob es eine gute Idee gewesen war, einen freien Tag, der noch dazu mit einer Tracht Prügel angefangen hatte, auf die Art zu verbringen. Es fühlte sich an, als würde ich gerade in etwas reingezogen. Und das Gefühl mag ich nicht. Vor allem nicht, wenn ich null Ahnung habe, in was verdammt noch mal ich reingezogen werden soll. Ich blieb stehen.

»Passen Sie auf, Nawrocki. Sie haben die Wahl. Entweder erzählen Sie mir haarklein, was hier läuft und was Sie von mir wollen, oder ich mach auf dem Absatz kehrt und gebe mir alle Mühe zu vergessen, was für eine komische Nummer Sie gerade abziehen. Ich habe am Freitag einen kosovarischen Gangster umgeschossen, und heute poliert mir ein Wildfremder beim Boxen die Fresse, während der – Achtung – aus dem Kosovo stammende, serbische Inhaber des Gyms, der sicher keinen astreinen Lebenslauf hat, aber ein feiner Kerl ist, mit gefesselten Händen und zugeklebtem Mund in seinem Büro beinahe den Abgang macht. Und ein Kerl vom LKA, der sich aufführt, als wäre er undercover im Kampf gegen das Böse auf der Welt, murmelt Andeutungen in seinen nicht vorhandenen Bart und will mir nicht sagen, was eigentlich los ist, kann mich aber auch nicht einfach damit in Ruhe lassen. Mir tut die Nase weh, und meinem Auge ging es auch schon mal besser, ich bin müde und ein bisschen wacklig auf den Beinen. Auf so was. Hab ich. Keinen. Bock. Ist das verständlich ausgedrückt?«

Nawrocki nahm die Sonnenbrille ab, faltete sie umständlich zusammen und steckte sie in die Brusttasche seines Sakkos. Er ließ die breiten Schultern hängen, sah zu Boden. Nach einer Weile holte er tief Luft, und dann guckte er mir direkt in die Augen.

»Was ich Ihnen erzähle, muss unter uns bleiben. Um es gleich zu sagen: Es ist moralisch absolut sauber, daran habe ich keine Zweifel. Aber es läuft einer halben Million Vorschriften, der Strafprozessordnung und internationalem Recht zuwider. Ich kann in dieser Sache keinen offiziellen Weg gehen, weil es die Sache offiziell gar nicht gibt. Und ein völlig verrückter Zufall spült mir nun Sie vor die Nase. Ich habe Erkundigungen eingeholt. Ich habe ziemlich gute Kontakte, und es gibt eine Reihe von Männern in unterschiedlichen Behörden und Positionen, nicht nur in Deutschland, die ebenfalls an dieser Sache interessiert sind.« Er schnaufte ein-, zweimal durch, bevor er weiterredete. »Ich bin mir sicher, dass Sie der richtige Mann am richtigen Platz im richtigen Augenblick sind, um mir weiterzuhelfen. Aber wenn Sie mich mit dem, was ich Ihnen jetzt sagen will, an offizieller Stelle hinhängen, dann bin ich erledigt. Und, was noch viel schlimmer ist, Palokaj kommt davon. Um den geht es, das kann ich Ihnen jetzt schon sagen. Also. Was sagen Sie?«

Ich habe mein Verhältnis zu Dienstvorschriften vermutlich ausreichend deutlich dargestellt. Sie sind mir ziemlich scheißegal, wenn sie mich stören und ich sie ohne größere Risiken umgehen kann. Moral finde ich gefährlich. Mit Moral kommen einem Leute gerne, wenn sie etwas absolut Unmoralisches vorhaben. Jedenfalls ist das meiner Erfahrung nach so. Ich habe zwei Diensteide in meinem Leben abgelegt. Es fühlt sich immer feierlich an, wenn man da steht und schwört, und man will unbedingt, dass man es ernst meint und die, die einem den Eid abnehmen, es auch ernst meinen.

Aber dann passiert die Wirklichkeit. Und man kapiert, dass man sich an diesem Eid nicht festhalten kann, wenn es eng wird. Und dass die, die einem den Eid abgenommen haben, eigentlich damals schon wussten, dass er nicht viel wert war. Weil es am Ende immer nur um deinen Arsch geht. Und meinen Arsch habe ich bisher aus jeder Scheiße heil rausgekriegt. Jetzt war die Frage, wie dick die Scheiße sein würde, in die mich Nawrocki bringen würde, wenn ich nicht sofort das Gespräch abbrach. Und wenn ich es abbrach – würde er mich dann aus Ärger womöglich erst recht in die Scheiße bringen?

»Was hab ich davon, wenn ich Ihnen zuhöre?«

Nawrocki zuckte mit den Achseln.

»Das müssen Sie selbst entscheiden.«

»Dann habe ich kein Interesse. Ich brauche keinen Job, ich habe schon einen. Und der gefällt mir eigentlich ganz gut, auch wenn ich den Kollegen oft den Eindruck vermittele, dass ich ihn hasse.«

Nawrocki griff in die Innentasche und zog ein Foto heraus.

»Kennen Sie den Mann?«

Ich guckte drauf. Es war ein klassisches Observationsfoto, schwarz-weiß. Ein Mann in städtischer Umgebung. Ich tippte auf Ex-Jugoslawien, wo wir schon beim Thema waren. Und das Bild war mindestens fünfzehn Jahre alt, vielleicht auch zwanzig.

»Palokaj?«

Nawrocki nickte.

»Aber damals hieß er anders.«

»Ach ja? Was bedeuten da unten schon Namen? Klingen außerdem doch eh alle gleich für uns.«

»Ich hab das Foto selbst gemacht.«

»Tja. Für eine Fahndung ist es okay, aber Porträtfotograf würde ich als Beruf nicht empfehlen.«

Nawrocki steckte das Bild wieder ein.

»Es war ein Fahndungsfoto. Und wir haben ihn auch gekriegt. Damals. Aber leider konnten wir ihn nicht festhalten, und dann waren zwei gute Polizisten tot. Sagt Ihnen das UN Special Team Six etwas?«

Das sagte mir eine Menge. Das sagte mir ehrlich gesagt etwas zu viel für meinen Zustand an diesem Tag. Ein paar Puzzleteile setzten sich vor meinen Augen zusammen. Sie zeigten die Fresse von The Edge, als ich auf dem Ringboden lag und er sich über mich beugte.

Er hatte nicht »In the name of love« gesungen. Er hatte etwas gesagt.

»Lass die Finger von Palokaj, sonst geben wir sie dir einzeln zu fressen.«

Fuck.

**1999** *Noch mindestens eine halbe Stunde bis zum Wecken, aber alle sind schon wach. Wie immer vor Einsätzen. Keiner macht Licht, man hört auf das Atmen der anderen und aufs eigene. Erst wenn ein Wecker piept, gibt jeder Laut, tut aber verpennt, als wäre er gerade erst aufgewacht. Reibt mit beiden Händen übers Gesicht, schnauft, gähnt, raschelt mit der Decke, schmatzt, nimmt einen Schluck Wasser. Dann geht die Tür auf. »Morgen, die Herrschaften.« Tür zu. Bongo sagt »Scheiße, ey«, alle lachen leise. Nackte Füße tapsen, dann das leise Klacken des Lichtschalters, und es wird hell in der Bude. Stöhnen. In die Badelatschen, Kulturbeutel schnappen. Einer nach dem andern in Unterhose und T-Shirt zum Waschraum, Handtuch über die Schulter geworfen.*

*Einsatz ist irgendwie wie Lehrgang. Plötzlich wieder fünf Mann hoch in der Bude, anstatt abends nach Hause und solche Sachen.*

*Beim Duschen gehen dann die Frotzeleien los. »Meine Seife, ey. Mücke, du stehst gerade günstig, heb ma' auf, und kein' Schreck kriegen, woll?« Quitte war früher unter Tage, ist ihm aber zu langweilig geworden. Jetzt hat er Spannung, Spiel und Schokolade. Wie er sich mit Affenlauten von hinten Mücke nähert, zeckt Bongo ihm mit seinem Handtuch auf den nackten Arsch. Riesengebrüll.*

*»Bongo, Alter. Dann eben du, du kleine Muschi.« Quitte lässt frei schwingen und kriegt sich nicht mehr ein.*

*»Angstvögler.« Bongo spritzt Duschgel auf Quitte. »Der Pole muss vorm Ausrücken immer noch mal die Nudel in die Soße tunken.«*

*»Nachher isses vielleicht zu spät, du Idiot. Denk mal drüber nach.« Quitte verreibt sich grinsend das grüne Duschzeug auf der tätowierten Brust und lacht keckernd.*

*In den Buden zwängen sich alle in die Wärmeunterwäsche, ist schließlich Dezember, und noch weiß keiner, wie lange sie in der Scheißkälte rumstehen werden. Drüber kommt der flammenhemmende Overall. Dann die Stiefel. Die taktischen Westen bleiben noch in der Bude, erst mal Essen fassen.*

*»Bongo, Barett.«*

*»Leck mich.«*

*»Ma-hann. Gibt Stress.«*

*»Der kann mich dreimal lecken.«*

*Bongo schließt genervt noch mal den Spind auf und zuppelt das Barett raus.*

*Letzte Woche, nach einem ziemlich krassen Trainingstag, hat einer von den Bürohengsten mit viel Lametta auf der Jacke und noch mehr Wanst überm Gürtel Speedy und Mücke auf dem Weg zum Essen zusammengefaltet. Er hat gleich mal mit »Die Regeln gelten für alle, auch für die sogenannte Elite« angefangen, und dann mit »Außerhalb geschlossener Räume ist eine Kopfbedeckung zu tragen« weitergemacht, worauf Speedy seelenruhig seine Sturmmaske aus der Tasche gezupft und sie übergestreift hat, dann hat er sauber gegrüßt und ist weitergegangen. Mücke hat es ihm feixend nachgemacht. Der fette Christbaumleuchter ist vollkommen ausgeflippt. »Bleiben Sie gefälligst stehen«, »Vorgesetzter«, »Meldung«. »Alles erlauben oder wie?« Ein Haufen Leute drumherum hat sich eins gegrient. Speedy und Mücke sind sich einig gewesen, das auszusitzen und den fetten Sack bis in den Infarkt brüllen zu lassen, aber dann war der Container vom Chef aufgegangen, und der hat die Lage zwischen zweimal blinzeln erfasst. »Stemmler. Thulke.« Ganz ruhig war das unter seinem Schnurrbart rausgekommen. Speedy hat dem Fettwanst für sie beide ordnungsgemäß, aber wenig motiviert gemeldet, dass ihre Barette in den Stuben wären. Bevor der wieder zu brüllen anfangen konnte, hat der Chef schon: »In drei Minuten mit Kopfbedeckung in meinem Büro« geknurrt, und dann war seine Tür wieder zu gewesen. Der rot angelaufene Fettsack hat seinen Unterkiefer noch ein paarmal auf und wieder zugeklappt, aber aus seinem Mund war nur noch undeutliches Gemumpel gekommen.*

*Speedy hat den Typ nachgemacht, während sie beide ihre Barette geholt haben, und Mücke hat sich schlapp gelacht, aber beim Chef war dann Schluss mit lustig. Der hat alle antreten lassen, und dann hat's Saures gegeben. Von wegen »keine Extrawurst« und »gerade wir als Spezialverband« und so weiter. Und die Nummer will jetzt echt keiner noch mal hören.*

*Bongo zieht mit dem Daumen den Falz über dem Barettabzeichen nach, und dann stiefeln sie alle aus dem Wohncontainer.*

*Draußen ist es stockfinster.*

*Aus den anderen Unterkünften hört man hier und da noch Gespräche, die Letzten gehen gerade erst ins Bett. Die machen morgen stumpfen Tagesdienst, reparieren irgendwas oder hacken Formulare in die PCs. Die gehen nicht raus heute Nacht. In die Scheißkälte und zu den bösen Jugos. Oder Ex-Jugos. Whatever.*

*Quitte schubst die Kantinentür auf. Schwaden von Kaffeeduft, Rührei und Brutzelspeck wehen ihnen entgegen. Ein Koch ist extra aufgeblieben, damit sie vor dem Ausrücken noch was Ordentliches in den Magen kriegen.*

*Zack ist schon da, ihr Truppführer. Guckt auf die Uhr.*

*»In fünfundzwanzig Minuten Befehlsausgabe im Kuckucksheim. Überfresst euch nicht. Sonst alles schick?«*

*»Ja«, »Jep«, »Jawollja«, »Yessir«.*

*Zack nickt.*

*»So mag ich das. Horridoh.«*

# 8

»Gani Palokaj beziehungsweise Ibrahim Kabashi, ehemaliger Offizier der UÇK. Davor Jugoslawische Volksarmee, Berufssoldat. Geboren in Ferizaj, lebte in der Gegend von Drenica. Gehörte zu Adem Jasharims Leuten und war, nachdem die Serben ihn umgelegt hatten, so was wie sein Nachfolger. Die Albaner haben damals angefangen, systematisch serbische Polizeiposten zu überfallen und die gesamte Besatzung möglichst brutal zu töten. Als Antwort auf serbische Vorstöße und erste Massaker an Zivilisten. Jasharim und dann Kabashi sind den Serben natürlich nichts schuldig geblieben, was die Grausamkeit angeht.«

Nawrocki hatte uns an einen Tisch in einer Ecke manövriert. Schon auf dem Weg dahin hatten wir bestellt. Er Cappuccino, ich Kaffee. Schmeckte scheiße. Jedenfalls mein Kaffee. Lag vielleicht aber auch an dem, was mir gerade so durch den Kopf ging. Ich hab keine Ahnung, wie das heute in Afghanistan so ist mit dem Einsatz, aber Bosnien und Kosovo waren so komplett anders, als die Leute sich das hier so vorstellen. Ich will nicht sagen, dass es wer weiß wie schlimm war. Meine Güte, es passiert so viel Schlimmes auf der Welt. Aber ich war als Kind 'n paarmal in Kroatien gewesen, mit meinen Eltern. Ich meine, das war einfach Urlaub und nice und die Leute immer freundlich. Schöner Strand, hübsche Ortschaften und so. Eigentlich Italien. Bloß günstiger und nicht so viel Nudeln.

Aber nachdem die dann angefangen hatten, sich gegenseitig Ecken in die Ohren zu schneiden, war das nicht ohne Wirkung auf die allgemeine Freundlichkeit geblieben. Die Briten und Franzosen, die als Erste in Bosnien rein sind, haben ziemlich finsteres Zeug gesehen und mitgemacht. An Scheunentore genagelte Leichen, und dahinter steckten entsicherte Handgranaten. Wenn man die Leichen abnahm – Kawumm. Zerstörte Dörfer mit gemetzelter Zivilbevölkerung. Üble Scheiße. Und Menschen, die so was gerade eben noch kaltblütig gemacht oder so etwas überlebt haben, die werden ja nicht auf einen Schlag wieder normal. Also hatten wir es, wenn wir draußen waren, tendenziell mit totalen Psychos zu tun. Entweder waren sie Opfer oder Täter gewesen. Oder beides.

Als deutscher Militärpolizist mit Grundgesetz, Völkerrecht und Respekt und so legt man da ganz schnell die Ohren unterm Barett an, was so ein Ex-Paramilitär unter Gerechtigkeit versteht. Na ja. Im Frankfurter Palmengarten sitzen und bloß der Kaffee taugt nichts, das geht ja noch, würde ich meinen.

»Kabashi oder Palokaj …«

»Herrjeh, entscheiden Sie sich für einen Namen.«

»Sie nehmen's nicht so genau, oder?«

»Ich kann jederzeit gehen.«

Nawrocki lächelte mich an, und ich war mir sicher, dass er gleich »Das glaube ich nicht« sagen würde.

»Bitte sehr«, sagte er stattdessen, was aufs selbe rauskam, weil er dazu selbstgefällig an seinem Cappuccino schlürfte.

»Sie spielen das nicht gut genug, Nawrocki. Das ganze Bühnenbild spricht schon gegen Sie, um mal beim Theater zu bleiben.« Ich hob meine Tasse, stellte sie aber gleich wieder ab, ohne davon zu trinken. »Sie ziehen hier eine Riesennummer ab und zwar, weil Sie etwas von mir wollen. Und nicht umgekehrt. Aber so wird das nix. Der Kaffee schmeckt scheiße, Sie packen Kamellen aus dem vorletzten Krieg aus, und dann finden Sie meine Arbeitseinstellung zweifelhaft. Nur vergessen Sie dabei was Wesentliches: Ich arbeite nicht für Sie. Ich hab außerdem frei. Und ich verbringe meine Freizeit normalerweise wirklich nicht bei konspirativen Treffen an einem Ort, an dem sich hauptsächlich Familien und Schulklassen tummeln. Das war jetzt übrigens ein Hinweis, mich nächstes Mal bitte nicht in den Zoo zu zitieren, alles klar?«

Nawrocki machte zuerst so ein Gorillagesicht, aber gegen Ende lockerten sich die Wolken auf, und er grinste.

»Immerhin, Sie schließen ein nächstes Mal nicht aus. Möchten Sie was anderes trinken?«

»Wenn Sie weiter so rumeiern, werden Sie ein nächstes Mal brauchen, um mich zu überzeugen, so sehe ich das. Ich bin sozialer, als es den Anschein hat. Und wenn ich was anderes trinken möchte, dann bestelle ich mir das, keine Sorge. Ich bin an Scheißkaffee gewöhnt. Zwölf Jahre Bund und fünfzehn Jahre Polizei, was glauben Sie? Jetzt machen Sie schon weiter mit Palobashi oder Kabaj, mir egal.«

Nawrocki nahm einen Löffel Milchschaum von seinem Cappuccino.

»Der Kaffee ist wirklich nicht besonders. Und möglicherweise bedient das ja ihre Vorurteile, aber der Kaffee bei uns im LKA kann sich durchaus sehen lassen. Oder eher trinken. Egal. Ich zahle, lassen Sie uns noch ein paar Schritte draußen gehen, hier ist es zu leer gerade.«

»Ich muss eh mal, Sie wissen schon.«

Nawrocki nickte.

»Wir treffen uns draußen.«

Ja, Schatz. Meine Güte.

Beim Pissen überlegte ich echt, ob ich durchs Fenster abhauen sollte. Ich kapierte nicht, warum ich mir das antat. War mein Leben mir wirklich so fad, dass ich jede Abwechslung annahm, egal wie blöde? Es plätscherte ins Becken, und ich sah das ramponierte Klo vom »Schlabbekicker« vor mir, den klebrigen Tresen vom »Hush Hush« und – angemessen verschwommen – Inas Zimmer im »Love's In«. Das wäre so meine normale Beschäftigung an vier freien Tagen gewesen. Stattdessen war ich Laufen gewesen und Boxen, sogar mit Sparring. Und traf mich hier mit einem arroganten Anzugbullen, den ich sonst mit dem Arsch nicht angucken würde.

Was war bloß los mit mir?

Ich musste grinsen, konnte nichts dagegen tun. Sah so die Midlife-Crisis bei Typen wie mir aus? Dass ich plötzlich scharf auf Sinn im Leben wurde? Ich haute auf den Spülknopf und ging zum Waschbecken.

Nawrocki hatte eine Mission. Konnte die übelste Scheiße sein, was dem vorschwebte. Vorsicht, Rubeck, sachte.

Als ob.

Draußen fielen wir umstandslos wieder in Schlendergang. Die Sonne hatte sich hinter Wolken verzogen, es kühlte ein bisschen ab. Ganz angenehm. Aber die Kante behielt eisern die Pilotenbrille auf der Nase.

»Ich will Sie nicht mit unnötigen Details langweilen. Sie waren selbst in Bosnien und im Kosovo.«

»Ja, das interessiert mich dann schon auch mal«, unterbrach ich ihn, »woher Sie solchen Krempel wissen. An meine Personalakte kommen Sie eigentlich nicht ran.«

Nawrocki runzelte die Stirn. Wurde der jetzt mal sauer?

»Ich hab doch gesagt, ich kenne Leute in allen möglichen Behörden und auf allen möglichen Ebenen.« Er drängte sich wie unabsichtlich näher an mich ran und guckte schon wieder so in die Gegend. Scannte. »Ich komme ursprünglich von der Bundespolizei. GSG 9. Bis zur Ebene Stabsbereichsleitung.«

GSG 9? Ich mühte mich, leer zu gucken, mal sehen, ob von ihm selbst was kam oder ob ich nachfragen musste.

»Und, und wieso sind Sie da weg?«

»Luftveränderung.«

»Haha. Na klar, weil Sie gerne wandern.«

Nawrocki lachte kurz und trocken.

»Ehrlich, Sie gefallen mir, Rubeck. Ich mag Typen wie Sie. Ziemlich anstrengend, aber sehr unterhaltsam. Und man weiß, woran man ist.«

Wir liefen immer noch Richtung Norden, das Tropicarium kam in Sicht. Eine Menge Glas.

»Ich habe eingesehen, dass ich niemals Kommandeur der GSG 9 werde. Und das wäre der einzige Job gewesen, der mich dort noch gereizt hätte. Ich bin mit neunzehn in den BGS eingetreten, ein Jahr nach Mogadischu. Ich wollte immer nur eins: In die GSG 9. Hab's nach der Vollausbildung im ersten Anlauf geschafft und war alles, was man auf operativer Ebene dort sein kann. Ich hab die halbe Welt gesehen und einiges, das ich gerne vergessen würde. Teil dieser Einheit zu sein war das Beste, was mir je passiert ist. Aber schon der Abschied aus dem Einsatztrupp ist mir schwergefallen.«

Er blieb stehen, schüttelte den Kopf, dann winkte er ab.

»Na ja. Das nur zum Hintergrund. Ich hab mich dann nach anderen Möglichkeiten umgesehen und schnell gemerkt, dass ich in den Bereich Ermittlung will. Mit OK hat man bei der

GSG 9 ja eh öfter zu tun, und da wollte ich dran bleiben. Was durchaus auch mit Palokaj-Kabashi zu tun hat.«

Er zeigte auf eine Bank unter Bäumen, in diesem Teil des Gartens war nicht viel los. Beim Setzen streckte er sein linkes Bein und verzog das Gesicht. Dann zeigte er auf sein Knie.

»Das hat auch eine Rolle gespielt, bei meinem Ausscheiden aus der Truppe. Abseilübungen, Fallschirmspringen. Das hält kein Knie ewig aus. Egal.«

Ich hab auch die eine oder andere Stelle am Körper, die Wetterumschwünge nicht mag, und ich könnte dazu auch passende Kriegsgeschichten erzählen, aber ich wurde den Verdacht nicht los, dass Nawrocki hier so eine Kumpelnummer abzog. Ich kenne Typen aus solchen Einheiten. Die sind alle keine Quasselköppe, es sei denn, die Situation erfordert es. Und solange ich nicht genau wusste, was er wollte, würde er mir jede persönliche Info mit 'nem Schraubenzieher aus der Nase popeln müssen.

»Nachdem im Kosovo vorläufig Ruhe war, blieb Kabashi in der UÇK. Der ganze Umstrukturierungsprozess mit Auflösung der UÇK ging ihm dann aber offenbar zu langsam oder in die falsche Richtung, Gründung des Kosovo-Schutzkorps und der Polizei und so weiter. Vermutlich war ihm auch einfach langweilig. Kein Thrill mehr. Er hat schon vorher ziemlich enge Verbindungen zu organisierter Kriminalität gehabt, war für die Jungs ja normal. Irgendwo musste das Geld für Waffen und dann auch die Waffen selbst herkommen.«

Er guckte mich an.

»Aber da erzähle Ihnen ja wohl nichts Neues.«

»Ach«, sagte ich achselzuckend, »ich war da nur ein paar Monate. Und bloß Oberfeldwebel. Was weiß ich schon?«

Er zählte an den Fingern, die ich zum ersten Mal beachtete, ab. Einige davon waren ohne Frage schon mal gebrochen. Kein

Wunder. »Drogenhandel, Schmuggel, Entführungen. Aber das mit Abstand Ekelhafteste: Organhandel. Verschleppte Serben, denen zum Teil lebenswichtige Organe entnommen worden sind, um sie hier im Westen für teures Geld loszuschlagen. Männer, Frauen, Kinder. Egal. An dem Geschäft hatte Kabashi richtig Freude.«

Ja. Viele Typen entdecken im Krieg ihre Vorliebe für widerliche Hobbys. Oder sie stellen fest, dass sie in etwas gut sind, was ihnen in friedlicheren Zeiten wenig Anerkennung bringt. So isses eben.

»Als die UNMIK 1999 eine Counter Terrorist Unit aufstellte, waren wir dabei. Ausschließlich Angehörige internationaler polizeilicher Spezialeinheiten sollten im Auftrag des UN Police Commissioner Hoch-Risiko-Operationen im Bereich Geiselnahme, Festnahme Bewaffneter, Zugriffe im Bereich Suchtmittel und so weiter durchführen. Rufbereitschaft vierundzwanzig Stunden. VIP-Begleitschutz, Transportsicherung in heiklen Fällen und Einsätze bei gewalttätigen Unruhen. Alles inklusive. Ich kam gleich nach der Gründung '99 als einer der beiden Teamleader dazu. Wir hatten gut zu tun.«

Er schwieg. Rieb sein Knie. Verzog das Gesicht.

»Kabashi.« Meine Stimme klang ein bisschen eingerostet. Mir war klar, dass er dabei war, mir eine der Geschichten zu erzählen, die er lieber vergessen wollte. Fast jeder Bulle kennt solche Geschichten. Jedenfalls unter denen, die den Job irgendwann mal wirklich ernst genommen haben.

Nawrocki nickte.

»Kabashi. Er stand auf allen Fahndungslisten. Wir kriegten einen Hinweis. Dem gingen wir nach. Fanden mehr. Das Lage- und Informationsbild verdichtete sich. Und dann hatten wir einen Ort und eine Zeit. Der Ort war gut. Die Zeit war so gut wie jede andere Zeit. Wir hielten alles unter Beobachtung. Und machten den Einsatzplan. Koordinierung mit anderen Stellen. Absicherung im Außenring durch Kräfte von KFOR und Civilian Police.«

»Ja. So'n Kram hab ich auch gemacht als Feldjäger.« Das war nicht zu persönlich, das ging schon.

Nawrocki nickte.

»Kabashi kam mit drei Begleitern, im Haus waren sechs Mann. Drei von denen mussten außerhalb des Raums bleiben, in dem das Meeting stattfand. Einer von Kabashis Jungs auch. Was für uns sehr gut war: Wir hatten vom Nebengebäude aus einfachen Zugang übers Dach des Zielobjektes und konnten uns dann abseilen und durchs geschlossene Fenster. Von da kam ein Team. Und das andere musste sich eben durch den Hintereingang hochschieben. Die Zielwohnung war im ersten Stock, das ganze Haus hatte nur zwei Geschosse über Parterre. Nach vorne raus käme keiner weit, da waren schon an der nächsten Ecke Kräfte.«

»Sie müssen sich nicht von mir nachträglich Ihren Operationsplan abnicken lassen. Ich versteh davon eh nix.«

Nawrocki guckte irritiert.

»Sie haben bestimmt alles richtig gemacht. Und dann ist es schiefgegangen, das ist mir ja nun klar.«

Er nickte und biss sich auf die Unterlippe. Ganz schönes Sensibelchen, so fünfzehn Jahre später. Ich fingerte meine Roth-Händle raus und zündete mir eine an. Nawrocki redete weiter.

»Das Team, das von unten kam, hatte keine Mühe mit den vier Männern. Als die draußen rumbrüllten und in der Bude alles Richtung Tür schaute, drang Team zwo durchs Fenster ein. Die hatten flott zwei der Kerle auf dem Boden, dann krachte die Wohnungstür aus den Angeln, und Team eins kam rein.

Tja. Und dann gab es einen Mordsrumms in der Bude, weil der Typ neben Kabashi es geschafft hatte, eine Handgranate rauszuholen und sie Richtung Tür zu werfen, ehe ein österreichischer Kollege ihm in den Kopf schoss. Kabashi sprang aus dem zerdepperten Fenster und kam tatsächlich davon. Und wir hatten zwei Tote. Gute Männer.«

Okay. Nach so was kann man schon mal niedergeschlagen sein.

»Und jetzt? Warum nehmen Sie den Kerl nicht einfach fest? Der internationale Haftbefehl wird ja wohl noch gültig sein, oder?«

»Der für Ibrahim Kabashi?«

»Ja.«

Nawrocki guckte in den Himmel, dann zu mir.

»Ibrahim Kabashi ist tot.«

Aha. Hatte ich da irgendwas verpasst? Nawrocki nahm die Brille ab. Seine Augen. Fuck. Der hatte damals in den Schlund der Hölle geschaut.

»Es gab einen weiteren Zugriffsversuch. Spontan. Zwei Mitglieder des Special Team Six waren in ihrer Freizeit unterwegs. In Zivil, aber bewaffnet. Sie erkannten Kabashi in einem Café in Priština und verfolgten ihn. Hielten Fühlung, informierten die Dienststelle, alles vorbildlich. Und dann laufen sie in einen Hinterhalt. Schusswechsel. Einer der beiden wird getroffen, nicht schwer, aber verfolgen ist nicht mehr drin. Er sagt, er kommt zurecht, und schickt den zweiten weiter, er soll dranbleiben.«

Nawrockis Stimme war jetzt ganz schön wackelig. Kein Wunder. Man fragt sich echt, wie das passieren kann, dass solche Superprofis sich plötzlich wie im Western aufführen. Na gut. Wenn man den Kanal voll hat, hat man den Kanal voll.

»Das Ganze endete in einer wüsten Autoverfolgungsfahrt weit außerhalb der Stadt. Unser Mann hatte sich ein Taxi gekapert, vollkommen irre, und ist Kabashi gefolgt, eine Hand am Steuer, in der anderen das Handy, mit dem er alle auf dem Laufenden hielt. Tja. Und dann verlor Kabashis Fahrer in einer Kurve die Gewalt über das Fahrzeug, während Kabashi auf den Verfolger schoss. Der Kollege knallte in Kabashis Auto, beide flogen von der Straße. Unser Mann hatte natürlich ein Eins-a-Fahrtraining erhalten und kriegte das Auto auf der Wiese unter Kontrolle, während Kabashis Kiste sich zigmal überschlug und dann in Brand geriet.«

»Und?« Ich nahm den letzten Zug, machte die Kippe an der Schuhsohle aus und warf sie in den Papierkorb neben der Bank.

Nawrocki zuckte mit den Achseln.

»Zwei Leichen im Fahrzeug, bis zur Unkenntlichkeit verbrannt. Es gab keine Hinweise, dass da noch jemand Drittes drin war. Natürlich gab es von Kabashi keine DNA-Proben oder andere Identifizierungsmöglichkeiten, aber niemand zweifelte auch nur eine Sekunde daran, dass Kabashi in dem Auto verbrannt war.«

Ich drückte meinen Rücken durch, der tat höllisch weh, weil ich immer tiefer nach unten gerutscht war. Irgendwie hatte mich diese ganze Verfolgungskacke mitgenommen.

»Was lässt Sie jetzt glauben, dass Kabashi nicht in dieser Mühle verkokelt ist?«

Nawrocki setzte die Sonnenbrille wieder auf, wofür kein Anlass bestand, die Wolkendecke wurde eher dichter. Es sah sogar langsam nach Regen aus.

»Zum einen die Ähnlichkeit, sie ist offensichtlich. Aber es gibt noch etwas anderes, Schwerwiegendes. Der Beamte, der ihn verfolgt hatte, quittierte nicht ganz ein Jahr später seinen Dienst, aus heiterem Himmel. Und verschwand erst mal mit nicht ganz wenig Kohle für ein paar Jahre auf Gran Canaria. Und dann tauchte er in Hamburg wieder auf.«

Mir wurde ein bisschen schlecht.

»Lassen Sie mich raten. Der Typ war von der GSG 9?«

Nawrocki nickte.

»Und ich hab am Freitag seinen neuen Boss umgeschossen, während er es schon hinter sich hatte?«

Der LKA-Mann nickte wieder.

»Der Mann hieß Jörn Wittmund und war Palokajs Bodyguard.«

Es war offenbar eine wirklich tiefe Scheiße, in die Nawrocki mich da reinziehen wollte.

# 9

Ich geb's ungern zu. Aber die Prügel, die ich kassiert hatte, gehen vielleicht als Grund für Untermotivation durch. Außerdem war mir einiges serviert worden, worüber man sich schon gut den Kopf zerbrechen kann. Also bisschen viel Scheiß auf einmal, würde ich sagen.

Da war mir nicht so nach Training. Also am selben Tag natürlich sowieso nicht, aber auch für den nächsten konnte ich mir das nicht vorstellen. Ohne Training ist mir an freien Tagen schnell öde, und die Reste von Disziplin krachen in sich zusammen. Aber, immerhin: Ich hab mich nicht im »Schlabbekicker« besoffen und war auch nicht bei Ina oder sonst wo. Ich hab's mir gepflegt daheim besorgt. Mit Ente sauer-scharf und Singha-Bier von »Thai Fun«, gleich um die Ecke. Selbst geholt, das war dann sozusagen der sportliche Teil. Und dazu *The Maltese Falcon*, Bogart und Bacall. So weit das Kulturprogramm. Jede Menge schöne Düsternis auf dem Bildschirm, so wie draußen in der Stadt. Frankfurt ersoff im Sommergewitter und ich in Singha Beer, mit Roth-Händle-Dampf am Zimmerhimmel. Nicht übel. Vor allem für mein jetzt doch etwas angeschwollenes Auge war die leichte Vollnarkose eine feine Sache. Vom Jack Daniels war noch da, und Eis hatte ich auch. Der Kopf kreiste verschwommen, und der Abspann lief.

Noch ein Singha. Flüssiger Bernstein gluckerte ins Glas, die Eiswürfel knisterten. *The Big Sleep* hinterher? Ja. Wieder Bogart und Bacall. Die alten Streifen machen immer den Eindruck, als hätten sich die Leute damals viel weniger Köppe um alles gemacht. Männer waren Männer und Frauen Frauen. Hier die Bösen, da die Guten. Aber na ja, sind halt auch Filme. Die Filme über jetzt tun ja auch meistens so, als wäre alles so weit in Ordnung. Und wenn nicht, dann räumt Bruce Willis eben auf. Oder Jason Statham.

Mir fiel irgendwann auf, dass Bogart in *The Big Sleep* den Bösen ausschließlich Revolver vor den Wanst hält. Einen Police Official und einen Colt Detective Special. Ich meinte, dass er im *Malteser Falken* aber eine Automatikpistole hatte. Was mich das scherte, war mir nicht klar, aber ich hatte keine Ruhe deswegen. Guckte aufs DVD-Cover, da fand sich kein entsprechendes Bild. Eine Stimme sagte, Rubeck, Alter, cool down, aber ich wurde richtig sauer. Riss die eine DVD raus, haute die andere wieder rein und startete den *Malteser Falken* noch mal. Spulte, bis Bogart zum ersten Mal die Wumme rausholte. Bämm. Ich hatte recht.

Stürzte den aktuellen Jacky und leerte das Singha. Das war doch Kacke. Kein Mensch wechselt von der Automatik zum Revolver oder umgedreht, so ein Scheiß. Ich machte mir neue Drinks klar und fragte mich, tief drin und ziemlich sinnlos, warum zur Hölle ich mich so aufregte? Überlegte, was ganz anderes in den Player zu werfen, startete dann aber *The Big Sleep* noch mal neu.

Und dann musste ich plötzlich lachen. Laut und unkontrolliert, und es fühlte sich nicht wirklich froh an. Ich war ein komplett Irrer. Im *Falken* ist Bogart Sam Spade. Im *Großen Schlaf* Philip Marlowe. Deswegen. Er hat denselben Hut, dieselben Anzüge und Mäntel. Im Film sogar dieselbe Frau, auch wenn Bacall natürlich eine andere ist, wie Bogart ja auch ein anderer ist, aber na ja. Aber er hat eine völlig andere Wumme. Und das unterscheidet die beiden Kerle mehr als irgendwelche Klamotten oder Autos. Oder sogar die Frauen.

Ich hatte Spaß, endlich. Quatschte den einen oder anderen Satz mit. *»Ich muss sagen, die haben Sie ganz schön in die Mangel genommen. So gute Arbeit sieht man selten.«* Brüller, gerade heute. Ich sah wieder die Fresse von The Edge vor mir. Egal. Singha. Jacky. Yessir.

Und dann hatte ich einen hellen Moment, glasklar. Warum ich so sauer wurde wegen der blöden Knarren. Es ging nicht um die Knarren. Es ging noch nicht mal um die Filme. Oder eher: Es ging schon um die Filme, aber um etwas anderes als Pistolen und Revolver.

Gleich, ob Bogart Spade oder Marlowe ist, die anderen, und zwar alle anderen, glauben, sie können mit ihm machen, was sie wollen. Ihm jeden Scheiß erzählen, er würde ihnen das schon abnehmen. Und wenn nicht, auch egal, wer war der schon? Ein mies gelaunter Private Eye, der für fünfundzwanzig Dollar am Tag plus Spesen auch den allerletzten Drecksack als Klienten nimmt. Die Mädels blinkern, die Typen halten ihm entweder Schießeisen vor die Nase oder ihren Reichtum oder ihre Macht. Und alle glauben ganz selbstverständlich, dass sie cleverer und tougher sind als der kleine schmale Mann mit der Narbe an der Oberlippe.

Ich muss jetzt nicht aussprechen, dass ich mich irgendwie ähnlich fühlte, oder? Eigentlich immer schon. Woran es liegt, kann ich nicht sagen. Ich bin zwar kein Riese, aber weder klein noch schmal. Und ich sehe auch nicht wirklich harmlos aus. Aber mir sind mein ganzes Leben lang schon Typen – vorzugsweise Typen, die echte Pfeifen sind, aber denen das so lange keiner gesagt hat, bis sie irgendwo von irgendwas Boss waren –

immer wieder so begegnet, als hielten sie mich für einen Waschlappen. Oder als wäre mir so ein bisschen egal, wie man mit mir redet. Und vor allem, als wäre ich etwas langsam von Begriff. Und vor allem, als wäre ich etwas schwer von Begriff. Was ich manchmal sogar bin, aber in den überwiegenden Fällen eigentlich nicht. Ich behaupte mal, ich lebe noch und kann auf zwei Beinen gehen, weil ich in aller Regel ziemlich schnell kapiere, worauf es ankommt.

Nawrocki hatte alle Register gezogen. Von Anfang an. Bei der Vernehmung im Präsidium die Machtnummer, den arroganten US-Marshal im Anzug. Am Telefon den allwissenden CIA-Typ, der im Schatten flüstert. Beim Treffen den eisenharten SWAT-Killer, aber auch den enttäuschten, aufrechten Bullen. Und er hatte alle Rollen gleich gut drauf, das musste man ihm lassen. Wahrscheinlich war nichts davon gespielt. Allet escht, könnse jerne anfassen. Und *was* er erzählt hatte, klang schlüssig für mich. Diese ganze Balkankacke hatte so viele Seiten, und die meisten davon waren hässlich. Meiner Meinung nach würden die es noch Jahrzehnte nicht auf die Reihe kriegen. Die dachten immer noch als wilde Stämme und Clans. Und als Orthodoxe oder Katholiken oder Moslems. Und alles, was anders ist als man selbst, ist potenziell ein Fall für die Schlachtbank. Der Krieg da war mit einer Brutalität geführt worden, die unter allen westlichen Soldaten höchstens französische Legionäre schon mal gesehen hatten, in den ganzen afrikanischen Dschungelkriegen. Nicht mal die Amis waren darauf vorbereitet gewesen. Und infolgedessen war die organisierte Kriminalität in der Gegend auch auf ein international sehr beachtliches Niveau von Skrupellosigkeit, Grausamkeit und Gier geklettert. Wenn einem Typ jahrelang quasi offiziell erlaubt war, seinen Nachbarn die Hälse durchzuschneiden und alles in seine

Taschen zu stopfen, was reinpasst, dann hört der damit doch nicht einfach auf wegen ein paar Vögeln mit blauen Helmen auf der Rübe. Der hat sich dran gewöhnt und sieht in normaler Erwerbsarbeit einfach keinen Sinn mehr. Viel zu mühselig. Und dann schmeißt er die Uniform, wenn er überhaupt eine hatte, weg und tritt in einen Freiberuflerverband ein, in dem er weitermachen kann wie bisher und dazu noch viel besser verdient. Ist doch klar.

Ganz ehrlich?

Wenn ich so einen hier offiziell festnehme, dann schluck ich das ohne Probleme, dass der ordentliche Haftbedingungen, einen Anwalt und einen fairen Prozess bekommt. Militärische Begründung mit vier Buchstaben: Isso. Aber wenn mir so einer in all dem Chaos damals vor meine, natürlich völkerrechtlich total korrekte Knarre gelaufen wäre – ich weiß nicht, ob ich da nicht mal der Versuchung nachgegeben hätte, der Gerechtigkeit einen gedeckten Scheck über neun Millimeter auszustellen.

Verdammte Scheiße, ja. Ich konnte Nawrocki verstehen. Und er wusste das ganz genau. Er griff nach genau diesem Zipfel und tat so, als bäte er mich ganz lieb um Hilfe.

Und in Wirklichkeit schubste er mich gegen die Wand und brüllte: »Hey, Rubeck! Mann oder Maus?« Und ich? Anstatt ihm, wenn er nah genug war, kommentarlos einen Kopfstoß zu verpassen, stand da. Guckte ihn an. Und dachte *ernsthaft* darüber nach, dass er vielleicht recht hatte. Dass es eine gute Sache sein könnte, hinterm Rücken meiner Dienststelle, unter einem fadenscheinigen Vorwand – den Nawrocki mir zu liefern versprochen hatte – Palokabashij im Krankenhaus zu observieren, ohne Gerichtsbeschluss, ohne Ermittlungsverfahren, einfach so, und das auch noch für einen Verein, in dem ich gar nicht spielte.

Nein, halt. Noch nicht mal für den anderen Verein, sondern für einen undurchsichtigen Typen aus dem Verein, der seinen eigenen Leuten nichts davon erzählte, was er trieb.

Rubeck? Du hast doch den Schuss nicht gehört.

Ich kippte den letzten Whiskey, lutschte den Rest vom Eiswürfel und stemmte mich vom Sofa hoch. Insgesamt vier Mal. Wobei beim zweiten Mal eine gerade erst geöffnete Flasche Singha vom Tisch segelte.

Ich würde nachher aufwischen. Wenn ich zurück war vom Einkaufen. Ich brauchte mehr Whiskey. Und Kippen. Und irgendwas zu knabbern. Und Bier. Und jemanden zum Anbrüllen. Zum Prügeln. Zum Vögeln.

Scheiße.

Dass der »Schlabbekicker« mal meine Rettung sein würde, hätte ich nie im Leben gedacht. Ich hatte mich mit 'ner frischen Flasche Jack Daniels, vier Schachteln Zigaretten (vier Schachteln? Geht die Welt unter?) und 'ner Tüte Eiswürfel an den Tresen gehievt und dort um ein Stützbier gebeten, weil der Weg nach Hause so lang wäre. (Klar, wenn man erstens Schlangenlinien läuft und zweitens die Orientierung verliert.)

Hennes hatte mir das Eis weggenommen (»Isch tu des emal in de Frostä«), den Jacky außerhalb meiner Reichweite gestellt (»Dsssabermeinaey« – »Ei ja, Rubeck, den nemmt diä doch kana fodd, guck, isch schreib dein Name uffs Etikedd«) und mir ein kleines Pilsbier gezapft. Etwa drei Pilsbier später endete dann meine konkrete Erinnerung, aber ich wachte immerhin in meinem eigenen Bett auf. Der nicht angebrochene Jacky stand auf dem Nachttisch, ein Post-it drauf mit Frauenschrift: »Nicht zum Frühstück, du Vollidiot – Ina«.

Oha. Ina? In meiner Bude?

Zu den eklig bohrenden Kopfschmerzen kam jetzt auch noch die Frage, was genau zwischen Pilsbier vier und dem vollständigen Verlust meines Bewusstseins wohl passiert war. Der Begriff »Frühstück« hatte im Zusammenspiel mit meinem körperlichen Zustand und der noch geschlossenen Whiskeyflasche eine extrem ungute Wirkung. Bis zum Klo hätte ich es niemals geschafft, insofern verdankte mein Bettvorleger (ja, verdammt, ich habe einen) sein Überleben dem unbekannten Genie der Suffhölle (Ina?), das vorsorglich einen Eimer neben mein Bett gestellt hatte.

Es dauerte eine Weile, bis ich wieder wie ein Mensch atmete und nicht mehr wie ein ans Ufer geworfener Karpfen. Dann klingelte mein verfluchtes Handy. Ich stöhnte, stopfte meine Rübe unters Kissen und wimmerte leise rum, bis es aufhörte. Dann fing es wieder an. Ich presste das Kissen noch fester gegen meine Ohren, was allerdings keine Freude für den Rest meines Kopfs war.

Als das Scheißding zum dritten Mal loslegte, war mir klar, dass dieser Anrufer als Nächstes meine Wohnungstür eintreten würde. Und dann würde ich mir nicht nur anhören müssen, was er so irre Wichtiges zu sagen hatte, sondern musste ihm auch noch Kaffee anbieten. Rangehen war die bessere Alternative.

»Rubeck.« Also zumindest wollte ich das sagen. In Wirklichkeit sagte ich etwas wie »Chrkkkrrrmbl«, gefolgt von Würgelauten und Husten. Husten war übrigens sehr viel beschissener als Würgen. Tat mehr weh im Kopf.

»Rubeck?«

»Hngh …«

»Hier Nawrocki, was ist los mit Ihnen?«

Wenn ich das klar formulieren könnte, dann hätte ich auch meinen Namen korrekt angegeben, Flachbeule. Aber dann gelang es mir doch noch, Deutsch zu sprechen, und mich nicht ins Telefon zu übergeben.

»Was wollen Sie?«

Er gab einen genervten Laut von sich. »Eine Entscheidung. Was sonst?«

Es war halb vier nachmittags. Ich schloss die Augen, aber dann fing alles an, sich zu drehen. Nein, das war wirklich kein Zustand, in dem ich weitreichende Entschlüsse fassen sollte. Außer, nein zu sagen. Ein Nein war immer okay, weil danach das passierte, was man beabsichtigte: Nix.

Ich sagte ja. Und legte auf. Dann übergab ich mich noch mal. Nach einer angemessenen Erholungsphase brachte ich mich in der niedrigsten Gangart (auf Knien und Brustwarzen) in die Küche und trank dort ein paar Schluck Wasser aus dem Hahn. Wartete, ob die mich wieder verlassen wollten, und langte dann aus der hintersten Ecke des Küchenschranks eine angebrochene Packung Salzcracker. Der erste blieb drin, der zweite auch. Darauf goss ich noch ein bisschen Wasser, dann ging ich auf zwei Beinen, aber verdammt wackelig, zurück zum Bett.

Keine fünf Minuten später war ich weg.

Ich weiß nicht, ob man das, was ich danach durchmachte, in dem Zustand Traum nennt oder Halluzination. Kommt wahrscheinlich darauf an, wie viel Blut noch in dem reißenden Strom aus Alkohol war, der durch mein System brauste. Jedenfalls ging es mir auch im Schlaf nicht besonders gut. Bilder vermischten sich. Echte Erinnerungen mit Visionen des Schreckens, die sich nur noch schwer von den ersten unterscheiden ließen. Keine Ahnung, was übler war: diesen verschissenen Film zu sehen oder nicht mehr zu wissen, ob ich das alles erlebt hatte oder nicht. Etwas in meinem Hirn beschloss deshalb, dass mir das meiste davon noch bevorstand. Was vermutlich der Grund war, dass ich ziemlich lange glaubte, es klingele in meinem Traum an einer Tür, die ich gottverdammt noch mal nicht sehen konnte. Doch irgendwann riss es mich dann aus dem wüsten Film in eine Wirklichkeit mit bohrenden Kopfschmerzen und jemandem, der ganz real an meiner Wohnungstür klingelte. Und zwar Sturm. Gleichzeitig donnerte er mit Fäusten gegen das Holz.

Ich erspare mir jetzt mal, mich in aller Deutlichkeit zu erinnern, wie der Weg zur Tür war. Hölle. Ich fragte auch nicht, wer da war. Einerseits fehlte mir die Kraft, überhaupt laut genug zu reden, andererseits wäre es mir eine echte Erlösung gewesen, wenn Derjenige-Welche gekommen wäre, um mich zu erschießen.

Letztlich war es schlimmer als ein Typ mit Knarre. Es war mein Chef.

Dem fiel das Kinn auf die Brust, als er mich sah. Ich verzog meinen Mund zu etwas, das Meyer-Becker das Gefühl geben sollte, er könne reinkommen. Vermutlich verursachte es ihm eher Sorgen. Oder sorgte für die unsichtbare Notiz: »Rubeck zur Reiterstaffel versetzen lassen. Als Pferdescheiße.«

Ich wankte zurück in mein Schlafzimmer, Meyer-Becker schloss die Tür und tapste mir nach.

»Hast du Aspirin im Haus?« Immerhin, das war ein sehr hilfreicher Beitrag von ihm. Ich testete meine Sprachfähigkeit mit vorsichtigem Räuspern. Ging.

»Küche. Hängeschrank neben dem Lüfterding. Rechts.«

Meyer-Becker nickte. Ich hob die Hand und spreizte Zeige- und Mittelfinger.

»Zwei.« Meyer-Becker nickte.

Ich hörte ihn in der Küche herumwerkeln, dann ein Glas, das irgendwo anstieß, Wasser lief. Er riss die zwei Tablettenpackungen auf, und dann klongten die Dinger ins Wasser. Das

Sprudeln hörte ich auch. Schräg. Mir ging es schon davon gleich etwas besser. Ich stank wieder mal wie ein Iltis. Wobei – ich hab noch nie einen Iltis gesehen, vielleicht stinken die gar nicht. Oder noch schlimmer. Keine Ahnung. Ich stank jedenfalls widerlich genug, dass mein Magen kurz einen Salto machte. Aber er hielt sich dann tapfer.

Meyer-Becker hatte sich einen Stuhl aus der Küche geholt und saß mir jetzt gegenüber. Vor meinem Kleiderschrank. Und schüttelte den Kopf.

»Rubeck, das machst du also an freien Tagen?«

Ich süppelte in kleinen Schlucken die salzige Aspirinbrühe. Wohltat. Ging mir sekündlich besser. Ich konnte die Flasche Jacky angucken, ohne an Erbrochenes zu denken. Was nicht heißt, dass ich Bock hatte, etwas davon zu nehmen. Aber ich bekam langsam Hunger. Kein Wunder. Wenn ich Meyer-Beckers ziemlich große Armbanduhr richtig las, war es halb acht abends, und ich hatte seit gut zwanzig Stunden nichts Festes mehr zu mir genommen. Also vermutlich. Möglicherweise hatte ich nach Pilsbierchen Nummer vier im »Schlabbekicker« ja noch irgendwo fürstlich gespiesen. Egal.

Meyer-Becker nahm das linke Knie vom rechten und legte das rechte aufs linke. Guckte mich an. So richtig ernst.

»Ich hab das viel zu lange laufen lassen. Ich mache mir Vorwürfe. Man hat ja Verantwortung. Als Chef. Als Kollege.«

»Hey. Stopp. Mach mal halblang.« (Nicht aufregen, Rubeck, das kann der Kopf noch nicht, auch wenn das Aspirin dich übermütig stimmt.)

Meyer-Becker hob die Hand.

»Egal jetzt. Das vertagen wir. Ich bin wegen was anderem hier. Also, nachdem ich ungefähr zehnmal angerufen hab, aber immer nur die Mobilbox angesprungen ist.«

Es war wichtig genug, um den Umweg hierher zu machen? Kacke.

»Ich hatte heute einen Anruf.«

»Wegen gestern Nacht? Hab ich Kollegen von der Streife angepöbelt? Oder im Puff randaliert? ’ne Oma geschubst?«

Meyer-Becker ruckelte an seinem Krawattenknoten, dann zog er ihn etwas auf und knubbelte den Kragenknopf auf.

»Du bist nicht witzig, wenn du wie eine in Schnaps eingelegte Leiche aussiehst und riechst, Rubeck.«

Hey-ho, der kann ja richtig loslegen, der Meyer-Becker. Ich zog die Decke bisschen hoch.

»Sorry, Chef. Mir geht’s halt nicht so.«

»Ja. Schon gut. Also. Der Anruf kam vom LKA. Ein Kriminaloberrat Nawrocki.«

Kriminaloberrat? Hallöchen. So weit oben hätte ich mir ihn dann doch nicht vorgestellt. Andererseits, wenn der mal Leiter einer Stabsabteilung bei der GSG 9 gewesen war. Alter Falter.

»Er will dich ausleihen. Für eine verdeckte Operation. Ist dir davon was bekannt?«

»Nein. Dann wär’s ja nicht verdeckt, oder?« Ich grinste.

Meyer-Becker machte dicke Backen und blies Luft aus.

»Gleich langt es mir.«

Ich hob beide Hände. »Sorry. Ja, klar. Er hat mit mir gesprochen.«

»Ich hab ihn gefragt, worum es geht, und er hat mir freundlich, aber bestimmt gesagt, dass es mich nichts angeht. Wirst du mir mehr sagen, oder versuchst du, dich ins LKA rüberzuschleimen? In dem Fall mache ich jetzt ein Handyfoto von dir, dann kannste das vergessen.« Er lachte freudlos.

»Na ja, ein Personalproblem weniger, oder, Chef? Zumindest für ’ne Weile.«

Meyer-Becker beugte sich vor.

»Ich kann nicht sagen, dass es einfach ist mit dir. Für keinen bei uns. Und ich kann auch nicht sagen, hey, du bist trotzdem ein super Polizist, wir können auf dich nicht verzichten. Bist du nicht. Könnten wir. Aber im Großen und Ganzen machst du deinen Job ordentlich. Es gibt ein paar spezielle Dinge, in denen bist du sogar gut. Du gibst halt gern den Kotzbrocken. Jeder, wie er mag. Aber das Entscheidende ist: Du bist *mein* Kotzbrocken. Der Kotzbrocken vom 4. Revier. Und ich habe keine Lust, dass irgend so ein Wichtigtuer aus Wiesbaden denkt, er kann mir einfach meine Leute abspenstig machen. Also: Was läuft da und warum willst du mitmachen?«

Ich gebe zu, dass er mich ein bisschen beeindruckt hatte. Der schüttern semmelblonde, zum Rotwerden und zu hektischen Flecken neigende Meyer-Becker zeigte Biss. War eben nicht ganz durch Zufall Ermittlungsgruppenleiter geworden.

»Hast du bisschen Zeit?«

Er guckte auf seine Uhr, wollte ganz offensichtlich zuerst seinen Kopf schütteln, überlegte es sich dann aber anders.

»Völlig vergessen. Meine Frau hat heute letzte Yogastunde vor den Schulferien. Da gehen die anschließend immer noch auf einen Wein.«

Ich schlug die Decke zurück und hievte mich mutig aus der Falle.

»Ich geh duschen. Mein Magen ist so weit wieder ganz friedfertig, und ich muss dringend 'nen Happen essen. Wie steht's mit Burger?«

Er nickte. Eher ergeben als freudig. Aber das war mir egal. Ich hatte ihm vermutlich so oder so den Abend schon versaut.

# 10

Ein bisschen kam es mir vor, als wäre Meyer-Becker ziemlich zufrieden, könnte es aber nicht zugeben. Die Teller waren leer gefressen. Er hatte ein frisches San Miguel, ich erst mal Kaffee. Draußen, vor der großen Scheibe rauschte das Nachtleben. Das war doch was anderes, als zu Hause zu warten, dass die Gattin weinselig vom Yoga heimkommt und erleuchtet durchs Wohnzimmer schwebt.

Wir waren in einem schicken Burger-Laden, der auf modern und gesund macht. Was es jetzt halt so gibt im neuen Bahnhofsviertel. Eigentlich nicht mein Ding, aber man muss zugeben, dass das Zeug geil schmeckt. Ist schon was anderes als McKing und Konsorten. Und die haben so 'ne internationale Bierauswahl. Ich war aber erst mal bei Cola geblieben. Ist bei Hangover nicht das Verkehrteste. Wobei ich mich nach dem fetten Fleischbrötchen und dicken, handgeschnitzten Pommes mit jeder Menge Ketchup und Mayo eigentlich schon wieder ziemlich fröhlich fühlte. Nach dem Kater ist vor dem Kater.

»Ich kann nicht sagen, dass ich das alles für eine gute Idee halte, Rubeck.« Er legte den Kopf in den Nacken, hielt die Flasche ein Stück von seinem weit geöffneten Mund weg und ließ das goldgelbe Zeug hineingluckern. Hätte ich nicht gedacht, dass er so wagemutig sein konnte. Soff wie in einer Bierreklame und riskierte, seinen Schlips einzusauen. Ich sagte nix, rührte stattdessen in meinem Kaffee, der ziemlich gut duftete. Am Ende würde ich nach diesem Pott nie wieder echten Behördenkaffee trinken können. Huh. Dann war ich jetzt dran mit mutig sein und trank.

Glück gehabt, roch deutlich besser, als er schmeckte.

»Du redest ja nie über den ganzen Bundeswehrkram.«

Genau. Und das würde ich auch jetzt nicht tun. Weil es nichts zu reden gab.

»Ich hoffe nicht, dass du da offene Rechnungen hast oder so was.«

»Seh ich aus wie jemand, der jahrelang finsteren Hass in sich einschließt und auf den Moment der Rache wartet?«

Meyer-Becker trank noch einen Schluck, diesmal auf die klassische Art. Aber genau da schäumte die Brühe über und tropfte auf sein Hemd. Tja. Er nahm eine Papierserviette aus dem Spender und tupfte sich trocken.

Dann guckte er mich an.

»Du siehst aus wie alles Mögliche, das man lieber nicht genauer kennenlernen möchte, Rubeck. Ganz ehrlich: Ja, man kann sich gut vorstellen, dass du nicht vergisst, wenn dir jemand mal wirklich auf den Sack gegangen ist. Das macht einen nicht unerheblichen Teil dessen aus, worin du als Bulle gut bist.«

Der Mann wurde mir langsam unheimlich. Ich kannte Meyer-Becker jetzt doch schon ein paar Jahre, aber nur als eher ängstlichen Beamtentyp, immer korrekt, immer ausgeschlafen, immer rasiert. Angenehme Überraschung.

Ich nahm noch einen Schluck Kaffee. »Was soll ich sagen? Ich hab mich selbst gefragt, warum mich der Kram von Nawrocki interessiert. Mein Kopf war gestern so voll davon, dass ich das Karussell einfach mal anhalten musste. Zur Not eben mittels Schnappes. Na ja. Ich bin also mit dem Nachdenken nicht allzu weit gekommen. Aber wenn ich jetzt sagen sollte, welche Zeit als Bulle ich am besten gefunden hätte, dann war es die bei der Fahndung. Ehrlich, das war total mein Ding. Inklusive der ganzen Langeweile vor den Zugriffen. Ich bin mittlerweile zu alt für die Scheiße, keine Frage, und ich möchte das auch wirklich nicht mehr jeden Tag machen müssen, aber das hier kommt mir vor wie die letzte Gelegenheit. Verstehst du?«

Meyer-Becker zog beide Augenbrauen hoch.

»Willst du mir jetzt sagen, das soll deine Midlife-Crisis beheben?«

Ich winkte die Kellnerin ran und bestellte mir auch ein San Miguel. Wartete, bis es da war und sie die Teller abgeräumt hatte, bevor ich antwortete.

»Prost, Meyer-Becker.«

»Ach je. Prost.«

Klong. Schäum. Glucker. Hmaaah.

»Midlife-Crisis am Arsch. Da mach ich nicht mit. Ich bin ja schließlich nicht verheiratet, hab keine Kinder und keinen VW-Bus. Das ist nicht der verschissene Punkt.«

»Was dann?«

»Ich hab manchmal das Gefühl, Dinge nicht zu Ende gebracht zu haben. Und ich mag das Gefühl nicht. Vielleicht spielt hier wirklich 'ne Rolle, dass die Kiste mit dem Kosovo zu tun hat. Ich meine, ich hab da einige Typen gesehen wie den Palokaj. Als MP waren wir ab und an auch bei Festnahmenummern gefragt. Hatten Einsicht in Akten von den Vögeln. Damals war das alles nicht so streng getrennt zwischen Militär und Polizei. Die Jungs von der Infanterie zum Beispiel, die haben wir vor den Einsätzen trainiert. Crowd and Riot Control. Mit Einsatzanzug und Schild und Knüppel. Also klassischem Hundertschaftsscheiß, Demos und Fußballspiel und so. Das war für die natürlich was völlig Neues, dass sie sich da mit Leuten prügeln sollen, anstatt die aus ausgebauter Stellung umzuschießen. Na ja.« Ich trank einen ordentlichen Schluck. Schmeckte schon wieder. Absolut. Gute Physis ist mir schon immer ärztlich bestätigt worden. »Ich bin damals ziemlich direkt nach meinem zweiten Kosovoeinsatz ausgeschieden. Ganz normal Dienstzeitende. Und ich hatte mich bei der Landespolizei hier in Hessen beworben und auch eine Zusage nach dem Test. In meinem Kopf war ich einfach schon weg. Ich konnte das auch alles nicht mehr sehen. Das Elend da unten und dass die sich immer noch die Köpfe einschlugen und dass sich vermutlich nie was ändern würde, egal, wie viele Leute wir da hinschicken und egal, wie viel Kohle das kostet. Tja. Ich hab einfach gesagt, was soll ich doofer Oberfeldwebel mir da jetzt weiter 'ne Platte machen? Abgänger olé. Hoch die Tassen, und auf ins neue Leben. Und außerdem dachte ich, ich würde mit dem Wechsel zur Bullerei meine Ehe retten. Was ziemlich großartig schiefging. Was? Was ist?«

Meyer-Becker grinste. Dann lachte er. »Wie lange bist du jetzt im 4. Revier? Acht Jahre? Zehn? In all den Jahren hast du mir noch nie so viel von dir erzählt. Pass bloß auf, am Ende mag ich dich noch, und wenn das rauskommt, ist dein schlechter Ruf im Eimer.«

»Kommt nicht infrage. Dann will sich jemand das Büro mit mir teilen. Ich lad dich ein. Dafür vergisst du alles, was ich gesagt habe.«

Meyer-Becker machte diese Reißverschlussgeste über dem Mund. Meine Güte, das machten doch nur Jugendliche. Oder Leute in Ami-Streifen. Er hob seine Flasche San Miguel, trank sie aus und zeigte damit auf mich.

»Dann nehme ich noch eins.«

Ich zog auch flott am Glashals und orderte zwei frische Kaltschalen. Meyer-Becker legte seine Unterarme auf den Tisch und beugte sich vor.

»Du willst also deinen persönlichen Balkankrieg mit dieser Aktion hier beenden? Kann man das so zusammenfassen? Das klingt nicht nach Ruben Rubeck.«

Ich guckte ihn an. Er klang, als fände er das lustig. Aber er guckte ziemlich ernst. Und, Scheiße, ich fand, er hatte eine ernste Antwort verdient.

»Ich bin auf dem Balkan erst zu dem Rubeck geworden, den du kennst. Der Rubeck davor hat geglaubt, dass er die Welt besser machen wird. Der hat das auch noch nach dem ersten Einsatz geglaubt, damals in Bosnien. Aber nach dem zweiten, meinem ersten im Kosovo, nicht mehr. Und daran sind Drecksäcke wie Palokaj schuld. Und die gab es überall da. Auf allen Seiten. Serben, Bosnier, Albaner. Alle haben gelitten, und unter allen gab es diese Monster. Und die Palokajs, die waren die Schlimmsten. Die sind nämlich durchgekommen damit. Die haben nach dem Krieg einfach weitergemacht. Ich hab mir angewöhnt, mir das alles nicht mehr zu Herzen zu nehmen, wo käme man da als Bulle hin?«

»Wohl wahr.« Meyer-Becker hob seine Flasche. Ich klongte meine dagegen und redete weiter.

»Aber jetzt spült mir das Leben so einen Kerl direkt vor die Füße. Und ich will die Gelegenheit nicht ungenutzt verstreichen lassen. Hugh. Ich habe gesprochen.«

Wir tranken. Dann wischte sich Meyer-Becker Schaum mit dem Ärmel weg und stellte die Flasche ab.

»Will Nawrocki dich deswegen für den Job? Weil du dich mit der ganzen Geschichte da auf dem Balkan auskennst?«

»Kann sein. Vermutlich ja.«

Meyer-Becker schüttelte den Kopf, aber mehr ungläubig als verneinend.

»Ich verstehe nicht, wieso der keine eigenen Leute nimmt. Das LKA hat doch genug Personal?«

»Aber vielleicht keinen, dem er das zutraut?«

Meyer-Becker lachte trocken.

»Dann steht es aber nicht gut um die Kollegen in Wiesbaden. Na gut, ich rufe Nawrocki morgen an und frage ihn, wie er sich das diensttechnisch vorstellt. Ich hab nämlich noch keine Ahnung, wie ich das gut begründen soll, dass ich dich dafür hergebe. Egal, zusammen kriegen wir das schon irgendwie gebacken. Aber«, er hob seinen Zeigefinger direkt vor meine Nase, »ich habe ein paar Regeln. Erstens, du redest mit mir, bevor du irgendeine Scheiße baust, und ich weiß, du wirst unbedingt Scheiße bauen wollen. Zweitens, du machst nichts Illegales. Drittens, ich genehmige das erst mal nur für vierzehn Tage, danach sehen wir weiter. Und viertens, und das ist mir ernst: Bleib so nüchtern, wie du nur kannst. Das ist kein Spiel hier. So viel steht für mich fest.« Er hielt mir die Hand hin. »Deal?«

»Deal.« Ich schlug ein, aber ich fühlte mich mies dabei. Ich hätte Meyer-Becker genau sagen können, warum Nawrocki mich wollte. Der hatte sich nämlich im Palmengarten klar ausgedrückt.

»Sie dürfen nicht zulassen, dass der Kerl davonkommt. Weder weil er abhaut, noch weil ihn doch noch jemand ausknipst. Sie sind sein Schatten und sein Beschützer, und wenn es eine günstige Gelegenheit gibt, dann schnappen Sie sich ihn.«

Nawrocki schickte mich an allen Regeln vorbei auf die Jagd. Und dafür würde sich niemand aus dem LKA hergeben. Dafür brauchte er jemanden wie mich.

Am nächsten Tag um halb zehn rief mich Nawrocki an. Wir trafen uns in einem Café bei der Hauptwache, und dort wies er mich in die Lage ein. Er war aufgedreht und bedankte sich ein ums andere Mal und schwärmte von Meyer-Becker. Absurd.

Um vierzehn Uhr schlappte ich auf die Intensivstation der Uniklinik, zeigte der hinterm Tresen stehenden Oberschwester oder wie auch immer die Bezeichnung war, meinen Kripoausweis und gab ihr eine gut verträgliche Version meines Auftrags.

»Ach, trauen Ihre Kollegen uns nicht?«

»Wie meinen Sie das?«

»Na, unser Oberarzt hat ja dem Staatsanwalt zusagen müssen, dass er ihn informiert, sobald Herr Palokaj vernehmungsfähig ist.«

Ich lachte und machte auf unbesorgter Bruder Leichtfuß. Das kann ich gar nicht so schlecht, wie ich wieder mal merkte. Ihr Blick wurde gleich ein bisschen weicher.

»Nee, nee. Das hat nichts mit der Klinik zu tun, eher mit Herrn Palokaj und den Leuten, die auf ihn geschossen haben.« Ich zwinkerte und schob meine Jacke ein bisschen auf, damit sie die Pistole im Holster sehen konnte. Erwartungsgemäß wurden ihre sehr grünen Augen ganz groß.

»Na, ich hoffe nicht, dass es hier auch noch zu einer Schießerei kommt. Müssen wir uns Sorgen machen?«

»Ach Quatsch, Frau ... äh ...«, ich musste auf das Namensschild gucken, »Urzendowsky. Reine Routine nach so was. Draußen sind auch Leute. Hier kommt keiner einfach rein.« Draußen war natürlich niemand. Aber ich fand, es klang sehr beruhigend.

»Ihr Wort in Gottes Gehörgang. Tja, Sie können hier vorne im Aufenthalts- und Wartebereich sitzen.« Sie beugte sich über ihren Tresen und zeigte den Gang hinunter. »Da gibt es einen Wasserspender und einen Kaffeeautomaten. Und Sie haben eine schöne Aussicht über den Main nach drüben.« Sie lächelte. »Herr Palokaj schläft fast die ganze Zeit. Er bekommt nur einmal am Tag Besuch, eine Dame. Na ja, Dame …« Sie machte so einen Marilyn-Monroe-Hüftschwung samt Happy-Birthday-Mister-President-Mund. Und lachte. Ziemlich sensationell übrigens. Da stimmte jedes Schwesternklischee. Sie war rothaarig, ungeschminkt und selbst unter den eher weit geschnittenen blauen Klamotten (blau zu roten Haaren, très chic) konnte man sehen, dass sie eine Spitzenfigur hatte. Kein Hungerhaken, ziemlich kurvig. Und eine raue, sexy Stimme. Schade, dass die nicht mehr diese engen Schwesternkleidchen und kleinen Hauben trugen, hätte ihr fraglos irre gut gestanden. Aber vermutlich würde sie darin auf einer Intensivstation lebensbedrohlich wirken, vor allem auf ältere Herren. Immerhin gut für mich, das würde die zu erwartende Langeweile mindern.

»Wenn Sie drinnen sitzen wollen, müssten Sie sich desinfizieren und Schutzkleidung tragen. Aber eigentlich sehen Sie von da aus alles, was Sie sehen müssen.«

Sie zwinkerte tatsächlich und beugte sich dann weiter über ihren Tresen zu mir.

»Sagen Sie, ist der Herr Palokaj ein Gangster?«, flüsterte sie fast.

Ich wiegte den Kopf hin und her.

»Darüber darf ich eigentlich nicht reden.« Das Flirten ging doch noch ganz geschmeidig, obwohl ich echt aus der Übung war. Uniformen, Dienstmarken, Wummen, leicht zerbeulte Fresse – all das wird heutzutage unterschätzt. Ist nicht mehr Mainstream, politisch unkorrekt. Kommt aber meiner Meinung nach bei nicht wenigen Frauen immer noch ganz gut an. Wahrscheinlich genau deswegen. Ich beugte mich auch vor, war ihr ganz nah jetzt. Hm. Sie roch gut. Eigentlich nur nach Seife, vermutlich durften die aus hygienischen Gründen weder Schminke noch Parfum tragen, aber das Natürliche, Saubere stand ihr richtig gut im Kontrast zu ihrer netten, dreckigen Lache.

»Sagen wir es so: Der Herr Palokaj kennt auf jeden Fall eine Menge Gangster. Und die haben ihn nicht zufällig angeschossen. Die hatten sogar extra dafür geübt.«

Sie kicherte.

»Sie sind ja ein Vogel.«

»Ich war dabei.«

»Wow. Ehrlich? Wie das denn?«

Ich zeigte mit dem Finger nach oben.

»Himmlische Fügung. Sonst hätte er es vielleicht nicht hierher geschafft.«

Ja, ich weiß. Angeber, Eigenlob und so. Ist sonst nicht meine Art. Aber ich war auf Goodwill des Personals angewiesen, schließlich gab es überhaupt keinen offiziellen Grund für mich, hier rumzulungern. Und ich musste ja nicht erwähnen, dass die Bleibonbons, die sie aus seiner Schulter gezupft hatten, aus meiner P6 stammten. Eine Oberschwester, die mich mochte, war keine schlechte Investition. Und sie war richtig scharf, das spielte natürlich auch eine Rolle.

Sie verlagerte ihre Haltung, sah jetzt schon ziemlich nach Bartresen aus. Gleich kamen dann die Martinis. Yeah.

»Meine Güte, das ist ja wie im Film.«

Ich zuckte mit den Achseln.

»Nur sehr selten. Meistens ist es wie beim Finanzamt.«

Sie lachte und klapste mich auf den Unterarm.

»Sie sind ’n Scherzkeks. Sehr nett.«

»Danke. Ich geb mir Mühe. Mein Job bringt mich nicht gerade täglich mit interessanten Frauen zusammen.«

Jetzt lachte sie laut auf.

»O Mann. Richtig old school. Herrlich.«

Old. School. Na ja, was hatte ich erwartet? Sie war maximal Mitte dreißig.

»Wissen Sie was? Wir haben hier drin viel schickeren Kaffee. Wollen Sie einen Cappuccino?«

»Aber hallo, das wäre toll. Kaffeekasse?«

Sie lächelte und zeigte auf ein Porzellanschwein in Arztkluft. Ich fummelte einen Fünf-Euro-Schein raus und stopfte ihn rein.

»Das reicht für eine Menge Kaffee. Bin gleich wieder da.«

»Prima. Ach, und ...«

»Ja?«

»Natürlich können Ihre Kolleginnen und Kollegen wissen, dass ich Polizist bin. Aber ansonsten bitte lieber niemand. Okay?«

»Alles klar, Herr Kommissar.« Sie schlug sich leicht auf den Mund. »Hab ich das gerade gesagt? Das war ja echt ein endblöder Gag.«

»Schon okay. So, wie Sie aussehen.«

Sie machte mit den Fingern eine Pistole und schoss mich ab. Dann verschwand sie Richtung Cappuccino.

Das konnte nett werden hier.

Knapp fünf Minuten später hatte ich eine echt italienische Tasse mit sehr echt italienisch aussehendem Cappuccino plus Keks in der Hand und saß ganz gemütlich in den Polstern. Vor mir ein Stapel Zeitschriften. Na, warum nicht? Die goldene Herzfrau und ihre Blätter, *Bunte*, *Stern* und *Spiegel*. Alles prima.

Ich schlürfte Kaffee, lächelte manchmal meinen blauen Engel mit den Kupferhaaren an und schmökerte.

Irgendwann machte sie leise »Psst«, und ich schaute auf. Sie lächelte überfreundlich in Richtung Fahrstuhl, wo auch ich hergekommen war. Ich drehte mich um.

Das musste Palokajs »Dame« sein. Yes. Ein richtiges Gangsterliebchen. Absolutes Geschoss, aber in Farbtopf und Flitterkiste gepurzelt. Und sich ordentlich drin gewälzt. Blondiert, toupiert, geschnürt, gepresst, geschnibbelt, gepinselt, gesprüht. Auf High Heels, die scheinbar aus ihrem Hintern wuchsen. Aber wenn sie unter irgendeinem Messer gelegen hatte, dann – soweit ich das beurteilen kann – unter einem sehr teuren und geschickten. Es war nicht wirklich übertrieben. Nur einfach sehr viel von allem.

Und sie hatte zwei Typen dabei. Der eine aalglatt, blond pomadiert, schicke Designerbrille, ultrateurer Anzug, Aktentasche. Der andere stiernackig, dunkelhäutig, das dunkle Haar strähnig über die Glatze gekämmt. Teure Lederjacke, weite Stoffhosen, spitze Schuhe, blank poliert. Unter der Lederjacke ein glanzschwarzes Poloshirt, das sich eng um seine Muckis legte. Er glotzte mich gleich finster an. Ich lächelte doof und guckte wieder in meine Zeitschrift.

Klare Sache das. Palokajs Schickse, Palokajs Anwalt, Palokajs Bodyguard.

Die ersten beiden verschwanden nach kurzem Dialog mit meiner Pflegefee hinter der Schleuse, der Stier plumpste mir gegenüber auf den Stuhl, warf mir erneut finstere Blicke zu, auf die ich erneut mit doofem Lächeln reagierte. Gleich darauf tauchten die beiden Besucher wieder im Flur hinter der Glasscheibe auf, diesmal mit steriler Klinikkleidung. Der Stier fing an, mit einem silbernen Zahnstocher, den er aus einem kleinen Lederetui gezogen hatte, Reste des Elefanten, den er zu Mittag hatte, aus seinem Gebiss zu pulen. Sein linker Oberarm blieb immer ein Stück vom Körper weg. Schulterholster. Meine Güte.

Wer trug denn so was heute noch?

# 1999

*»Is it getting better? Or do you feel the same? Will it make it easier on you, now you've got someone to blame?«*

*Der kleine Konvoi rollt durch die nächtlichen Straßen. Vorne die Sicherung, dahinter das Führungsfahrzeug mit Zack, am Schluss die Sanis und der Verbindungsoffizier. Und mittendrin der Kinderwagen mit Quitte, Mücke, Bongo und Speedy. Am Steuer ein junger Rookie von der Fahrbereitschaft, ganz aufgeregt, dass er die harten Jungs fahren darf.*

*Quitte hat ihm, sobald sie aus dem Tor gerollt waren, die Mix-CD in die Hand gedrückt, und er hat sie fast nicht reingekriegt in den Player, so nervös war er. Ein pickliger Junge, sieht aus wie höchstens zwanzig, muss aber ein bisschen älter sein, sonst wäre er nicht hier.*

*»Schön laut, nä? Und sonst wollen wir nix hören, woll.«*

*»Quitte, mach dem Kameraden keine Angst. Der gehört zu den Guten.« Bongo haut dem Jungen auf die Schulter. »Lass dich nicht anpupen von dem, der muss sich nach dem Scheißen auch den Arsch abwischen.«*

*»Bongo, du untergräbst meine Autorität als Vorgesetzter.«*

*»Du Null bist nicht mein Vorgesetzter.«*

*»Aber seiner.« Quitte kneift dem Fahrer ins Ohr und schüttelt leicht seinen kleinen Kopf unter dem Barett. Der Junge lacht, aber ziemlich zittrig.*

*»Stimmt gar nicht. Lies mal die Vorschrift. Du hast bloß 'nen höheren Dienstgrad.« Mücke hat gegen Quittes Rückenlehne getreten.*

*»Maaaaaaaann, Mücke!« Speedy und Quitte im Chor.*

*Quitte dreht sich auf dem Beifahrersitz rum und fasst auf Mückes Schulterklappen. »Zsssssss. Alter, sind die noch heiß. Wann bist du befördert worden? Zwei Wochen vor dem Herverlegen? Du musst den auswendig gelernten Rotz mal wieder vergessen. This is the real world.« Quitte zwinkert und dreht sich wieder zum Fahrer um. »Und jetzt Licht aus, Spot an! Dissssc oooooo!« Sein Abzugsfinger zeigt weiß aus dem abgeschnittenen Handschuh auf den CD-Player.*

*Um eine enge Kurve zu biegen und gleichzeitig die CD einzuschieben, ist keine leichte Übung, und der arme Hund kommt fast von der Fahrbahn ab, aber dann springt die CD an, und die Lautsprecher haben Mike McCreadys geile Eröffnung von »Alive« durch den Wagen geblasen, und alle fingen an, mit ihren Köpfen zu nicken. Eddie Vedder röhrte los: »Son, she said, have I got a little story for you. What you thought was your daddy was nothin' but a …«*

*Priština ist immer noch eine Trümmerwüste. Jedenfalls da, wo sie gerade sind. Wenn man tagsüber unterwegs ist, fragt man sich, ob es mal eine schöne Stadt war. Viel sozialistisches Elend auf jeden Fall. In der Altstadt gibt es durchaus was zu sehen. Moscheen und Grabstätten und der Bazar. Aber wenn man rauskommt, sieht man hauptsächlich zerschossene Häuser und kaputte Straßen. Jetzt, im Dezember, ist alles elend grau. Rauch beißt in den Augen. »Well it's too late tonight to drag the past out in the light. We're one.«*

*Den Song hat Bongo auf der CD haben wollen. Quitte hat ihn gefragt, ob er schwul ist, und er hat gekontert, ob Quitte Interesse an seinem Arsch hätte. Mücke und Speedy haben gelacht, und jetzt ist es immer ruhig im Wagen, wenn »One« läuft. Draußen rumpelt* die schlafende Stadt vorbei, die vier, schon in die Einsatzwesten geklemmt, schlackern auf den schlechten Straßen im Rhythmus der Wagenfederung hin und her und gucken aus den Scheiben. Vorn an den Westen: Taschen mit Equipment und Munition. Quitte und Speedy tragen ein Sturmgewehr, Bongo eine Shotgun und Mücke eine MP als Hauptwaffe. Alle haben zusätzlich noch eine Pistole. Bei den Leuten, mit denen sie es hier in der Regel zu tun haben, kann man gar nicht genug Artillerie dabeihaben. Und nur mit Pistole braucht man da gar nicht erst anzurücken.

»Die is' bloß für'n Fangschuss, woll.« Das war einer von Quittes Sprüchen. Sie nennen ihn manchmal auch »das Tier« und meinen damit den Drummer aus der Muppet Show. Quitte ist komplett unmusikalisch. Ein Schlagzeug würde er zwar geil finden, aber in einer halben Stunde zu Sägespänen verarbeiten, ohne dass dabei irgendetwas auch nur entfernt Rhythmisches rausgekommen wäre.

»Have you come here for forgiveness? Have you come to raise the dead? Have you come here to play Jesus?«

Die Gassen sind hier saueng. Sie schleichen nur noch vorwärts, es ist schwierig, um die Ecken zu kommen, an manchen Stellen kann man mit den Außenspiegeln in Fensterläden hängen bleiben.

Ihr kleiner Fahrer macht das gut in der Dunkelheit, aber er stöhnt und schnauft ganz schön.

Zack ist am Funk. Quitte dreht die Musik runter, aber nur bisschen.

»Sammelpunkt in Sicht. Dort absitzen und zu mir vor.«

Nach der nächsten Biegung geht es bergauf, und dann kommen sie am Rand eines größeren Platzes an. Sie halten. Mücke öffnet die Seitentür und jumpt raus aufs Pflaster. Quitte macht den CD-Player aus und zeigt dann aufs Gerät. »Die holen wir uns nachher wieder. Komm nicht auf dumme Gedanken, Kamerad.«

Der Kleine schüttelt energisch den Kopf und will etwas sagen, aber Quitte ist schon draußen.

*Speedy ist auch gerade ausgestiegen, Bongo verzögert und guckt den Fahrer an.*

*»Haste gut gemacht, Junge.«*

*Der macht große Augen. »Danke.« Bongo zwinkert, der Fahrer schluckt und will noch was sagen, traut sich aber nicht.*

*Bongo grinst. »Wir kochen auch nur mit Wasser. Allerdings mit ziemlich heißem.«*

*Jetzt nickt der Kleine ein paarmal schnell hintereinander. Bongo steigt aus und schließt die Tür. Er summt leise die letzten Liedzeilen, die vor dem Ausschalten zu hören gewesen sind. »One life. But we're not the same. We got to carry each other. Carry each other.«*

# II

So eine Ein-Mann-Observierung ist natürlich eher behelfsmäßig. Ich kann ja nicht vierundzwanzig und sieben in dem Krankenhaus hocken. Zumindest nicht wach. Half aber nichts, Nawrocki konnte mir nun mal keine Ablösung schicken. Abhauen konnte Palokaj im Augenblick eh nicht, und vorerst war es offenbar genauso wenig drin, ihn wegzubringen. Es gab darüber offenbar gerade heftige Diskussionen.

Der Anwalt und die Frau im Flur redeten und stachen mit Fingern auf einen Arzt ein. Der hatte die Arme verschränkt, den Kopf auf die Brust gedrückt und hob ihn nur ab und zu, um ihn energisch zu schütteln. Wenn der Stiernacken dazu käme, hätte ich womöglich schon jetzt meinen großen Auftritt. Aber der Bodyguard hatte sich erstens so hingesetzt, dass er gar nichts sehen konnte, was mich sehr an seiner beruflichen Qualifikation zweifeln ließ. Und zweitens wirkte er wie jemand, der zwar sehr lange auf anderen herumtrampeln kann, aber nicht in der Lage ist, eigene Entscheidung zu treffen. Immerhin: Mir wurde nicht langweilig, und Langweile kann bei Observierungen schnell zum Problem werden, weil man dann unaufmerksam wird.

Schickse und Rechtsverdreher hatten sich mittlerweile wütend vom Halbgott in Weiß abgewandt und dampften in Richtung Stationsausgang. Der Anwalt versuchte, die Doppeltür aufzustoßen, was in erheiternder Weise misslang, weil die Tür sich nur durch Betätigung eines Buzzers an der Wand öffnen ließ.

Den betätigte mit süffisantem Grinsen der Arzt, der ihnen gefolgt war und sich dann mit leise quietschenden Gummisohlen entfernte.

Der Anwalt brachte, nachdem er und die Lady die Schutzkleidung losgeworden waren, seine Garderobe in Ordnung, und die Schickse zischte: »Idaver!« Das war offenbar Stiernackens Name, denn der fletschte die Zähne, erhob sich schnaufend und tapste in rollendem Ringergang zur Chefin. Die und der Anwalt redeten, teils abwechselnd, teils gleichzeitig, was ihn offenbar übel verwirrte, in sein linkes und rechtes Ohr. Er tat so, als kapiere er, nickte viel und grunzte.

Dann klackerten Absätze wie Gewehrsalven in Richtung Aufzug, und Anwalt und Schickse schwebten nach unten. Zugleich verschwand auch meine neue Bekanntschaft vom Tresen in den dahinter liegenden Raum. Stierchen starrte eine Weile durch die Scheibe und schien sich jetzt erst langsam zusammenzureimen, was genau sein Auftrag war. Er nickte seiner Schlussfolgerung selbst zu und ließ sich dann – wieder mit Killerblick in meine Richtung – zurück auf den schon angewärmten Platz fallen. Den Platz, von dem er immer noch nicht in Richtung seines Bosses gucken konnte.

Na ja. Schulterholster und zu enge Lederjacke. Echte Profis kosten eben. Und nachdem sich Palokajs Superbodyguard und Ex-GSG-9-Typ am Freitag endgültig vom Dienst abgemeldet hatte, blieb nur noch die zweite Garnitur. Den 9er – wie hieß er noch, Wittmund, genau – den hätte ich vermutlich nicht mal *gesehen*, wenn er hier aufgepasst hätte. Außer, er hätte gewollt, dass ich ihn sehe. Und dem wäre ich schon nach fünf Minuten komisch vorgekommen, und nach 'ner halben Stunde hätte er genau gewusst, wer ich bin und wie er mich unauffällig loswird. Glück gehabt. Muss ja auch mal.

Obwohl. In letzter Zeit hatte ich das Glück ziemlich herausgefordert, und es hatte sauber gearbeitet. Keine Klagen. Aber tatsächlich war es an der Zeit, mir Gedanken zu machen, wie das hier weitergehen sollte. Selbst dieser stumpfe Balkan-Stier würde irgendwann mal auf den Trichter kommen, dass es keinen ersichtlichen Grund für mein langes Hiersein gab.

Ich ging die Optionen der Reihe nach durch. Selbst wenn die anderen beiden mit was oder wem auch immer zurückkamen, um Palokaj aus dem Zimmer zu holen, würde da nichts vor einer Stunde passieren. Sollte jemand versuchen, zu dem angeschossenen Gangsterboss zu gelangen, müsste er an Freund Idaver vorbei. Das dürfte zwar nicht übermäßig schwierig sein, würde aber auf jeden Fall Krach machen.

Ich könnte auch irgendwas mit meinem roten Engel ausmachen. Also bezüglich dem Palokaj-Ding. Nicht 'n Date. Wobei das auch nicht so verkehrt wäre. Abgefahren. Kaum dachte ich an so was, dachte ich auch an Ina. Ob sie sich darüber freuen würde? Oder einen Anfall kriegen? Hm. Dass ich nach all der Zeit nicht mal das einschätzen konnte, sprach Bände. Na ja. Für übermäßige Sensibilität war ich noch nie bekannt.

Stiernacken glotzte mich an. Mann, konnte der leer gucken. Oder *war* der schlicht leer? Ich zog die Augenbrauen hoch, so: Kann ich Ihnen helfen? Ich vermute, er hätte am liebsten »fickdischaldawixer« oder so was in der Art gegurgelt, aber möglicherweise konnte er dafür nicht genug Deutsch. Also zog er bloß seine beiden Augenbrauen zu einer einzigen zusammen und zeigte wieder seine untere Zahnreihe. Ohne Ton.

Ich lächelte und widmete die nächste halbe Stunde der intensiven Lektüre der Zeitschrift, an der ich mich die ganze Zeit schon festhielt. Das war lehrreich, ich hätte nicht gedacht, dass reich und berühmt sein so viele Probleme verursachen kann. Hab ich ja echt Glück gehabt.

Nach dieser frohen Erkenntnis guckte ich demonstrativ auf die Uhr, schlug das bunte Heftchen zu und stand auf. Eine halbe, dreiviertel Stunde Beinevertreten würde keinen Schaden anrichten.

Gerade als ich Richtung Lift schwenkte, hörte ich die Sandpapierstimme des Kupferkopfs.

»Herr ... äh ... Müller?«

Hm. Es gab nur den Stier und mich hier. Also musste sie mich meinen. Ich drehte mich auf dem Absatz um.

»Ja?«

Sie war leicht errötet und saugte nervös an der Unterlippe. Ihr Blick war eine einzige Entschuldigung. Aber er war eindeutig auf mich gerichtet. Okay.

Ich ging zum Anmeldungstresen, und sie beugte sich zu mir rüber.

»Herr Doktor Aziz würde gern mit Ihnen sprechen.«

»Ah. Okay.« Ich machte große Augen, und sie schlug ihre nieder. Apart.

»Ich bringe Sie in sein Büro.«

Sie kam hinterm Tresen raus und zeigte in einen abzweigenden Flur. Der Stier glotzte uns nach, aber vermutlich ohne dass das zu irgendwelchen elektromagnetischen Reaktionen hinter seiner Stirn geführt hätte.

Außer Sicht drehte sich die rote Fee um und lachte leise los. »Sorry, mir ist einfach Ihr Name nicht eingefallen.«

»Kein Problem. Ich heiße Rubeck.«

Sie nickte.

»Sabine. Also hier nennen einen alle ›Schwester Sabine‹. Aber ›Schwester‹ lassen Sie bitte weg. In Ordnung?« Sie hielt mir die Hand hin.

»Klar. Dann bin ich Ruben.« Ich schlug ein. Sie hatte starke, ein kleines bisschen raue Hände. Sehr angenehm.

»Echt? Ruben Rubeck?«

Ich zwinkerte.

»Mein Vater war … bisschen komisch, sag ich mal. Professor für altes Zeug, wissen Sie.«

»Das klingt nach einer spannenden Vater-Sohn-Story.«

»Eigentlich nicht. Wir hatten keine Zeit, Krach zu kriegen. Er war schon was älter und ist gestorben, als ich zwölf war. Bis dahin war er eigentlich sehr okay zu mir. Bis auf den Namen.«

Wir waren vor einer Tür angekommen, an der *Stationsarzt ICU* stand.

»Ach, der Doktor will mich wirklich sprechen?«

»Klar, was dachten Sie denn?«

»Ach nix. Das kommt öfter mal vor. Dass ich nichts denke und dann überrascht bin.«

»Sie sind richtig lustig, Ruben Rubeck.« Wieder dieses nett dreckige Lachen, und dann öffnete sie die Tür.

»Der Herr Rubeck von der Polizei, Farid.«

»Danke, Sabine.«

Der Arzt, der sich auf dem Flur mit der Palokaj-Crew herumgeschlagen hatte, kam mir entgegen.

»Kommen Sie rein. Sie können sich zwischen dem Schreibtischstuhl oder der Patientenliege entscheiden. Da liegen aber nie Patienten, sondern nur ausgepowerte Stationsärzte.«

Er klang überhaupt nicht so, wie er aussah und hieß, sondern ziemlich bayerisch.

»Ich nehme die Liege. Bleibe aber sitzen.«

Doktor Farid Aziz lachte und setzte sich hinter seinen vollgepackten Schreibtisch. Das Büro war winzig und eine Mischung aus miesem Verwaltungsraum, Behandlungszimmer für Patienten dritter Klasse und Wachstube bei der Bundeswehr.

Sabine schloss die Tür von außen.

»In der Notaufnahme hatte ich öfter mal mit Polizisten zu tun, aber hier oben noch nie. Das ist scho irchendwie ...«

Ah. Franke. Schräg.

»Was genau ist Ihr Auftrag hier, Herr Rubeck?«

Tja. Auch für Herrn Aziz aus Franken würde es die Version tun müssen, die ich vorhin Sabine serviert hatte.

»Herr Palokaj hat seine Schusswunden im Zug einer Auseinandersetzung im Bahnhofsviertel erlitten, bei der ich selbst auch Zeuge war.« Ich fand, der nette Doktor Aziz brauchte ebenso wenig wie Sabine zu wissen, dass ich einen nicht ganz unerheblichen Anteil am Zustand seines Patienten hatte. »Ich möchte und darf da nicht zu sehr ins Detail gehen, aber ich sage mal so: Er verkehrt in Kreisen, in denen geschäftliche Differenzen nicht immer am Konferenztisch oder in einer Anwaltskanzlei ausgeräumt werden. Manchmal fliegen da auch Fäuste, Messer oder sogar Projektile. Herr Palokaj war beruflich in Frankfurt, und das hat offensichtlich ein paar Leuten aus der Branche hier nicht gefallen. Massivität und Organisationsgrad des Angriffs auf ihn lassen darauf schließen, dass die es absolut ernst gemeint haben. Sein Begleiter, der, wie Herr Palokaj selbst, bewaffnet war, ist seinen Verletzungen am Tatort erlegen.« Doch, doch, ich hab das schon drauf mit dem Behördensprech. »Wer einen solchen Aufwand betreibt, lässt aller polizeilichen Erfahrung nach bei Misserfolg nicht von seinem Vorhaben ab, sondern wartet auf die nächste günstige Gelegenheit beziehungsweise schafft eine solche.«

Doktor Aziz nickte.

»Sie sind also der Aufpasser?«

»So kann man das sagen.«

Der Arzt nahm seine Brille ab und massierte sich mit Daumen und Zeigefinger die Nasenwurzel. Tiefe Falten zogen sich von der Nase abwärts. Trotz seiner eher exotischen Hautfarbe wirkte er abgekämpft, grau. Über die Schichten, die Ärzte in Krankenhäusern fahren, muss mir keiner was erzählen. Meine Exfrau ist Ärztin. Aber nicht in Frankfurt.

Aziz gähnte erst mal herzhaft, dann setzte er seine Brille wieder auf.

»Wir haben uns der Staatsanwaltschaft gegenüber verpflichten müssen, Bescheid zu geben, sobald Herr Palokaj vernehmungsfähig ist. Jetzt wo Sie da sind, übernehmen Sie das für uns? Also, sobald die Vernehmungsfähigkeit festgestellt ist.«

Keine schlechte Idee. Ja. Das ließ mir Spielraum.

»Natürlich«, sagte ich, »ich werde allerdings nicht rund um die Uhr da sein.«

»Dann ein Kollege.«

Ich gab mir Mühe, besorgt zu wirken.

»Na ja. Über Personalmangel im öffentlichen Dienst muss ich Ihnen ja wohl nichts erzählen. Und über Überstunden schon gar nicht.«

Er schüttelte resigniert den Kopf. »Völlig verrückt. Aber so ist es nun mal.«

»Es wird draußen regelmäßig jemand vorbeifahren, und ich hinterlasse gern meine Nummer. Der Notruf steht Ihnen natürlich auch zur Verfügung, wenn nachts jemand unten an der Pforte verdächtig ist.«

Wobei die Vögel, die versucht haben, Palokaj umzunieten, ziemlich sicher nicht bei der Pforte klingeln würden. Aber das war jetzt egal.

Aziz kramte eine Packung Kekse aus seiner Schublade, schüttete ein paar auf eine Untertasse und stellte sie zwischen uns auf den Tisch.

»Bitte, bedienen Sie sich.« Und schon knurpste er selbst fröhlich los. Krümel spuckend sprach er weiter. »Was ist mit dem Mann, den die Frau … die Lebensgefährtin oder was auch immer sie ist, da draußen postiert hat?« Er schluckte den Keks runter. »Ich fühle mich als derzeit verantwortlicher Arzt nicht wohl damit.«

»Verstehe ich.«

»Ich hatte eine kleine Auseinandersetzung mit dem Anwalt und der Frau. Sie wollten, dass Herr Palokaj möglichst schnell entlassen wird. Aber aus ärztlicher Sicht ist er noch nicht so weit.«

»Ah. Deswegen die Diskussion eben?«

Er verdrehte die Augen zur Decke. »Im Prinzip ja. Vor allem aber, weil ich gesagt habe, dass weder die Dame noch der Anwalt ein Recht auf Auskunft in medizinischen Fragen haben. Das haben nur Verwandte oder die Ehefrau. Das wollten beide nicht akzeptieren, obwohl es zumindest einem Juristen ja klar sein müsste. Jedenfalls, wir beabsichtigen, ihn im Laufe des morgigen Tages von der Intensiv zu verlegen. Wann er endgültig rauskann, kann man erst in ein, zwei Tagen entscheiden. Er erholt sich sehr gut, aber ich möchte ihn noch überwachen. Mein Eindruck war, dass es auch darum geht, ihn vor einer Vernehmung zu bewahren.«

Genau das hatte ich mir auch schon gedacht. Lag auf der Hand. Und genau deswegen hatte mich Nawrocki ja auch hierher gesetzt. Ich sollte aufpassen, dass Palokaj nicht abhandenkommt und dass ihn nicht die anderen Bösen kriegen. Nur wir sollten ihn haben, und zwar ganz für uns. Wir, die Guten.

»Ja. Das kann schon sein.« Ich bekam ein bisschen schwitzige Hände. Nicht wegen Stress. Es war einfach ein Kick. Das hier war ein bisschen wie früher. Nur halb legal, aber es machte Spaß.

»Offenbar macht sich die Polizei ja auch Sorgen um ihn. Sehe ich das richtig?«

»Sowohl um ihn als auch seinetwegen.«

»Dann passen Sie auf, und der Herr da draußen kann gehen? Richtig?«

»Richtig. Sie haben das Hausrecht hier. Sie müssen ihn nicht dulden. Er ist schließlich kein Angehöriger, oder?«

Aziz schüttelte energisch den Kopf.

»Ich kann als Polizeivollzugsbeamter Ihr Hausrecht durchsetzen. Außerdem trägt er vermutlich eine Waffe, und ich gehe nicht davon aus, dass er dafür eine ordentliche Genehmigung hat. Insofern sehe ich kein Problem, ihn loszuwerden.«

Der Arzt nickte und knabberte einen weiteren Keks.

»Mal ganz unter uns«, ich nahm mir jetzt auch einen Keks, als vertrauensbildende Maßnahme. »Muss Herr Palokaj unbedingt noch auf der Intensiv liegen? Oder gibt es eventuell Alternativen?«

Aziz lehnte sich zurück, schloss die Augen und dachte einen Moment nach.

»Er könnte in seinem Zustand durchaus auch schon auf die IMC. Intermediate Care. Er ist fraglos außer Lebensgefahr und stabil. Auf der IMC können wir ihn genauso gut überwachen. Die Verlegung wäre natürlich ein gewisser Aufwand.«

»Angesichts der Umstände wären wir Ihnen sehr dankbar. Das wäre ein großes Entgegenkommen. Falls im weiteren Verlauf des Abends jemand Herrn Palokaj holen will, dann wäre er auf jeden Fall erst mal mit der Suche beschäftigt, und das gäbe mir, also uns, Zeit, zu reagieren.«

Aziz nickte müde. »Gut, einverstanden.«

Fünf Minuten später hatte Doktor Aziz mit meiner Freundin Sabine telefoniert und ihr aufgetragen, alles für die Verlegung von Palokaj vorbereiten zu lassen.

Ich stand vor dem Stierchen und hielt ihm meinen Dienstausweis unter die Nase.

Er guckte mich stumpf an und breitete die Arme aus, wie Robert de Niro, wenn er mal wieder einen Gangster spielt.

»Ihren Ausweis, bitte.«

Er grinste, nickte, griff mit der Rechten in die linke Innentasche und holte einen Pass raus. Dabei klaffte seine Jacke so weit auf, dass ich das Schulterholster und den Griff der Waffe sah. Darauf hatte ich gewartet.

Ich griff mir sofort seinen Arm, schob mit der anderen Hand meine Jacke auf und legte sie auf den Griff meiner guten alten SIG.

»Beide Hände auf den Kopf. Sofort.«

»Was Problähm?«

Der Typ hatte eine hohe Kieksstimme, die in krassem Gegensatz zu seinem Körperbau stand. Wahrscheinlich zu viel Steroide.

Ich zog meine Wumme und wurde einen Zacken lauter.

»Hände flach auf den Kopf legen. Jetzt.«

Sabine riss den Mund auf und ging hinter dem Tresen in Deckung.

Ich hielt die Waffe rechts eng am Oberkörper, Finger gestreckt über dem Abzug und bohrte meinen Blick in seinen. Er wurde sauer. Sehr schön. Langsam, unendlich langsam ließ ich den einen Arm los, und er hob beide genauso langsam über den Kopf und legte die Hände dann drauf ab. Der verstand mich genau, und er war auch nicht zum ersten Mal in dieser Lage.

Ich griff nach seiner Pistole, einer dämlichen Desert Eagle. Der Kerl war einfach ein verkackter Poser, löste mit dem Daumen den Druckknopf der Sicherungsschlaufe und zog sie heraus. Dann trat ich einen Schritt zurück, hob sie kurz vor seine Augen und fragte: »Genehmigung?«

Er verzog süffisant den Mund. »Nix verstähn«, quiekte er.

Ich nickte, ließ seine Artillerie in meine Jackentasche gleiten, war wieder einmal froh, dass ich den Parka hatte, da passte so ein Geschütz wenigstens rein, und bedeutete ihm dann, aufzustehen.

»Slowly, you understand?« Als wenn der Englisch könnte. Aber wenn er behauptete, kein Deutsch zu verstehen, war es ja auch wurscht, oder?

Wir tanzten in Zeitlupe umeinander herum, ich schickte ihn Richtung Wand, drückte ihn platt dagegen, die Füße, so weit es ging, nach außen gespreizt und gegen die Fußleiste gepresst, die Arme wie ein Gekreuzigter nach der Seite ausgestreckt, den Kopf seitlich gedreht. So kann man natürlich nicht stehen, das ist der Witz dabei. Ich krachte ihm meine flache Linke in den Rücken, und die war das Einzige, was ihn jetzt vorm Umfallen nach hinten bewahrte. So konnte ich meine Waffe wieder holstern und ihn in aller Ruhe durchsuchen. Um vorn ranzukommen, ließ ich ihn einfach ein bisschen nach hinten kippen. Wenn man keinen zusätzlichen Mann zur Eigensicherung hat, dann ist das die beste Methode. Hatte ich im Kosovo gelernt. Sollte der Typ sich mucken, brauchte ich ihn bloß loszulassen und auf dem Weg nach unten die Tante SIG rausholen.

Seine Brieftasche warf ich auf den Boden, dazu ein Springmesser, ein altmodisches Klapphandy, das aussah, als stammte es aus *Raumschiff Enterprise*, ein Bündel Hundert-Euro-Scheine, mit Gummiband zusammengerollt, eine Tüte Lakritz, einen Schlagring, ein Ersatzmagazin für die Eagle. Er wimmerte die ganze Zeit mit seiner Babystimme auf Albanisch rum.

Es blieben nur noch die Hosentaschen. Ich griff beherzt mit der Linken hinein. Dabei riss mit einem ziemlich lauten Geräusch das Futter. Entweder hatte er die Hose von seiner Mama geschenkt bekommen oder sonst ein psychisch auffälliges Verhältnis zu dem Kleidungsstück, jedenfalls jaulte er sofort los und versuchte, mit dem Ellenbogen meinen Kopf zu treffen. Was ihm knapp gelang.

Immerhin zeigte sich, dass meine Durchsuchungstechnik wirklich spitze war, weil ich ihn natürlich nach der Aktion sofort losließ und er nach hinten fiel, ohne eine Chance, sich abzufangen. Entsprechend dröhnte sein Schädel auf dem Linoleumboden.

Aber er erholte sich schnell, und ich sah, dass er nach seinem Springmesser langte. Ich konnte schlecht hier im Krankenhaus rumballern, deswegen griff ich an meinen Gürtel und zog den Teleskopstock raus. Ließ ihn aufschnappen, trat dem Scheißwichser auf den Arm, mit dem er nach dem Messer griff, und ließ den Metallprügel seitlich gegen seine Birne donnern. Und zur Sicherheit gleich noch mal.

Er stöhnte, riss die Augen auf, gurgelte ein bisschen, dann flackerte der Blick, und er verabschiedete sich ins Nirwana.

Ich ging sofort auf die Knie, hob seinen Arm, der völlig schlaff war, prüfte kurz die Atmung, drehte ihn danach auf den Bauch. Legte ihm einen Kabelbinder um die Handgelenke und zog ordentlich an.

Dann ließ ich mich nach hinten auf meine Unterschenkel sinken. Ich schnaufte wie ein Ochse und mir war schwindlig.

Langsam erschien der kupferrote Schopf von Schwester Sabine überm Tresen. Unsere Blicke trafen sich.

»Alles in Ordnung?« Ihre Stimme zitterte ein bisschen, aber sie hielt sich gut.

»Ja. Vielleicht gucken Sie mal, ob es dem Arschloch soweit gut geht. Ich pass auf, dass er Ihnen nichts tut. Und dann hätte ich noch eine Frage.«

»Ja-aa ...?«

»Ist irgendeiner Ihrer Ärzte hier Alkoholiker? Ich bräuchte dringend einen Schnaps.«

**1999** *Sie bewegen sich durch die noch dunklen Gassen. Es ist nicht weit zum Haus der Zielperson, aber weil sie sich eng an die Hauswände drücken, sorgsam sichern, bevor sie weiter vorrücken, kommen sie nur langsam voran. Quitte ist vorn, dahinter Bongo, dann Zack als Truppführer, danach Mücke, der Jüngste, und zum Schluss Speedy. Niemand ist draußen unterwegs um diese Zeit. Es ist so still, dass sie ihre Gummisohlen hören. Ihr Atmen. Das Rascheln der Einsatzkleidung und das leise Klackern von Waffen und Ausrüstung. Sie verständigen sich mit knappen, geflüsterten Meldungen, Handzeichen und Berührungen an den Schultern. Sie schwenken und heben ihre Waffen und Blicke in eingeübten Rhythmen nach allen Richtungen, auch nach oben.*

*Es ist wie ein Ballett, das die fünf Männer in den engen Gassen tanzen. Trotz ihrer kräftigen Staturen und der martialischen Ausstattung wirkt es elegant, fließend, gekonnt. Der Gleichklang aller Abläufe ist lebenswichtig für sie. Deswegen üben sie all das wieder und wieder. Jeder muss sich auf den anderen verlassen können. Jeder passt auf den anderen und auf sich auf. Sie müssen auf kurze Kommandos hin komplexe Abläufe abrufen können, schnell, sicher und zielgerichtet. Jeder hat eine klar definierte Rolle, ein Aufgabenprofil. Und muss trotzdem immer wach genug sein, auf veränderte Lagen zu reagieren, spontan richtige Entscheidungen zu treffen, den Job eines anderen zu übernehmen. Sie sind Profis. Sie gehören zu den Besten.*

*Normalerweise sind ihre Zugriffe von Sicherungsringen umgeben, die andere Einheiten stellen. Sie gehen nur die letzten Meter, stürmen ein Haus, nehmen jemanden fest und übergeben dann an Kameraden. Aber heute Nacht sind sie allein. Der Mann, den sie fassen sollen, ist erst seit ein paar Tagen in dem Haus, auf das sie sich zubewegen. Eine französische Truppe hat ihn in seinem vorherigen Versteck mehr oder weniger zufällig aufgeschreckt, der spontane Zugriff ging schief, und er entkam. Dann war er eine Weile von der Bildfläche verschwunden. Jetzt ist er hier aufgetaucht, sie haben einen Hinweis bekommen. Ihr Kommandeur und Zack, ihr Truppführer, haben sich die Umgebung gründlich in zivil angesehen. Und entschieden, dass der Aufbau eines Sicherungsrings nur Aufsehen erregen und auch zu lange dauern würde. Die Zielperson, ein ehemaliger serbischer Oberst aus dem Kosovo, der schon an Srebrenica beteiligt war, hat auch weitgehend auf Bewachung verzichtet, um unauffällig zu bleiben. »Wir machen das klein, schnell und gemein«, hatte Zack ihnen beim ersten Briefing erklärt. »Der wird erst merken, was passiert ist, wenn er gefesselt am Boden liegt.«*

*Ein Kontaktmann hat vor einer halben Stunde bestätigt, dass der Mann, den sie sich schnappen wollen, immer noch in der bezeichneten Wohnung ist. Der Kontakt ist verlässlich. Er hat schon öfter geholfen. Und jetzt sind sie nur noch zwei Häuserecken vom Ziel entfernt.*

*Quitte hat die Ramme auf dem Rücken, er ist der Breacher des Trupps. Sein Job ist es, ihnen Zugang zu verschaffen. Er rammt, sprengt oder tritt Türen auf. Dann macht er Platz für Bongo, Zack, Mücke und Speedy.*

*Jetzt hebt er die linke Faust hoch, der Trupp hält. Im spärlichen Mondlicht schimmern ihre Atemwolken. Quitte sichert um die letzte Ecke, dann gibt er das Signal zum Weitergehen. Sie gehen geduckt und eng an den Wänden entlang. Die Gebäude hier im Viertel haben drei bis fünf Stockwerke, sofern sie nicht in Trümmern liegen. Noch zwei Häuser, dann sind sie da.*

*Quitte checkt die Tür, sie ist nicht verschlossen. Die fünf Männer gleiten ins Innere, Speedy schließt die Tür lautlos. Sie müssen in den dritten Stock, linke Seite. Die Holzstufen knarren, das lässt sich nicht vermeiden. Sie beeilen sich, ihr Atem hinter den schwarzen Masken wird lauter. Quitte drückt vorsichtig mit der Hand gegen die Wohnungstür. Zu. Er nimmt die Ramme in beide Hände, schaut seine Jungs an, die sich – Bongo, Zack, Mücke, Speedy – mit jetzt eingeschalteten Lampen an den Waffen, auf der Treppe bereithalten. Zack nickt, Quitte holt aus und lässt die Ramme unterhalb des Türknaufs gegen das Blatt krachen. Holz splittert, Quitte tritt nach, die Tür schwingt auf, Quitte macht einen Schritt zurück, da dringt Bongo schon in die Wohnung ein, dicht gefolgt von Zack und den anderen beiden. Quitte hat die Ramme einfach auf den Boden gelegt, sein Gewehr gegriffen und schließt sich hinten an.*

*Sie schreien »KFOR«, »Hands up«, »Ruke u vis«, »Don't move« und immer wieder »KFOR«, »KFOR«, »KFOR«. Dabei stoßen sie mit den Füßen Türen auf, Klo, Küche, ein Schlafzimmer, noch ein Schlafzimmer, ein Wohnzimmer. Die Strahlen ihrer Lampen schneiden durch die Dunkelheit, Staub schwebt durch das weiße Licht. Bongo brüllt: »Sauber«, Zack: »Sauber«, wieder Bongo: »Sauber«, Mücke: »Sauber«. Dann stehen sie alle in dem großen Wohnzimmer, das karg eingerichtet ist. Ein fast leeres Bücherregal, ein Tisch mit drei Stühlen, ein Ofen in der Ecke, der noch etwas warm ist, ein durchgesessenes Sofa.*

*»Alles gecheckt?«, fragt Zack ein bisschen ungläubig. Die vier anderen gucken sich an, dann, ohne dass einer es ausspricht, formieren sie sich wieder und durchkämmen noch mal langsam, sichernd,*

*die Wohnung und enden wieder im Wohnzimmer. Sie haben nichts übersehen. Es ist niemand da.*

*»So'n Scheiß, woll.« Quitte öffnet den Kinnriemen seines Helms und nimmt ihn ab, schiebt die Maske nach oben, sein Gesicht ist schweißnass.*

*»Hab ich was von Anzugserleichterung gesagt?« Zack ist sauer.*

*»Jawoll«, gibt Quitte etwas maulig zurück, aber als er sich die Maske wieder über das Gesicht rollen will, winkt Zack ab.*

*»Schon okay. Durchlüften muss jetzt sein. Pause auf der Stelle, Männer.« Alle lachen. »Gib mir mal die Quatsche, Mücke.« Mücke hat das Funkgerät auf dem Rücken und reicht dem Truppführer den Hörer.*

*»Zitadelle für Alpha, kommen.«*

*». . .«*

*»Objekt gesichert, Mieter ausgezogen, kommen.«*

*Die Einsatzzentrale schweigt offenbar einen Moment, dann meldet sie sich wieder.*

*». . .«*

*»Meine Absicht ist Abbruch, kommen.«*

*». . .«*

*»Verstanden. Ende.«*

*Zack behält den Hörer in der Hand und guckt in die Runde. »Der Chef ist not amused. Ist ja klar. Wir rücken ab.«*

*Er drückt wieder die Sprechtaste.*

*»Alpha an alle Stellen, wir gewinnen Aufnahmepunkt auf bekanntem Marschweg, kommen.«*

*Er bekommt offenbar die Bestätigungen von der Zentrale und den beiden Kraftfahrern, die jetzt wissen, dass der Trupp sich auf den Rückweg macht. Zack sagt »Alpha Ende« und gibt Mücke den Hörer zurück. Der hängt ihn zurück an seine Weste. Alle rollen wieder die Masken vors Gesicht, schließen die Helme und formieren sich taktisch für den Rückweg. Hier weiß man nie.*

*Als sie ins Treppenhaus treten, hören sie, dass sich über und unter ihnen Wohnungstüren schließen, kein Wunder, sie haben ja ordentlich Krach gemacht.*

*Quitte hängt sich die Ramme wieder um, geht dem Trupp nach unten voraus und öffnet die Tür. Einer nach dem anderen schiebt sich auf die Straße und nah an die Hauswand. Sie gehen nicht mehr leicht geduckt, nicht mehr angespannt, aber sie bleiben aufmerksam, sichern rundum mit Blicken.*

*Sie sind gleich an der Ecke – da klatscht es, Blut spritzt an die Hauswand, und Zacks Beine knicken weg. Dann kommen der Knall und sein Echo.*

# 12

Es gab tatsächlich Schnaps. Na ja, ich weiß ja Bescheid. Sogar ziemlich geilen, nämlich einen edlen Brandy. Ich musste an einen Witz denken, den mein Vater immer gemacht hatte und den ich aber erst Jahre später kapiert habe. »Gebildete Leute sind nie Alkoholiker, die haben eine gut sortierte Hausbar.«

Rauchen wäre natürlich oberklasse gewesen, aber das ging hier nun mal nicht.

Dem Balkanschläger ging es so weit gut. Er hockte gefesselt auf seinem alten Platz. Die gute Schwester Sabine hatte ihn unter meiner Aufsicht verpflastert und ihm was gegen die Kopfschmerzen gegeben, wobei ich denke, dass ihm da oben nicht viel wehtun konnte. War ja überwiegend leer.

Meine grauen Zellen allerdings hatten ziemlich zu tun jetzt. Der normale Gang der Dinge wäre gewesen, ihn offiziell festzunehmen. Grund genug hatte ich. Er war bewaffnet, ohne mir eine Genehmigung dafür vorzeigen zu können, und er hatte einen Vollzugsbeamten angegriffen. Das hieße: Revier anrufen, Streife kommen lassen, denen ein mündliches Protokoll geben, die nehmen ihn mit. Problem dabei: Wie begründete ich, dass ich hier war? Eine Riesennummer. Da müssten mir sowohl Meyer-Becker als auch Nawrocki Deckung geben. Nawrocki wäre wohl kein Problem, aber Meyer-Becker? Nur einen Tag, nachdem er sich überraschenderweise auf das hier eingelassen hatte, servierte ich ihm schon die Erfüllung seiner Albträume? Nicht sehr nett, würde ich sagen. Ich bin jetzt kein dicker Kumpel von ihm. Ich bin von niemandem ein dicker Kumpel. Aber ich hab schon ein ganz gutes Gefühl, wie viel Scheiße man auf einem einzelnen Mann abladen darf, bevor der einem die Hölle an den Hals hetzt. Außerdem würde ich Meyer-Becker möglicherweise noch in haarigeren Lagen als der hier brauchen.

Nawrocki war andererseits nicht mein Vorgesetzter. Wir waren noch nicht mal bei derselben Dienststelle beschäftigt. Der konnte mich auch nicht offiziell decken, der konnte höchstens Fäden ziehen, und das sollte ich mir lieber aufheben, bis es echt nötig war. Also. Offizielle Festnahme fiel aus.

Ich konnte den Kerl aber auch nicht einfach so laufen lassen, oder?

Mal sehen. Die Knarre durfte ich beschlagnahmen, das Springmesser ebenso. Er würde um einiges ungefährlicher zu seiner Chefin und dem Anwalt zurückkehren. Aber was würden die mit der Information machen, dass offenbar ein Bulle hier abgestellt worden war?

Hm. Sie würden denken, dass genau das passierte, was sie gerne verhindern würden, nämlich, dass Palokaj aussagen musste. Das würden die vermutlich unter »shit happens« verbuchen. Immerhin passte die Polizei auf ihren Boss auf, das hieß, die anderen Freaks konnten ihm nicht ohne Weiteres ans Leder. Aus ihrer Sicht nicht gerade win-win, aber auch nicht total scheiße. Und letztlich passte ich ja wirklich auf Palokaj auf. Yes.

Ich machte dem Stiernacken klar, dass er schön brav sitzen bleiben sollte, und ging hinter den Tresen. Das durfte ich mittlerweile. Ich hatte es ganz schön weit gebracht hier im Krankenhaus.

»Sabine?«

»Ja?« Ihre hellblauen Augen glänzten nicht mehr ganz so flirty wie noch vor einer Stunde. Aber wir waren mittlerweile immerhin beim Du. Klar, einerseits hatte ich recht beeindruckend demonstriert, dass ich jemanden beschützen konnte. Andererseits hatte ich ebenso beeindruckend demonstriert, dass ich jemandem ohne größere moralische Bedenken ordentlich wehtun konnte. Das muss eine moderne Frau eben erst mal verarbeiten.

»Ich bring den Vogel jetzt vor die Tür. Da werden sich dann Kollegen um ihn kümmern. Bin gleich wieder da.«

Sie nickte. Ich beugte mich an ihr Ohr.

»Läuft die Verlegung von Palokaj?«

»Ich warte auf die Leute von der IMC.«

»Okay. Das ist gut. Der Kerl hier soll auf keinen Fall davon was mitkriegen.«

Sabine nickte wieder. Dann schloss sie kurz die Augen.

»Alles in Ordnung?«

Sie stieß Luft aus.

»Na ja. Als du vor ein paar Stunden hier aufgekreuzt bist, hab ich mir ja so was in der Art vorgestellt.« Sie gestikulierte vage in Richtung Stiernacken. »Aber als das dann wirklich losging ... Fuck, ey.«

Am liebsten hätte ich an der Stelle so bogartmäßig den Finger unter ihr Kinn gelegt, und dann hebt sie den Blick und die Scheinwerfer fallen genau richtig auf ihr Gesicht und sie will zuerst wegsehen, aber dann finde ich exakt die richtigen Worte. Bloß, in echt bin ich nicht so der Typ, der einfach an fremde Frauenkinne fasst. Und ich hab kaum was im Leben so selten gefunden wie die richtigen Worte im richtigen Moment. Ich sagte also nur: »Ich weiß.« Und dann immerhin noch: »Tut mir leid«, was ihr die Möglichkeit gab zu antworten: »Kannst ja nix dafür.« Und dann sogar noch: »Du hast das ja ziemlich gut im Griff gehabt. Ich meine, das sieht man sonst nur im Fernsehen.«

Oha. Wie die gute Rieke Scheerbaum, vor deren Augen ich Palokaj letzten Freitag umgeblasen hatte. So ändern sich die Zeiten. In den Neunzigern gab es ellenlange Diskussionen, wenn ich damit rausrücken musste, dass ich Soldat war. Meine Exfrau war total entsetzt, und beinahe wäre es daran gescheitert. Am Ende ist es natürlich auch daran gescheitert. Aber anders als gedacht. Egal.

»Na ja. Normalerweise nehmen wir die Leute in ihren eigenen vier Wänden fest. Oder nachts auf der Straße. Da ist der Normalbürger eher selten dabei. Und es geht echt schlimmer als bei dem da.«

»Hätte aber auch bei dem da schlimmer gehen können, oder?«

»Ach Quark.«

Sie schüttelte den Kopf. Aber immerhin lächelte sie wieder.

»Also dann. Bis nachher.«

»Ja. Ich hoffe, draußen wartet nicht der nächste Gangster.«

Tja. Das hoffte ich auch.

Stiernacken brachte ich gefesselt in den Lift und fuhr mit ihm erst mal bis in den Keller. Unten gingen wir durch einen langen Gang, an dessen Ende bogen wir links ab. Nachdem ich mich in alle Richtungen umgeschaut hatte, knallte ich ihn gegen eine Wand, zog ihm den Pass aus der Jacke und steckte ihn ein.

»So, du Wichser. Ich weiß, dass du gut genug verstehst, was ich sage.« Er grinste dämlich, aber man merkte, dass ihm mulmig war. Nice. »Deine Knarre samt Magazin und deinen Klappdolch behalte ich. Du kannst dich gern darüber beschweren, aber ich glaube, so blöd bist noch nicht mal du. Ansonsten will ich dich hier nicht mehr sehen. Nicht in diesem Krankenhaus, nicht in meinem Viertel, nicht in dieser Stadt. Geh zu deiner Chefin und sag ihr, dass du Scheiße gebaut hast und ganz schnell nach Hause musst, weil, wenn der Onkel Rubeck von der Polizei dich noch mal in die Finger kriegt, faltet er dich auf Hemdtaschengröße, capisce?«

»Nix verstähn. Sorry.« Der grinste immer noch dämlich. Ich haute ihm in den Unterbauch. Wenn man völlig ansatzlos schlägt, dann hat man natürlich nicht so einen Schmackes, dafür aber die Überraschung auf seiner Seite. Der Stiernacken atmete also sehr plötzlich aus und konnte dann eine Weile nicht einatmen. Die Zeit nutzte ich, um ein paar gut geführte Gerade und flotte Haken hinterherzuschicken. Als ihm die Beine wegsackten, hörte ich auf.

Ich kniete mich neben ihn. Seine Lunge machte pfeifende Geräusche, während sie ihn mit dem absoluten Minimum an Atemluft versorgte.

Dann kippte ich ihn ein bisschen zur Seite und schnitt den Kabelbinder mit dem Klappmesser auf, das ich ihm abgenommen hatte. Ich blieb einen Moment breitbeinig vor ihm stehen, dann packte ich ihn mit beiden Händen an der Jacke und zog ihn hoch. Was nicht ganz leicht war, aber gelang.

Ich schubste ihn vor mir her Richtung Hinterausgang. Er stolperte und stöhnte, aber bekam langsam wieder normal Luft.

Draußen schien die Sonne. Ich packte ihn am Arm und zog ihn flott über die Straße rüber ans Mainufer. Als wir uns dem Ufer näherten, wurde er tatsächlich etwas panisch. Im Kosovo können ziemlich viele Erwachsene nicht schwimmen. Und dass ich ihn im Keller einfach verprügelt hatte, hatte ihm offenbar klargemacht, dass ich keiner von diesen superkorrekten deutschen Polizisten war, über die Blutverspritzer wie er nur lachten in ihren Hinterzimmern. Kurz vorm Wasser machte ich halt und drehte meinen Freund Richtung Osten.

»Da Brücke.« Dann zeigte ich auf die andere Seite des Flusses. »Da Taxi. Und jetzt mach dich vom Acker.«

Er glotzte mich an. Ich zeigte wieder auf den gut einen Kilometer entfernten Holbeinsteg, und dann schubste ich ihn an. Nach den ersten stolpernden Schritten holte ich etwas Schwung und trat ihm in den Hintern. Ich denke, er war froh, dass ich ein viel schlechterer Fußballer als Boxer war, und fing tatsächlich an zu rennen. Ich lachte mir einen.

Aber mir stand noch bisschen was bevor. Ich musste Nawrocki anrufen und ihn über den aktuellen Stand informieren. Keine Ahnung, wie der reagieren würde. Ich guckte nach meinem albanischen Sandsack. Dem fegte gerade eine Windbö das quer über den Schädel gekämmte Seitenhaar von der Glatze. Den Moment wollte ich einfach genießen. Ich fühlte mich richtig gut.

»Palokaj muss da weg. So schnell wie möglich, Rubeck.«

Ich musste mich aus dem Wind drehen, damit der mir nicht meine Zigarettenasche ins Gesicht pfefferte. Mainufer heute wie Nordseestrand.

»Wie stellen Sie sich das vor, hä? Soll ich um Begleitung einer Schwester bitten, die regelmäßig die Vitalfunktionen überprüft und die Bettpfanne wechselt? Am besten nehme ich dafür überhaupt gleich einen Krankenwagen.«

»So schlimm wird es um unseren Mann ja wohl nicht stehen, nach zwei Schüssen in die Schulter.«

»Hören Sie, Nawrocki, ich bin kein Arzt. Ich hab keine verschissene Ahnung, wie es dem Typ geht, aber er liegt nun mal auf einer Was-auch-immer-Station, auf der Leute liegen, denen es nicht besonders gut geht. Also nicht gut genug, um durch die Gegend zu fahren.«

Schweigen. Das ist typisch für Kerle in Nawrockis Gehaltsklasse. Sie können es einfach nicht leiden, wenn man ihnen widerspricht, vor allem, wenn man gute Argumente hat.

»Sie unterschätzen womöglich, zu was diese Leute fähig sind. Palokaj muss außer Reichweite seiner eigenen Leute und jedes anderen außer uns.« Der Herr Oberlehrer. Steh ich ja total drauf.

»Über diese Leute weiß ich jedenfalls genug, um mit dem Schlimmsten zu rechnen. Trotzdem bleibt, dass ich mir Palokabashi nicht einfach so unter den Arm klemmen kann. Schon aus rein medizinischen Gründen. Ich bin vielleicht moralisch etwas instabiler als die anderen, aber ich bin auch nicht bescheuert.«

Er grummelte irgendwas, dann sagte er: »Haben Sie einen Vorschlag, Rubeck?«

Brav, Herr Kriminaloberrat.

»Seine Leute können gerade gar nicht viel machen. Weil keiner von denen mit ihm verwandt ist, kriegen sie auch keine Auskünfte. Vielleicht versuchen die jetzt, einen aus der Familie ranzukarren, das wird 'ne Weile dauern. Und ich hab Palokaj auf eine andere Station verlegen lassen, das heißt, die finden ihn auch nicht so ohne Weiteres.«

Am anderen Ende wurde offensichtlich nachgedacht. Dann: »Okay. Das war ein guter Zug, Rubeck.«

»Ich weiß. Deswegen hab ich ihn auch gemacht.«

Mann, ey. Wieso dachten die alle immer, niedrige Dienstgrade wären blöde? Und wenn er mich für blöde hielt, warum hatte er mich dann engagiert?

»Bleiben Sie auch auf der Station?«

»Heilige Scheiße. Wo soll ich denn sonst hin? Oder können Sie mir jetzt plötzlich doch eine Ablösung schicken? Irgendwo werden die für mich schon eine Besucherritze haben. Es darf halt echt kein Kollege von irgendeiner Dienststelle aufkreuzen, hier läuft nämlich langsam etwas viel Erklärungsbedarf auf.«

Jetzt schnaufte er. Genervt, Sir? Fragen Sie mal olle Rubeck.

»Ich komme später vorbei«, sagte er dann. »Auf welche Station ist Palokaj verlegt worden?«

»Äh, Dings, hier ... Intermediate Care. IMC.«

»Gut. Dann bis später.«

»Hm. Ja.«

Wir legten auf, ich schmiss meine Kippe auf den Boden und trat drauf. Ein vorbeijoggender Brillenheini machte ein missbilligendes Gesicht, und ich dachte einen Sekundenbruchteil über eine Personenkontrolle nach. Hatte aber echt keinen Bock, aus Ärger zum Arschloch zu werden. Lieber was futtern.

In der Cafeteria gab es ziemlich ordentliches Essen. Ich nahm Spaghetti Bolognese und eine große Cola. Den Beilagensalat ließ ich auf dem Tresen stehen. »Geben Sie den einem Armen.«

Die dicke Frau an der Ausgabe lachte laut. An der Kasse gab es Parmesan in Tüten, diesen kleinen krümeligen. Ich mag den. Der Geruch erinnert mich an meine Kindheit, die, auch wenn ich manchmal wie ein Psycho wirke, ganz schön war. Unspektakulär. Und es gab ein italienisches Restaurant um die Ecke. Die hatten den auch immer in diesen Gläsern mit Blechdeckel und Löffel drin.

Mein letztes Mal Krankenhaus war bei der Bundeswehr. Übers Essen müssen wir da nicht reden. Also generell beim Bund, nicht nur im Krankenhaus. Und natürlich wusste ich nicht, ob das Patientenessen so war wie das in der Cafeteria. Aber die Spaghetti waren klasse. Die Soße auch. Echt gut. Zum Nachtisch donnerte ich mir dann noch einen Schokopudding rein und genehmigte mir einen Kaffee, den ich im Pappbecher mit raus nahm, um dazu noch eine zu smoken. Nicht schlecht.

Kaum angekommen, klingelte mein Handy. Schwester Sabine.

»Ja?« Schlürf.

»Komm sofort auf die IMC. Hörst du? Sofort. Hier … es ist der Horror. Bitte bitte bitte …«

Flüstern, gepresst, panisch.

»Sabine, was ist los?«

»O Gott. Komm schnell. Der hat eine Waffe!«

Der Kaffee spritzte übers Pflaster. Aber da war ich schon wieder im Gebäude.

Ich spurtete Richtung Aufzug, bremste schlitternd und fiel fast aufs Maul, weil ich mich umdrehte. Infocounter.

»Wo ist die IMC?«

»Schreien Sie bitte nicht so.«

Ich riss meinen Dienstausweis aus der Jacke und hielt ihm dem früh verrenteten Hausmeister vor die halb blinden Augen.

»Ich kann noch viel lauter schreien. Also dalli.«

»Block E, zwoter Stock.«

Seine Stimme ging sofort ins Stillgestanden, als er den Ausweis sah. Ich grub meine Hufe in die Fliesen und rannte wieder los. Den Ausweis hielt ich einfach vor mich und brüllte in einer Tour: »Polizei. Vorsicht. Weg da. Achtung. Polizei. Sorry. Polizei.«

In E jumpte ich in den Lift. Eine Frau und ein alter Mann im Rollstuhl guckten einfach nur, wie ich keuchte. Ich stoppte den Aufzug im ersten Stock und ordnete an, dass sie beide ausstiegen. »Polizeieinsatz.« Das musste auch den Leuten als Info reichen, denen ich verbot, einzusteigen. Als die Tür sich schloss, zog ich meine Pistole. Im zweiten Stock angekommen, presste ich mich an die Seitenwand und ging etwas in die Hocke, als die Tür sich aufschob. Ich linste vorsichtig raus, die Waffe direkt vor meinem Gesicht im Anschlag.

Niemand im Vorraum.

Ich stemmte mich halb hoch und steppte aus dem Fahrstuhl. Guckte links und rechts. Menschenleer. Ich arbeitete mich zur Anmeldung vor. Dort kauerte Sabine.

»Ruben ... Ruben ... Ogottogott ...«

»Psssst.« Ich hielt den Finger vor den Mund. »Bleib ruhig jetzt. Was ist los?«

Sie zeigte in die Station rein.

»Palokaj ist während der Verlegung aufgewacht und war sofort auf hundertachtzig. Als wir ihn im neuen Zimmer hatten, wollte er den Chefarzt sprechen und so. Farid, also Doktor Aziz, war ja dabei und ... Scheiße, wir dachten halt, er ist ein bisschen verwirrt, klar, du wachst auf und merkst, du wirst verlegt und so, aber der war total klar und aggressiv und hat zu Farid immer nur gesagt, er will jetzt sofort das Krankenhaus verlassen und wo seine Sachen sind ...«

Ich hörte ihr zu, beobachtete aber konzentriert den Gang. Da war auch niemand. Sabine war nah am Hyperventilieren.

»Du sagst, er hat eine Waffe?«

Sie nickte heftig.

»Ja, keine Ahnung, vermutlich haben die ihm die gebracht. Sie war mit Isolierband unters Bett geklebt, ein Streifen.« Sie holte tief Luft, versuchte ihre Atmung unter Kontrolle zu bringen. Ich legte meine Hand auf ihre Schulter und drückte vorsichtig, guckte aber weiter in den immer noch leeren Gang.

»Ein Streifen hing noch am Griff, weißt du, ich konnte immer nur auf den Streifen Isoband gucken, es ist hellblau … o Scheiße …«

»Wie bist du rausgekommen?«

»Ich weiß auch nicht. Ich hab die Waffe gesehen, das Isoband, und der brüllte. Da bin ich einfach raus. Ich stand ja direkt an der Tür. Farid ist noch drin, und Holger. Holger ist Pfleger auf der IMC. Scheiße … oh, so eine verdammte Scheiße …«

Sie fing an, lautlos zu weinen.

»Welches Zimmer?«

Sie holte wieder tief Luft.

»Zwölf. Das dritte auf der rechten Seite.«

»Okay. Du bleibst hier.«

»Soll ich jemanden anrufen?«

Ich schüttelte den Kopf. Nein, das war keine sehr gute Idee. Wobei: Alleine reingehen war, ganz ehrlich gesagt, auch keine so gute Idee. Es war sogar eine ausnehmend bescheuerte Idee.

Aber was willste machen?

# 13

Ich will jetzt nicht so tun, als ob Sabine grundlos hysterisch reagiert hätte. Typen mit Knarren in der Hand sind für den Durchschnittsbürger außerhalb des Bildschirms so ungewohnt, dass sie schon mal zu Überreaktionen führen können, auch bei den Besten.

Aber nach allem, was ich, vorsichtig um die Ecke schielend, sah, ging von Palokaj nur minder schwere Gefahr aus. Er konnte sich kaum aufrecht halten, klammerte sich ans Bettgestell und fuchtelte mit der Pistole rum. Ich erkannte eine Beretta 92. Tatsächlich hing immer noch ein Streifen hellblaues Isolierband am Griffstück und flatterte unten aus seiner Faust. Klar. Ein verwirrter Mann mit Pistole ist keine lästige Fliege, das muss man schon ernst nehmen, aber da war der kleine rote Punkt, den ich unter dem Sicherungshebel sehen konnte. Unfassbar. Der Typ, ein harter Gangster, den ich ja auch in Aktion erlebt hatte – ein Ex-Killer-Soldat, wenn Nawrocki recht hatte –, hatte seine Pistole nicht entsichert. Na ja. Medikamente. Verletzung. Gerade aufgewacht. Okay.

Wobei es Freund Holger nicht gut ging mit der Situation, das war offensichtlich. Er hatte die Hände hochgehoben und hyperventilierte quietschend, seine Beine hielten ihn nur noch aus Gewohnheit. Doktor Aziz konnte ich nicht sehen, aber hören. Er bemühte sich, beruhigend auf Palokaj einzureden. Es waren zwar Allgemeinplätze aus jedem x-beliebigen Geiselnahme-Streifen, à la: »Seien Sie doch vernünftig, wir können doch reden, legen Sie bitte die Waffe weg, Sie machen uns furchtbare Angst, sehen Sie das nicht, es wird doch alles nur noch schlimmer, bitte, Herr Palokaj ...« Aber hey, der Mann war Zivilist und übermüdet, dafür machte der das absolut großartig. Palokaj schnaufte wie eine alte Lok und brabbelte delirierend vor sich hin, schwenkte aber immer wieder mit ausgestrecktem Arm die Pistole quer durch den Raum. Wenn er in Holgers Richtung deutete, fing dieser sofort an, noch lauter zu wimmern und den Kopf einzuziehen. Zeigte die Knarre auf Doktor Aziz, wurden dessen Stimme rauer und der Atem heftiger, aber er redete ziemlich ruhig weiter. Doch, der machte das sehr cool.

Ich stand so, dass ich Palokaj völlig problemlos und ohne mich dabei übermäßig anzustrengen, in den Kopf schießen konnte. Dieser Umstand, kombiniert mit der gesicherten Waffe, machte diese Lösung ziemlich verlockend. Klatschbumm. Es gäbe natürlich ziemliche Diskussionen, zumal der Typ ja schon zwei zusätzliche Körperöffnungen von mir bekommen hatte, und natürlich würden alle erst mal brüllen, Geisellage, Alleingang, polizeiliche Taktik, wohl irre geworden, wozu haben wir denn das SEK? Klar. Aber das würde sich legen. Weil: Arzt und Krankenpfleger vor irrem Gangster gerettet. Und – also klar, das hört sich jetzt nicht so richtig nach Rechtsstaat und Strafprozessordnung an – wenn ein Berufsgangster mit möglicherweise kriegsverbrecherischem Hintergrund versucht, mittels Waffengewalt aus einem Krankenhaus abzuhauen und dabei von einem tapferen Polizisten per Schuss in Rückenlage gebracht wird, dann ist der Verfolgungseifer eines Staatsanwalts angesichts der zu erwartenden öffentlichen Reaktion naturgemäß nicht der allergrößte.

Das traut man mir vielleicht nicht zu, aber ich denke durchaus über so was nach, bevor ich mich entschließe, einem Menschen eine Kugel in den Kopf zu schießen. Moralische Probleme standen in dem Fall für mich nicht zu befürchten, und taktisch gesehen war die Lage auch extrem günstig. Ich könnte mich sogar noch ordnungsgemäß zeigen, Waffe im Anschlag und dann mein Sprüchlein sagen. Und bei der kleinsten falschen Bewegung den gut gedrillten Ablauf in Gang setzen und ein Neunmillimeter-Teilmantelgeschoss durch seinen momentan verwirrten Kopf schicken. Der würde danach, besonders auf der Rückseite, ganz übel aussehen, aber Holger und Doktor Aziz waren ja geschultes medizinisches Personal. Die würden das schon abkönnen.

Tja.

Holger wimmerte jetzt durchgehend. Sehr laut. Aziz redete. Immer müder und hoffnungsloser. Palokaj salbaderte auf Albanisch und fuchtelte planlos, aber irgendwie aufgekratzt. Wie ein Crackjunkie um drei Uhr morgens an der Konstabler Wache. Und ich stand immer noch auf dem Gang, meine SIG nah am Körper und kam zu keinem Entschluss.

Tja.

Und dann, ohne dass ich irgendeinen Einfluss darauf hatte, nahmen die Dinge einen Verlauf, der mir alle Entscheidungen abnahm. Mich völlig meinen Reflexen überließ.

Palokaj betätigte nämlich den Abzug der auf Holger gerichteten Wumme, weil der ihm offenbar auf die Nerven ging. Abzüglich der Pistole konnte ich Palokaj da verstehen. Wirkte sich auch auf meine Konzentration aus.

Natürlich löste sich kein Schuss. Gesichert ist gesichert. Aber das würde Palokaj jetzt sehr schnell auf den Gedanken bringen, diesen Zustand zu ändern, und da er nun schon mal die

Entscheidung getroffen hatte, Holger wegzublasen, würde er die spätestens dann auch umsetzen. Und damit hatten sich alle skrupulösen Überlegungen erledigt. Für einen sauberen Kopftreffer war Palokaj jetzt zu unruhig. Noch während Holger in ohrenbetäubendes Panikgeschrei ausbrach und Doktor Aziz: »Nein, nein, nein, nein« rief, hechtete ich ins Zimmer, brüllte so fies, wie ich konnte: »Polizei, Waffe weg«, und rannte mit vollem Tempo in Palokaj rein. Ich bekam mit der Linken sein Handgelenk zu packen und riss den Arm samt Waffe nach oben, als wir beide schon in inniger Umarmung gegen Palokajs Bett krachten. Er stöhnte auf, und wir rumpelten zu Boden.

Ich denke, es sah nicht sehr elegant aus und flößte weder Holger noch Doktor Aziz sofort Zuversicht und Vertrauen ein, aber ich kam nach ein, zwei Windungen sicher auf Palokaj zu sitzen und hieb ihm sofort zweimal meine Pistole ins Gesicht, worauf seine Nase brach und die Haut über dem Jochbein aufplatzte. Akuter Schmerz beschäftigt Leute ganz gut, außer sie sind auf einem Angriffs-Hormon-High. Dafür hatte der Drecksack aber deutlich zu viele Medikamente intus. Gut für mich. Ich knallte seine Rechte mit Wucht fünf-, sechsmal gegen das Bettgestell, dann ließ er die Beretta los. Ich schmiss sie nach hinten weg und hielt ihm dann meine gute SIG an die Stirn.

»Halt still, du blöde Sau. Halt verdammt noch mal sofort still. Rühr dich nicht einen Millimeter, hör auf zu atmen, oder ich schieß das ganze verfickte Magazin in deinen Schädel leer. Ist das klar? Hast du das verstanden? Hörst du mich? Hörst du mich? Hörst du mich, du Scheißficker?«

Ich geb zu, ich war ein bisschen in Wut geraten, und meine heile Nase war von seiner gebrochenen bloß noch fliegenbeinbreit entfernt, als ich ihn anbrüllte. Dabei flog auch nicht wenig Spucke in sein Gesicht.

Meine Brüllerei machte Holger offenbar endgültig fertig. Ein psychopathischer Patient wurde von einem offenbar psychopathischen Polizisten vor seinen Augen halb umgebracht. Holger kreischte in einer Tour.

Da Palokajs Körperspannung deutlich nachließ und er ganz fraglos mehr mit seinen Schmerzen als mit irgendeinem Impuls zur Gegenwehr zu kämpfen hatte, drehte ich mich um … Oh. Blöd. Holger kreischte nicht, weil er Panik hatte, sondern weil ich ihm Palokajs Pistole offensichtlich gegen den Kopf geworfen hatte. Zwei blutende Nasen im Raum.

»Alles unter Kontrolle, keine Panik.« Das war der Satz, den mein Gehirn sagen wollte, aber er kam nicht richtig raus. Meine Kehle war schlagartig staubtrocken geworden und fühlte sich wund an. Das Rumschreien, klar. Und auch sonst so. Nach etwas Keuchen und Räuspern und Husten kam der Satz dann doch noch. Klang nicht super überzeugend, aber immerhin nickte Doktor Aziz mir mit seinem nassgeschwitzten Gesicht zu und ging dann zu Holger.

»Komm, Holger, ich sehe mir das mal an. Lass uns rausgehen.« Holger sackte an Ort und Stelle zusammen, der war fertig, klar.

Aziz guckte mich an. »Kommen Sie wirklich zurecht? Kann ich Ihnen etwas helfen?«

Ich schüttelte den Kopf. »Alles in Butter, Herr Doktor. Also, na ja, ich meine, ich krieg das hin. Sie können sich in Ruhe um den Kollegen kümmern.«

Ich drehte Palokaj unsanft auf den Bauch, wobei sich irgendwie der Katheter aus seinem Arm verabschiedete, was Palokaj mit einem unterdrückten Schrei quittierte. Mir egal. Ich riss seine Arme nacheinander nach hinten, und er ließ sie da auch brav. Einen Kabelbinder hatte ich noch, und den kriegte er.

Gut verschnürt lag er da, ein etwas würdeloser Anblick. Diese Krankenhaushemdchen sind ja hinten offen.

Eine halbe Stunde später hatten Aziz, Sabine und einige Kollegen sowohl Holger mit Beruhigungsmitteln und Pflastern versorgt, als auch Palokaj neu verarztet, verkabelt und vernadelt. Auch ich wurde einer Untersuchung und Befragung unterzogen, mir ging es aber so weit bestens. Ich hatte Palokaj mit Handschellen am Bett fixiert und musste jetzt schon wieder komplizierte Entscheidungen treffen. Zwischen dem, was polizeilich richtig und vorschriftsmäßig geboten war, und dem, was unter Berücksichtigung der Gesamtsituation (soweit ich die tatsächlich kapiert hatte) das beste weitere Vorgehen wäre.

Ich treffe gerne Entscheidungen. Und ich hasse es, jemanden zu fragen. Da ist man natürlich in hierarchischen Organisationen nicht optimal aufgehoben, es sei denn, man hockt so weit oben, dass die Zahl derjenigen, die man fragen muss, unendlich viel kleiner ist, als die Zahl derjenigen, die man einen Scheiß fragen muss. Ich war aber nie ehrgeizig. Das ist das eine. Das andere ist, wenn ich auch nur einen einzigen fragen muss, bin ich schon genervt, also ist es auch egal, wo in der Hierarchie man steht, denn es wird niemals so sein, dass man überhaupt keinen mehr fragen muss. Dafür müsste man dann Polizeichef irgendwo in einem Kaff in Aserbeidschan sein oder so. Da ist mir aber die Bierversorgung und generell das Freizeitangebot zu mies. Ich hab das für mich so gelöst, dass ich in den letzten Jahren nur noch Zeug mache, bei dem mir die Entscheidungen wumpe sind. Soll das so erledigt werden, erledige ich das so, soll es anders passieren, passiert es eben anders. I give a shit. Ehrlich.

Aber hier war das schwierig. Hier konnte ich entweder mich selber in die Kacke tunken oder Nawrockis Vorhaben gehörig schädigen, dem ich ja ganz grundsätzlich zugestimmt hatte.

Also wieder mal das Handy raus. Was haben wir eigentlich früher ohne die Teile gemacht? Na ja. Ich hatte davor halt immer Funkverbindung zu irgendeinem Oberhirsch, der mir erklärte, wo es langgeht. Also stets meiner Zeit voraus.

»Ja?«

»Rubeck hier. Nicht, dass Sie denken, meine Tage wären immer so, aber ich habe gerade dem zweiten Albaner für heute die Schnauze poliert.«

»Haben die so schnell jemanden geschickt?«

»Ich rede von Palokaj. Der ist hier durchgedreht. Seine Alte und der Rechtsverdreher haben offenbar eine Knarre ins Krankenhaus gebracht. Nett, wie? Eine Beretta 92. Und damit hat der Idiot im Drogendelirium einen Arzt und einen Pfleger bedroht. Ich hab ihn ein bisschen geschubst und ihm dann die Nase gerichtet. Jetzt liegt er gefesselt im Bett und denkt reumütig über seine Untaten nach. Meine Frage: Was soll ich jetzt tun? Meine Pflicht?«

Schweigen. So ein ganz kleines bisschen tat er mir leid. Er hatte sich mit mir einen Mitarbeiter gecastet, der nicht so ganz im üblichen Raster funktionierte. Inschallah, Alter.

Andererseits hätte so ein ordentlicher Mitarbeiter schon längst eine vorläufige Festnahme getätigt und seine Dienststelle angerufen. Die hätte die Staatsanwaltschaft informiert, dass es einen unerlaubten Waffenbesitz, eine zweifache Freiheitsberaubung, eine zweifache Bedrohung mit einer tödlichen Waffe und vielleicht noch ein, zwei Delikte mehr gegeben hatte. Er fuhr also nicht ganz schlecht mit mir im Moment.

»Ist sonst jemand verletzt worden?«

»Ein Pfleger. Aber das war ich. War 'n Versehen.«

»Ist Palokaj transportfähig?«

Was für eine Nervensäge.

»Ich bin immer noch kein Arzt, Nawrocki. Ich kann fragen. Er sieht noch hässlicher aus als vor einer Stunde, das ist alles, was ich weiß.«

Wieder Schweigen. Also wenn der bei der GSG 9 auch immer so lange überlegt hatte, war es mir schleierhaft, wie der den Job hat machen können.

»Ich muss hier ein paar Sachen klären, Rubeck.«

Kam noch was?

Es kam nichts mehr. »Ja.«

Früher hatte es im Telefon wenigstens geknistert, wenn man nichts sagte.

»Hat Palokaj ein Handy?«

»Keinen Schimmer. Der Klinikkittel hat keine Taschen, und ich hab mich bemüht, nicht in seine Arschritze zu fassen.«

»Im Schrank, bei seinen Sachen, irgendwo. Rubeck, wenn der Mann wach ist, darf er auf keinen Fall telefonieren.«

Meine Fresse. Ein Rechtsbruch nach dem anderen. So macht Bullesein Spaß.

»Ist ja schon gut. Ich prüfe und melde mich später.«

In seine Antwort hinein legte ich auf. Inoffizieller Mitarbeiter zu sein hatte Vorzüge. Dieses ganze »Ja, Chef«, »Klar, Chef«, »Nee, Chef«, »Prima, Chef« konnte ich mir sparen. Wobei ich dazu eh nicht sonderlich neige. Ich mach's manchmal, um Stress zu vermeiden.

»Sabine, sind die Sachen von Palokaj noch im alten Zimmer?«

Sie hatte längst Dienstschluss, blieb aber noch hier, »um die Situation gemeinsam mit den Kollegen abzuschließen«, wie sie gesagt hatte. Na gut, wer das möchte. An Sabine konnte ich einfach nichts doof finden. Das war mir schon länger nicht mehr passiert. Hört, hört.

»Äh, nein, die müssten schon bei ihm sein.«

»Okay.«

»Warum?«

Ich war schon flotten Schrittes auf dem Weg.

Palokaj hatte ein Handy. Klar. Sogar ein Smartphone. Und er benutzte es gerade mit der freien Hand, als ich in sein Zimmer kam. Es musste also in dem Bettschrank gewesen sein. Na super.

Er herrschte jemanden auf Albanisch an und bemerkte mich ein bisschen spät. Deswegen konnte ich das Teil einfach greifen. Ich ließ es mir nicht nehmen, »Er ruft Sie später an« zu sagen, und legte dann auf. Palokaj blitzte mich über seinen Tränensäcken ziemlich wütend an, aber er blieb sehr gefasst.

»Das dürfen Sie nicht.« Er hatte einen starken Akzent, der Satz kam aber flüssig. War ja auch schon ein paar Jahre hier geschäftlich aktiv. Und auf jeden Fall kannte er sich im deutschen Recht aus, soweit es ihn betraf.

»Ach, da könnte ich Ihnen durchaus zwei, drei Regelungen zeigen, nach denen ich das darf. Aber ehrlich gesagt, hab ich dazu keinen Bock.«

Er lachte. Nahm's sportlich.

»Ich habe nachgedacht. Ihr Gesicht.«

Aha. Über mein Gesicht hatte er nachgedacht. Das waren keine schönen Gedanken, aber jeder hat so seinen eigenen Genesungsprozess.

»Sie waren das.«

Er wollte auf seine linke Schulter zeigen, also die, in die ich ihm vor zweihundert Jahren reingeschossen hatte, aber das ging nicht, weil die rechte Hand ans Bett gefesselt war. Also machte er eine entsprechende Bewegung mit dem Kopf.

»Genau. Und heute wäre beinahe noch ein Loch dazugekommen, aber gleich daneben, wo eben noch ihr Telefon war.«

Vielleicht hatte ich ihn jetzt humormäßig oder sprachlich überfordert, er reagierte jedenfalls nicht unmittelbar. Geräte piepten, Flüssigkeiten wurden in ihn hineingepumpt und andere aus ihm herausgesaugt.

»Mit wem haben Sie gesprochen?« Ich hielt das Telefon hoch.

Er zuckte mit den Achseln und lächelte.

»Hab ich vergessen. Bin Krankenhaus, wissen Sie.«

»Ja. Ich weiß. Und da haben Sie Glück gehabt. Könnte nämlich jetzt auch schon die Rechtsmedizin sein, wissen Sie?«

»Ist alles in Gottes Hand.«

»Klar. Genau der Typ sind Sie, Palokaj. Sie beackern bescheiden Ihr Feld, beten fünfmal am Tag und nehmen alles so hin, wie Gott es gibt. Er gibt Ihnen reichlich, würde ich sagen. Und Leute wie ich gucken einfach gern nach, wo er es hergenommen hat, bevor es in Ihren dreckigen Händchen gelandet ist.«

Palokaj guckte mich ausdruckslos an. Dann verzog er seinen schmalen Mund zu einem arroganten Lächeln.

Ich gebe zu, dass der Kerl eine ziemliche Ausstrahlung hatte. Sogar wie er hier im Bett lag, im Flatterhemdchen und mit Pflastern, Verbänden und Schläuchen. Er sprach leise und ohne hörbare Emotion, was nicht nur an seinem Zustand lag. Die einen brüllen, damit man sie hört, die anderen flüstern, damit man sich Mühe gibt, sie zu hören. Muss man nicht lange raten, wer gefährlicher ist. Palokaj war seit Jahrzehnten gewohnt, dass man ihm genau zuhörte und immer tat, was er verlangte. Er kannte sich mit Regeln und Gesetzen aus, weil er Profi war. Aber sie galten für ihn nicht.

Mit solchen Leuten hab auch ich nicht allzu viel zu tun. Ich spiele eigentlich eine bis vier Klassen darunter. Da bin eher ich derjenige, der die Leute herumschubst, einfach weil ich eine Marke habe. Aber es ist auch nicht so, dass ich Typen wie Palokaj gar nicht kenne. Und ich habe auch schon den einen oder anderen von der Sorte gefesselt auf den Rücksitz geschmissen.

Ich beugte mich zu ihm herunter.

»Herr Palokaj, oder wie auch immer Sie heißen. Sie sind dran gewöhnt, dass hier in Deutschland Polizisten und Juristen immer fair spielen. Ihr schmieriger Rechtsverdreher paukt Sie immer schön raus, und Sie drehen uns eine lange Nase und machen weiter. Aber ich hab schlechte Neuigkeiten für Sie. Ich bin nicht so. Ich bin ein ganz, ganz schlechter Polizist. Und ich hab sehr oft miese Laune. Ich tue dann gern Sachen, die nicht so richtig erlaubt sind. Und dafür kassiere ich regelmäßig Anschisse. Aber wissen Sie was? Das ist mir scheißegal. Ich hab noch jeden eingemacht, den ich einmachen wollte. Und ich bin immer noch Beamter und vollständig pensionsberechtigt. Ich lebe nicht gesund, aber es geht mir gut, weil ich meistens tue, was mir Spaß macht. Und am meisten Spaß macht es mir, Drecksäcken wie Ihnen Feuer unterm Arsch zu machen. Alles klar?«

Unsere Gesichter waren sehr nah beieinander. Ein in Spucke getauchtes Lachen gurgelte aus seinem Hals. Er grinste.

»Sie sind lustiger Mann.«

»Ach ja?«

Er nickte. Dann flüsterte er.

»Ja. Sehr lustiger Mann. Ich werde gern zurückdenken, wie ich sehr lustigen Mann habe umgebracht.«

Gut. Dann war der Tarif ja erklärt.

# 14

Okay. Ich hätte mich natürlich mal beizeiten mit der Funktionsweise von Smartphones befassen sollen. Ist ja schließlich nicht mehr 2002 oder so. Aber ich selbst hab keins und brauche keins, und in meiner Dienststelle gibt es genug Kollegen, die sich liebend gerne mit so was auseinandersetzen, wenn es nötig ist. Aber jetzt kotzte es mich natürlich schon etwas an, dass ich noch nicht mal in der Lage war, rauszukriegen, wen der Arsch Palokaj angerufen hatte. Aber aller Wahrscheinlichkeit nach konnte das Telefonat nur eines bedeuten: noch mehr verschissene Probleme. Jemand würde herkommen. Ob es der Anwalt war, der mir blöde Fragen stellte und wegen dem ich etwas anleiern musste, was Nawrocki nicht passen würde (Best-Case-Szenario), oder irgendein Mistkerl mit übler Laune und Schusswaffen (Worst-Case-Szenario), war gehupft wie gesprungen. Ich hatte darauf keinen Bock. Das einzig Vernünftige war abzuhauen. Mit Palokaj. Und vor dem Krankenhaus mussten Kollegen aufziehen. Die Balkankumpel würden keinen Krieg mit der Polizei anfangen.

Oder? Worum ging es hier eigentlich? Warum wollte Palokaj so dringend hier raus? Traute der uns nicht zu, ihn vor den Typen zu schützen, die versucht hatten, ihn im Bahnhofsviertel kaltzumachen?

Ich schnappte mir mein Handy.

»Was geht?«

»Can, hier ist Rubeck.«

»Ja, Alda, hab dich gespeichert. Ich kann lesen. Erinnerst du dich?«

»Pass auf, ich hab ziemlichen Stress.«

»Ach? Mehr Stress als ›Ich hab einen umgeschossen und mich hat ein Unbekannter ausgeknockt, während mein Boxtrainer gefesselt und geknebelt fast in seinem Büro verröchelt‹?«

»Ja. Deutlich mehr.«

Can pfiff durch die Zähne.

»Meine Fresse, Rubeck. Ich dachte, du lässt es ruhiger angehen.«

»Ja, Mann. Dachte ich auch. Klappt gerade nicht so doll.«

»Also. Was kann ich für dich tun?«

In meinem Kopf blitzten und flackerten die Neuronen wie in so einem alten *Flash Gordon*-Kurzfilm aus den Dreißigern. So kam es mir zumindest vor.

»Hör zu, ich will dich in nix reinziehen, Can. Also falls du lieber nichts mit dem zu tun haben willst, was ich dir sage, kannst du das nach dem Telefonat dann einfach vergessen?«

Can machte einen Ton, der wenig Begeisterung ausdrückte.

»Wenn ich es vergessen kann, nachdem du es mir erzählt hast, vergesse ich es auch, Alter. Kann ich das?«

»Das Risiko muss ich eingehen.«

»Ich hol mir 'n Bier, wenn es recht ist.«

»Mach das. Ich fang schon mal an.«

»Ja.«

»Okay. Ich bin im Krankenhaus, bei Palokaj. Sagen wir, in nicht ganz offizieller Mission. Sozusagen undercover.«

Can hatte bei sich daheim den Kühlschrank geöffnet. Dann hörte ich das Ploppen und anschließende matte Klingeln vom Kronkorken. Er trank.

»Jemand ein paar Etagen über uns hat Interesse an Palokaj und kann da aber auf üblichem Weg nichts in Gang setzen. Ich überwache den Typ sozusagen.«

»Alter ...«

»Hör einfach zu. Also, der Palokaj hatte heute schon Besuch von seinem Anwalt und seiner Tussi. Die haben hier Rabatz gemacht und wollten ihn rausholen. Der Arzt hat sich quergestellt, und sie mussten abrauschen, haben aber einen Leibwächter hiergelassen. Den hab ich entfernt und an die gute Frankfurter Luft gesetzt. Aber leider hatten die Besucher noch was hiergelassen, nämlich eine Knarre in Palokajs Bett. Damit hat der Typ rumgefuchtelt, und deswegen musste ich ein bisschen grob werden und ihn fesseln.«

»Sollen wir das aufnehmen, oder was? Ruf doch im Revier an.«

»Keine so gute Idee. Dieser Kollege, für den ich das hier mache, ist wegen einer ganzen Reihe wirklich derber Kisten hinter Palokaj her. Was aus dem Kosovokrieg. Das Problem ist, dass der Typ die Identität gewechselt hat. Um das nachzuweisen, bräuchte man Zeit, aber die hat mein Mann nicht. Er vermutet, dass Palokaj hier in Frankfurt ein großes Ding abziehen will. Er will ihn eigentlich wegen dieser größeren Sache drankriegen, um dann Zeit zu haben, die Identitätskiste zu klären. Wenn das erledigt ist, kann Palokaj nämlich gleich nach Den Haag durchreisen und sich auf lebenslänglich vorbereiten.«

»Rubeck? Hast du in dem Krankenhaus irgendwas geschluckt?«

»Ich weiß, klingt ein bisschen wild, aber so sieht's aus.«

»Wer weiß davon?«

»Also, das bleibt aber unter uns, Meyer-Becker weiß Bescheid.«

Mein alter Fahndungskumpel Can gluckerte sein Bierchen. Das machte mich richtig nervös. Scheiße.

»Und was erwartest du jetzt von mir?«

»Ich muss hier weg mit dem Palokaj.«

»Soll ich dich etwa abholen?«

»Nee, worum es mir geht, ist, der Palokaj hatte ein Handy. Der hat Leute angerufen, ich weiß nicht, wen. Und die sind vermutlich auf dem Weg hierher. Das Krankenhaus muss bewacht werden. Kannst du das klarmachen? So von wegen Palokaj wichtiger Zeuge und so?«

Can hatte offenbar sein Bier ausgetrunken und öffnete gerade ein frisches. Der säuft nicht so wie ich, er trinkt einfach gern so kleine Flaschen.

»Meyer-Becker weiß Bescheid, ja? Richtig Bescheid oder nur so Rubeck-Style Bescheid?«

»Ziemlich richtig Bescheid, würde ich sagen. Der hat auch mit dem Mann weiter oben gesprochen.«

Can trank zwei schnelle Schlucke.

»Pass auf, Alter, hier mein Tipp: Ruf deinen Chef an. Offiziell ist Palokaj für uns ein Zeuge. Und für die Kollegen von Kapital auch. Rede mit Meyer-Becker, der soll Wagner anrufen, unser Chef ist krank, Wagner hat gerade das Ganze. Kann ich mich darauf verlassen?«

»Klar.«

»Kann. Ich. Mich. Darauf. Verlassen?«

Ich ließ eine angemessene Denkpause, nicht zu lang.

»Kannst dich drauf verlassen. Ich mach das sofort.«

»Da drüben ist das 10. Revier zuständig, richtig?«

»Ja. Goldsteinstraße.«

»Okay. Dani hat bei uns Bereitschaft. Der soll sofort einen Streifenwagen vom 10. bitten, zum Krankenhaus zu fahren. Notfall und so. Meyer-Becker muss dich covern und offiziell Wagner unterrichten. Keine Ahnung, was der dem erzählt, aber das müsst ihr zwei jetzt sehr schnell hinkriegen. Alles klar?«

»Alles klar. Ich schulde dir was.«

»Darauf kannst du ganz gepflegt einen lassen, Alter.«

Guter Mann.

Meyer-Becker reagierte cooler als gedacht. Er klang natürlich nicht begeistert, aber da war auch keine Spur von Panik.

»Tja, so was war zu erwarten, sinnlos, jetzt darüber zu lamentieren. Das Wichtigste ist, wie wir begründen, dass du den Mann sozusagen in Obhut nimmst. Dass er Leute bedroht hat, können wir nicht ignorieren, aber das lassen wir noch ein paar Tage beiseite. Du musst mir einen Bericht darüber schreiben, ist das klar? Der bleibt vorerst in meinem Postfach, aber ich brauche den.«

»Klar, Chef.«

Meyer-Becker überlegte. Das konnte ich hören, weil er dann immer so ein Ding mit der tief eingezogenen Unterlippe und einem Zungenschnalzen macht.

»Wir machen Folgendes: Ich rufe Nawrocki an. Er soll das organisieren, dass du und Palokaj da rauskommen. Und ich melde mich bei Wagner, und bei Friedrichs, das ist der Leiter vom 10. Revier drüben. Du musst zusehen, dass der Palokaj transportfähig ist.« Er sagte einen Moment nichts. »Ja. Ich denke, so geht es. Alles klar?«

»Ja, Chef.«

»Meine Herrn. So ein Mist.«

Ich sagte lieber mal nix. Meyer-Becker erwartete auch keine Antwort.

»Gut. Noch ist keiner tot. Also keiner außer dem, der schon tot war. Ach ja, weil du dich für so was ja nicht interessierst, sag ich es dir: Seit zwei Tagen geht die ganze Nummer durch die Medien hier. Schießerei im Bahnhofsviertel, Polizeieinsatz,

Beamter hat auf Verdächtigen geschossen und so weiter. Das alles passiert nicht im luftleeren Raum, meine ich. Immerhin hast du mich angerufen und nicht allein irgendwas losgetreten.«

»Ja, Chef.«

Meyer-Becker seufzte.

»Ich brauche sozusagen medizinischen Rat.«

Sabine hatte sich mittlerweile umgezogen. Jeans, Sneaker, Hoodie, Pferdeschwanz, Sonnenbrille hochgesteckt, Umhängetasche. Wir würden niemals im selben Katalog abgebildet werden, so viel stand fest.

Eine Tür ging auf, und Doktor Aziz trat auf den Flur. Weil er sich offenbar einen Moment lang unbeobachtet fühlte, sackte er in sich zusammen, schüttelte den Kopf. Dann sah er uns und straffte sich sofort.

»Ich habe Holger etwas zur Beruhigung gegeben und seinen Mitbewohner angerufen. Der holt ihn ab. Und ich muss jetzt mal wirklich wieder hoch auf meine Station. Herr Rubeck.«

Er hielt mir die Hand hin.

»Haben Sie vielleicht noch ein paar Minuten? Jetzt?«

Meine Fresse, der wurde nur noch von den Klamotten zusammengehalten. Graues Gesicht. Augenhöhlen tiefschwarz.

»Muss ich jetzt auch noch eine Aussage machen?«

Ich schüttelte den Kopf. »Nein, das hat Zeit. Es geht um Palokajs Transportfähigkeit. Kann er weg?«

Er zuckte mit den Achseln.

»Meine Güte. Wenn mich sein Anwalt fragen würde, würde ich nein sagen.«

»Aber der fragt ja nicht. Es ist so, dass ich Grund zur Annahme habe, dass Palokaj eine Gefährdung darstellt, solange er hier ist. Nicht er selbst, aber möglicherweise kommen Leute, um ihn rauszuholen. Oder andere Leute, die ihn endgültig zum Schweigen bringen wollen. Ich halte es für unverantwortlich, dem Krankenhaus gegenüber.«

Hört, hört. Unverantwortlich. Rubeck, der Freund und Helfer.

»Er braucht zumindest Überwachung. Haben Sie nicht so was wie ein Haftkrankenhaus?«

Dünnes Eis. Ich verhafte den Kerl ja nicht. Hm.

Aziz wiegte den Kopf hin und her. »Er ist nicht allzu gut beieinander, aber seine Wundheilung ist gut fortgeschritten. Wenn er diese Nacht noch an der Infusion bleibt, Ruhe hat und seine Wunde versorgt wird, dann können Sie ihn auch transportieren. Ganz ehrlich, von mir aus können Sie ihn auch in Offenbach an der S-Bahn rauswerfen. Sorry. Der Mann hat meine ärztliche Ethik schon ziemlich beansprucht, würde ich sagen.«

»Kann ich gut verstehen.«

»Nehmen Sie ihn also mit?«

Ich grinste, gab mir aber Mühe, es freundlich aussehen zu lassen.

»Hilft mir jemand, ihn reisefertig zu machen?«

»Klar.«

Das war Sabine.

»Aber du hast doch Feierabend.«

»Die anderen haben zu tun. Macht mir nichts.«

»Cool.«

Jetzt hielt ich Aziz die Hand hin.

»Ich will Sie nicht weiter aufhalten, Herr Doktor.«

Er machte so einen Als-wenn-es-darauf-jetzt-noch-ankäme-Sound und das dazu passende Gesicht, dann ging er.

Ich drehte mich zu Sabine um, aber bevor ich was sagen konnte, dödelte mein Handy los.

»Sorry, ich muss da ran.«

Ich hetzte um die Ecke und zog derweil das Handy aus der Tasche. Es war Nawrocki.

»Rubeck, was soll das denn? Sie scheuchen die halbe Frankfurter Stadtpolizei auf.«

»Mal langsam. Von Ihnen kam ja nicht gerade viel Hilfe. Sie wollten mich anrufen, erinnern Sie sich?«

»Also …«

»Hat Meyer-Becker mit Ihnen gesprochen?«

»Ja, deswegen …«

Ich fuhr ihm wieder in die Parade. »Hören Sie. Ich hab keinen Bock zu warten, bis entweder Freunde oder Feinde von Palokaj hier aufschlagen. Also, Lösungsvorschläge?«

Damit kriegt man Stabsoffiziere immer. Gute alte Feldwebeltradition. Stabsoffiziere können sich nämlich nicht so irre schnell auf neue Lagen einstellen. Die wollen alles immer Üben. Am besten am Sandkasten. Aber Nawrocki kriegte sich recht flott wieder ein.

»Es gibt ein Safe House nördlich von Frankfurt. Fahrtzeit gut eineinhalb Stunden. Wir nutzen das manchmal beim Zeugenschutz. Ich schicke einen Wagen runter mit programmiertem Navi. In dem Haus ist alles, was Sie für die ersten Tage brauchen, der Schlüssel liegt im Handschuhfach. Und dann sehen wir weiter.«

»Ernsthaft? Das ist Ihr Vorschlag? Ich hocke mich mit einem mehrfach angeschossenen und zertifizierten Geisteskranken in irgendeine Wochenendhütte im Vogelsberg oder so?«

»Sie können natürlich auch in der Uniklinik bleiben. Herrgott, Rubeck, hören Sie jetzt mal mit der Underdog-Nummer auf. Ich bin nicht Ihr Feind. Ich bin Ihnen dankbar, dass Sie diesen Job machen.«

»Ja, und ich mache das erst seit gestern. Dafür ist die Kacke schon ganz schön am Dampfen, finde ich. Wie wird das erst in drei, vier Tagen sein?«

»Es wird einfacher, wenn Sie von der Bildfläche verschwunden sind. Das dürfte doch klar sein, oder?«

Ich hatte ein mittlerweile übermächtiges Bedürfnis nach Bier, Schnaps und Kippen.

»Lassen Sie den Wagen am Hintereingang auffahren. Ich komme durch den Keller raus. Und geben Sie mir Bescheid, wenn er unterwegs ist.«

»Maximal eine halbe Stunde.«

»Ich kann gar nicht sagen, wie mich das freut. Und ich bin sehr gespannt, was für eine weitergehende Planung Sie für unseren albanischen Charmebolzen haben.«

Und roter Knopf. Schließlich blieb ja nicht viel Zeit.

1999 *»Beschuss. Deckung«, brüllt Speedy, und Bongo: »Von wo? Von wo? Scheiße.« Quitte schreit: »Runter. Runter. Köppe runter.« Mücke kreischt: »Scheiße. Zack. Scheiße.« Die enge Straße hallt von ihrem Gebrüll. Zacks Helm hat ein Loch, aus dem sich Kevlarfasern biegen, sein Gesicht ist verformt, das rechte Auge aus der Höhle gequollen. Unter seinem Kopf wird eine Blutlache rasch größer. Alle knien schützend um Zack, haben ihre Waffen gehoben und sichern in alle Richtungen. »Feindlicher Schütze auf drei Uhr, erster Stock«, schreit Mücke mit sich überschlagender Stimme und gibt schnell hintereinander zwei Dreierstöße aus seiner MP5 in die Richtung ab. Bongo schwenkt seine Shotgun, brüllt: »Erkannt«, und feuert zweimal auf das Fenster.*

*»Wir müssen hier weg. Sofort! Mücke, Funk her.« Quitte hat nach Zack das Kommando. Er schreit in den Hörer. »Alpha an alle, stehen vor Objekt unter Beschuss, Truppführer ausgefallen, verwundet. Weichen auf bekanntem Marschweg aus in Richtung Aufnahmepunkt, kommen.« Er nimmt die Bestätigungen entgegen, stößt »Ende« aus und hängt Mücke den Hörer wieder an die Weste. »Speedy, Mücke, ihr nehmt Zack. Ich erster Mann, Bongo letzter, asap zu den Fahrzeugen, ready?« Speedy greift Zacks Oberkörper im Rautek-Griff, Mücke nimmt die Beine, und sie stehen auf. Bongo schiebt seine Shotgun auf den Rücken, hängt sich Zacks G36 um und sichert damit nach hinten, Quitte nickt. »Auf geht's.« Sie laufen, so schnell es für Speedy und Mücke geht, los. Quitte schwenkt vor ihnen alles*

*mit seinem Gewehr ab, Bongo sichert dreihundertsechzig Grad rundum, weswegen er auch immer wieder ein paar Schritte rückwärts laufen muss. An der ersten Ecke lässt Quitte halten, dann geht es weiter. Diese Straße knickt schon nach knapp zwanzig Metern nach links ab. Kaum sind Mücke und Speedy herum, rattert ein Feuerstoß aus einer schmalen Lücke zwischen zwei Häusern vor ihnen. Quitte erwidert das Feuer, Mücke und Speedy gehen mit Zack auf die Knie. Bongo will nachziehen, da wird von hinten geschossen. Er wirft sich zu Boden und sucht den Schützen. »Beschuss von hinten«, brüllt er zu den Kameraden. Dann sieht er Bewegung in dem Fenster, auf das er und Mücke schon geschossen hatten. Er zwingt seinen Atem zur Ruhe, Schweiß rinnt in seine Augen, er blinzelt ihn weg.*

*Speedy und Mücke haben Zack abgelegt, eng an der Wand. Mücke kniet hinter Quitte und sucht mit seiner MP5 das Vorfeld ab. Speedy sichert den Sektor von drei Uhr bis sechs Uhr. Quitte schießt immer wieder in die Häuserlücke. »Bongo, bei dir alles klar?«, ruft er nach hinten. Bongo schießt viermal auf das Fenster. Zwei Hände krallen Luft, ein Gewehr fällt auf die Straße. Bongo ist sicher, dass es eine Sniper-Dragunow ist. Bongo ruft: »Ein feindlicher Schütze bekämpft. Ich komme.« Um die Ecke schießt Quitte wieder, Bongo stemmt sich hoch und rennt geduckt zu den Kameraden. Er haut Speedy auf die Schulter: »Bin da«, und dann sichert er wieder in die Gasse, aus der sie gekommen sind.*

*Quitte dreht seinen Kopf ein Stück nach hinten. »Wir springen über die Straße. Fertig machen zum Sprung.« Speedy und Mücke wuchten Zack wieder hoch, von dem kein Lebenszeichen kommt.*

*»Zuerst Bongo, dann Speedy und Mücke mit Zack, dann ich. Fertig?«*

*»Fertig.«*

*»Los.« Quitte schießt zweimal, länger braucht Bongo nicht rüber. Der geht dort sofort in Stellung und ruft: »Feuerbereit.« Quitte gibt*

*den Befehl: »Deckungsfeuer auf drei, zwo, eins – Deckungsfeuer«, und Speedy und Mücke laufen ächzend mit Zacks leblosem Körper rüber, während Quitte und Bongo abwechselnd in die Lücke schießen. Dann zieht Quitte unter Bongos Deckungsfeuer nach. Speedy und Mücke schnaufen und ächzen. Zack wiegt ohne alles schon gut fünfundachtzig Kilo. Und er hat locker zwanzig Kilo zusätzlich am Mann.*

*»Bongo, kommt von da hinten noch was nach?« Quitte behält die Nerven. Das ist gut.*

*»Bisher nicht. Vielleicht war's nur der eine. Und der kommt sicher nicht mehr.«*

*Von vorne, aus der Häuserlücke kommt jetzt auch nichts mehr.*

*»Wir müssen weiter. Speedy, Mücke, alles fit?«*

*Die beiden nicken, obwohl sie ziemlich ausgepumpt sind. Sie wissen, dass es eine Frage des Willens ist. Verwundetentransport haben alle hundertmal geübt. Die ersten fünf Minuten sind scheiße, dann kommt man rein, findet den Rhythmus, akzeptiert den Schmerz. Wenn es dann später wieder schlimm wird, zeigt sich, wer beißen kann. Neu für sie alle ist, mit dem zusätzlichen Stress durch Beschuss fertigzuwerden. Sie sind jetzt voll Adrenalin, es pumpt bis unter ihre Helme hoch. Das hilft. Und sie sind gut ausgebildet und gut aufeinander eingespielt. Auch Mücke, der als Letzter ins Team kam, hat sich perfekt eingefügt.*

*»Quitte, ich übernehm das Funkgerät. Mücke entlasten.«*

*»Check, Bongo. Aber gebt Gas. Speedy, du sicherst so lange nach hinten.«*

*»Check.«*

*Speedy huscht nach hinten, geht kniend und eng an die Hauswand gedrückt in Anschlag. Speedy ist voll Blut. Bongo prüft Zacks Puls. Da ist nichts mehr. Der Kopf ihres Truppführers hängt wie an Fäden, schlackert hin und her. Mücke starrt Bongo an. Bongo schüt-*

*telt stumm den Kopf und packt sich Zacks Ersatzmagazine für das G36 in seine Weste.*

*Quitte schießt.*

*»Du Wichser. Ich krieg dich. Habt ihr's bald?«*

*»Eine Minute.«*

*»Check. Fuck.« Quitte gibt wieder zwei Schuss ab, dann wechselt er das Magazin.*

*Bongo legt seine Shotgun ab, streift die Tragegurte des Funkgeräts von Mückes Schultern, der dreht sich sofort um und hilft Bongo, das Gerät anzulegen. Mücke greift den runterhängenden Hörer und hängt ihn in Bongos Weste. Bongo tippt Speedy an und gibt ihm die Shotgun, die der sich auf den Rücken hängt.*

*»Ready, Quitte.«*

*»Passt auf. Wir verschieben bis kurz vor die Kurve. Ich sichere, ihr springt. Dann im Zuge der Straße auf der rechten Seite weiter. Ich schließe mich hinten an. Alles klar?«*

*»Check.«*

*Speedy und Bongo tauschen den Platz, Zacks Leiche wird wieder aufgenommen, Mücke gibt Quitte Signal, der steht auf und geht, geduckt, Waffe im Anschlag, vor. Die anderen folgen. Auf Höhe der Kurve, die fast genau neunzig Grad abbiegt, knien sie alle ab. Bongo postiert sich so, dass er in die abgeknickte Straße sichern kann. Quitte sichert immer noch in die Häuserlücke.*

*Speedy und Mücke rennen auf die andere Seite, Bongo klatscht auf Quittes Schulter und folgt, kniet vor den Kameraden ab und ruft: »Stand.«*

*Quitte läuft jetzt auch rüber, nimmt die Schlussposition ein. Sie sind insgesamt keine hundert Meter von dem verdammten Haus weg, aus dem der serbische Scheißkerl verschwunden war. Sie sind klatschnass geschwitzt, obwohl es keine fünf Grad Celsius hat. Sie haben noch gute fünfhundert Meter verwinkelter Gassen vor sich. Die Straßen sind immer noch gespenstisch leer. Sie wissen nicht, mit wie vielen Gegnern sie es zu tun haben und wo sie überall stecken. Und Zack ist tot. Sie kämpfen gegen die Panik, jeder von ihnen. Und jeder kämpft diesen Kampf alleine. Sie sind noch jung, keine dreißig Jahre alt. Sie sind hierhergekommen, weil sie geschickt wurden, aber auch, weil sie es wollten. Und bisher war alles wie ein Spiel. Ein Spiel, bei dem sie immer gewonnen haben, weil sie besser waren als die anderen.*

*»Auf geht's. Im Zuge der Straße, marsch, marsch.«*

*Quitte schubst Speedy an, der Trupp setzt sich in Bewegung. Weil immer noch keiner auf sie schießt, erhöhen sie das Tempo. Gleich kommen sie an der nächsten Abbiegung an. Dort müssen sie nach rechts.*

*Wieder Schüsse von hinten. Quitte macht »Uuuff« und fällt zu Boden. Speedy brüllt »Quitte« und Quitte ächzt »Scheißdreck, mein Bein«, während er Schuss um Schuss im Liegen abgibt. Bongo stoppt, Speedy und Mücke wollen Zack ablegen, da zeigt Bongo auf die andere Straßenseite. Eine alte Tordurchfahrt in einem Haus, dessen Dach fehlt, das aber ansonsten intakt scheint.*

*»Dort Innenhof. Wir springen. Speedy, Mücke zuerst, dann ich mit Quitte. Fertig machen zum Sprung.«*

*Fällt Zack aus, kommt Quitte, auf Quitte folgt Bongo, das war alles geregelt.*

*Speedy und Mücke schleppen Zack im Laufschritt auf die andere Seite, während Quitte nach hinten schießt und Bongo nach vorne sichert. Drüben legen sie Zack ab, und Speedy geht nach hinten in Stellung, Mücke nach vorn.*

*»Stand«, brüllen beide, und Bongo kniet sich zu Quitte.*

*»Kannst du laufen?«*

*»Nee, Alter, keine Schangse. Das tut Hölle weh.«*

*Quittes linkes Hosenbein ist blutdurchtränkt. Er zittert. Bongo fasst Quittes linken Arm und zieht ihn über seinen Kopf. Quitte unterstützt, so gut er kann, und sie schaffen es, dass er am Ende komplett quer über Bongos Schultern liegt. Bongo holt mehrmals Luft, dann stemmt er sich und Quitte unter einem gepressten Schrei hoch, seine Beine wackeln, er stabilisiert sich. Speedy schießt und Bongo läuft los. Sie schaffen es gerade rüber, da versagen Bongos Beine, und sie stürzen über Zacks Körper. Quitte stöhnt auf vor Schmerz. Bongo rappelt sich auf. Er schnappt sich den Hörer des Funkgeräts, müht sich, sein Schnaufen in den Griff zu kriegen.*

*»Zitadelle, hier Alpha, kommen.«*

*»Zitadelle hört, kommen.«*

*»Weiter unter Beschuss, jetzt in Deckung von Hofeinfahrt in Straße, parallel verlaufend nordöstlich Zielobjekt. Ein Gefallener, ein Verwundeter, können nicht mehr weiter ausweichen, kommen.«*

*»Zitadelle verstanden. Richten Sie Rundumsicherung ein, wir führen Entsatz heran, kommen.«*

*»Verstanden, Ende.« Er hätte gerne noch ›Gebt bloß Gas‹ oder so was gesagt, es dann aber doch gelassen. Brachte ja nix. Die würden sich eh beeilen. Ein Gefallener. Hatte er das wirklich gesagt? So ein verfluchter Bockmist.*

*»Speedy, Mücke, ihr sichert hier, ich checke den Innenhof.«*

*»Check.«*

*Bongo geht geduckt vor, schiebt sich am Ende der Durchfahrt vorsichtig in den Hof. Sucht ihn mit Blicken ab, es gibt eine Art Schuppen, vielleicht eine ehemalige Werkstatt oder ein kleiner Laden, so was hat er hier schon öfter mal gesehen. Links und rechts die Nachbarhäuser, an der Stirnseite ein Haus in der Straße, aus der sie gekommen sind. Vielleicht sogar das Haus, in dem sie den verschissenen Serben gesucht haben, das kann Bongo nicht genau sagen. Er dreht sich gerade um, da ruft Mücke: »Unser Fahrzeug, Bongo. Alter, der Junge mit dem Transporter, ich werd irre.«*

*Bongo läuft nach vorn, sieht auf Quitte, der verzieht vor Schmerz sein Gesicht, lässt es aber auf ein fieses Grinsen rauslaufen. Quitte, das Tier. Bongo zwinkert, dann kniet er sich neben Mücke, der auf die Straße zeigt.*

*Tatsächlich, der schwarze Transporter. Im fahlroten Licht der langsam am Horizont kratzenden Morgensonne können sie ihn genau erkennen. Bongo winkt hektisch, der Junge soll schnell in die Einfahrt, nicht, dass er noch unter Feuer kommt.*

*»Meine Güte, was für eine coole Sau. Macht sich einfach auf den Weg.« Bongo lacht.*

*Der Transporter hält an. Die Fahrertür öffnet sich. Der Junge steigt aus, macht einen Schritt zur Seite.*

*»Steig sofort wieder ein, du Himmelhund, und fahr hierher!«, schreit Bongo, da hebt der Junge langsam die Arme über den Kopf. Und dann steigt noch jemand aus. Mit einer Kalaschnikow. Und die hält er auf den Jungen.*

# 15

Das Timing war perfekt. Kann man nicht anders sagen. Als ich den verdammt luxuriösen Audi A7 des LKA, in dem ich mir ehrlich gesagt wie ein Schänder vorkam, sanft auf den Theodor-Stern-Kai gleiten ließ, konnten wir sehen, wie zwei sportliche Kollegen vom 10. Revier mit Unterstützung von zwei Zivilen einen Kerl im glänzenden Anzug auf die Motorhaube ihres Streifenwagens donnerten, während ein weiterer Typ, der mehr der Lederjackenfraktion anhing, in nicht sehr bequem wirkender Haltung auf dem Pflaster lag. Ein Ziviler hockte in seinem Nacken und drückte ihm seine P30 gegen den Hinterkopf. Palokaj ließ sich nichts anmerken, aber Sabine geriet leicht in Schnappatmung.

»Was für ein Tag, ey«, murmelte sie kopfschüttelnd, »ich bin ja hier geboren und aufgewachsen. ›Hauptstadt des Verbrechens‹ und so, schon klar, aber so was habe ich noch nicht erlebt.«

Sabine hatte sich spontan entschieden, uns als Krankenschwester zu begleiten (»Aber nur bis morgen, ist das klar? Dann hab ich nämlich frei«). Worüber ich einerseits froh war, also aus medizinischer Sicht. Wenn der Arsch auf dem Rücksitz mit irgendwelchen Wehwehchen ankommen würde, dann konnte sich Sabine drum kümmern. Aber andererseits machte mich ihre Anwesenheit auch nervös. Weil ich jetzt die Verantwortung für sie hatte.

Langsam, aber sicher kündigte sich die Nacht an. Wir legten einen Stop an der Raststätte ein. Wir versorgten uns mit Getränken und bisschen Süßkram, man wusste ja nie. Die kühle Lady aus dem Navi leitete mich über die A5 in Richtung Bad Homburg. Das hätte ich noch selbst gefunden, auch wenn ich da noch nie war. Und ganz ehrlich: Dahin habe ich auch noch nie gewollt. Ich bin ein bisschen so aufgewachsen wie Bad Homburg. Also nicht genau dort, sondern ganz woanders, aber in so einer Gegend. Und vor allem unter solchen Leuten. Klar. Mit einem Professor als Vater.

Ab Bad Homburg rauschten wir dann durch den immer dünner besiedelten Teil des Taunus. Baumsilhouetten vor Abendrot, vereinzelte Raubvögel auf der letzten Runde. Ins dunkle Grün geworfene Landhäuser mit schön geputzten Gärten und Panoramascheiben vorm Kaminzimmer. Rotwein, der so viel kostet wie mein Wochenkonsum an Pilsbier und der doch zu nichts anderem taugt, als mein Saufen auch: vergessen, dass man sich das Leben doch eigentlich ganz anders vorgestellt hat. Oder sich im Suff endlich beglückwünschen, dass es sehr viel besser gelaufen ist, als man ehrlicherweise verdient hat.

Kotz.

Sabine hatte einen erträglichen Radiosender gefunden und Palokaj war, soweit ich das beurteilen konnte, eingepennt. Kein Wunder, die hatten ihm unmittelbar nach dem Einsteigen noch mal was zur Beruhigung verpasst.

»Warum machst du das hier?« Den Satz hatte ich schon eine halbe Stunde lang auf der Zunge gehabt. Sabine sagte erst mal eine Weile nichts. Dann lachte sie.

»Keine Ahnung. Vermutlich, weil mein Leben außer der Arbeit seit Längerem keine weiteren Aufregungen bietet. War nicht immer so.«

Super, schon von der reinen Vorstellung, Sabine in frühere Aufregungen verwickelt zu sehen, bekam ich schwitzige Hände. Da empfahl es sich nicht unbedingt nachzufragen. Obwohl ich es schon gerne genauer gewusst hätte.

Es war jetzt stockfinster. So eine Stockfinsternis wie da gibt es in Frankfurt nicht. Mit dem Licht dieser Stadt kann man ganze Sternbilder vom Himmel fegen. Kaum zu glauben, aber das hier draußen erinnerte nicht mal entfernt an das, was man in Krankfurt, Bankfurt sehen konnte, wenn man nachts den Kopf nach hinten legte, um den letzten Schluck Pils aus der Flasche zu saugen.

Warum mir ausgerechnet das Ortsschild »Weilrod« im Gedächtnis geblieben war, kann ich nicht sagen. Ich hatte nämlich null Orientierung, ließ mich von der monotonen Ansage des Navi leiten und vom Radio in so eine mit der Welt irgendwie einverstandene Stimmung bringen, die mir eigentlich eher fremd ist. Ich finde die Welt meistens zum Brechen, aber ich komme gut in ihr zurecht. So würde ich das mal kurz zusammenfassen, wenn ich müsste. Jedenfalls, als hinter uns plötzlich wie aus dem Nichts ein verdammt grellblaues Paar Scheinwerfer auftauchte und schnell näher kam, sagte etwas in meinem schon müden Kopf, dass wir als Letztes durch Weilrod gefahren waren, was jetzt aber auch schon etwas her war.

Der Wagen setzte sich eng hinter uns und überholte nicht, obwohl das echt kein Problem gewesen wäre. Kein Gegenverkehr und einigermaßen übersichtliche Wegführung. Ich wurde schlagartig hellwach. Gute Instinkte oder zu viel schlechte Erfahrungen? Vermutlich beides.

Die Scheinwerfer waren so grell, dass Sabine sich umdrehte.

»Was ist das denn für'n Arsch?«

»Vielleicht ist er zu besoffen, um zu überholen. Den sind wir bestimmt bald wieder los.« Was ich natürlich nicht wirklich glaubte. Meine Alarmsysteme waren komplett hochgefahren.

Dass meine riesige Luxuskiste so verdammt sanft und fast unhörbar durch die Landschaft rollte, machte es total unwirklich, aus keinem ersichtlichen Grund von dem Auto hinter uns so gehetzt zu werden. Wann immer ich versuchte, Abstand zu kriegen, erhöhte der das Tempo und setzte sich wieder direkt an meine Stoßstange. Woraufhin ich nach einer Weile beschloss, dass ich dann auch in gemütlichem Tempo fahren konnte, um möglichst Stress zu vermeiden. Dem stand zwar im Weg, dass mich solche Drängler scheißaggressiv machen, aber ich hatte schließlich einen Passagier im Wagen, dessen Sicherheit mir tatsächlich wichtig war.

Der verschissene Honk hinter mir überholte aber einfach nicht, sondern ließ sich sogar noch etwas zurückfallen, aber nur, um gleich wieder aufzufahren. Und dann fing er auch noch mit der Lichthupe an. Der war komplett irre.

Ich hielt Ausschau nach einer Abzweigung oder einer Nothaltebucht, irgendwas, wo ich einfach rein konnte, um den Typ loszuwerden, aber da war einfach nur diese Straße vor mir. Und Wald daneben. Und Wiesen. Und Sterne und Mond und hinter uns ein Geisteskranker. Großartig.

Wir waren nach Weilrod noch durch irgendwelche winzigen Orte gerauscht, aber leider wohnte er in keinem davon, und da war ich auch noch nicht auf den Trichter gekommen, irgendwo einfach mal stehen zu bleiben.

Jetzt sah ich voraus ein Waldstück kommen. Da würde es doch verdammt noch mal irgendwo einen Seitenweg oder Parkplatz geben. Ich kniff die Augen zusammen und verlangsamte weiter, sollte er mir doch reinfahren, der Spacken. Der würde von mir anschließend eine mustergültige Unfallaufnahme inklusive Halterabfrage und Auf-dem-Randstreifen-balancieren kriegen, inklusive Anzeige wegen Nötigung. Jep. Der Gedanke machte mich ganz frohgemut, und ich lachte, während ich mal wieder in den Rückspiegel guckte.

»Scheiße, pass auf«, schrie Sabine plötzlich, und ich trat schon in die Eisen, bevor ich gucken konnte, was sie meinte.

Wir waren mittlerweile im Waldstück, und klar war da ein Seitenweg, und aus dem kam gerade ein Transporter, ich tippte auf einen Mercedes Sprinter. Immerhin, der Irre hinter uns bremste auch, schmierte dabei aber seitlich weg, na bravo. Der Transporter vor uns kam immer näher, aber ich war sicher, dass ich eine Kollision vermeiden konnte. Nur, was war mit dem anderen Wagen? Ich hoffte, der würde sich ohne viel Federlesens in Richtung Wald verabschieden, aber dem war nicht so. Er blieb auf der Straße und rutschte quasi seitlich immer dichter auf.

Und in dem Augenblick, in dem ich das erkannte, wurde mir schlagartig übel. Das war hier alles Absicht. Der Sprinter vor uns war eine Straßensperre und der quer rutschende Verfolger würde uns den Weg nach hinten abschneiden. Klassisch. So machten das unsere MEKs, wenn es nicht softer ging.

Sabines Schreien ging in ein Dauerkreischen über. Konnte ich ihr nicht verdenken, der Sprinter kam verdammt schnell näher. Aber ich würde vor der Kollision zum Stehen kommen, daran gab es keinen Zweifel. Doch was dann? Ich hab das schon oft erlebt. Dass in solchen Momenten dann alles ganz wie gedrillt in meinem Kopf funktioniert, obwohl der sonst gerne mal in Wartemodus geht.

Ich guckte nach links und rechts, ob ich irgendwo Leute stehen sah. Leute mit Waffen. Wie von einem Blitz erleuchtet sah ich plötzlich die drei Rocker von Freitag vor meinem geistigen Auge, bei der Schießerei. Und The Edge, wie er mir bei Dragan Boxunterricht erteilte. Das waren Profis. Die waren ausgebildet. Und zwar gründlich. Fuck.

»Festhalten!«, brüllte ich, schlug das Lenkrad etwas nach links ein, ging von der Bremse, trat die Kupplung und schaltete einen Gang runter. Wartete, ob die Reifen griffen und die Lage des Wagens stabil blieb. Sah, wie sich die Motorhaube in Richtung Wald drehte, kuppelte ein und gab Gas. Brachte das Lenkrad wieder zur Mitte und schoss auf den Straßenrand zu. Sabine schrie lauter, und ich hoffte, dass sie einfach die Augen schließen würde. Der Audi knallte mit der linken Hälfte auf Schotter, ich umklammerte mit aller Kraft das Lenkrad und hielt Kurs. Röhrte am Transporter vorbei, lenkte dann nach rechts, hatte einen Augenblick Panik, dass das Auto einfach nicht mehr ganz auf die Straße kam, weil er hinten leicht ausbrach, aber dann spürte ich wieder Asphalt unter allen vier Rädern. Ich schaltete einen Gang hoch und trat das Pedal durch bis aufs Bodenblech. Es gab einen Schlag, und das Auto sackte hinten links ab. Kam ins Zittern. Schlingerte. Es dröhnte und ratterte plötzlich, und ich hatte größte Mühe, das Lenkrad gerade zu halten. Es gab nur eine Erklärung: Der Reifen hinten links hatte sich verabschiedet. Und so, wie die Dinge lagen, war der nicht von einer Glasscherbe geplatzt. Die mussten auf uns geschossen haben.

Heilige Scheiße.

Ein Feuerwerk explodierte in meinem Schädel, so schnell musste ich jetzt Halbinformationen und Bauchgefühle sortieren, um zu einem Entschluss zu kommen. »Besser ein schlechter Entschluss als gar keiner.« Das hatten sie uns beim Feldwebellehrgang eingebläut. Es bedeutete nichts anderes als: Wenn du in der Scheiße steckst, ist es immer noch besser, die Scheiße zu wechseln, als in derselben Scheiße hocken zu bleiben. Zugegeben, das ist eine sehr fatalistische Sicht der Dinge, aber meiner Erfahrung nach sinnvoll.

Ich musste die Fahrt verlangsamen und eher früher als später stehen bleiben. Ohne Reifen geht's nun mal nicht. Nicht mal in einer deutschen Limousine der Oberklasse. Immerhin war das ein Frontantrieb und der Schuss im Hinterrad gelandet. Andersrum wäre längst Sense gewesen.

Ob die Typen sich damit zufriedengeben würden, Palokaj umzulegen, war zweifelhaft. Wir waren Zeugen. Ihnen den Drecksack anzubieten würde mich zwar keine schlaflose Nacht kosten, aber es war eben nicht sicher, ob ich damit Sabine und mich ohne Einschusslöcher aus der Sache rausbekäme.

Sabine war in eine Art Schockstarre verfallen. Das war besser als Kreischen, fand ich, und es bestand die Chance, dass sie sich einkriegen würde.

Wind knatterte plötzlich. Scheißviel und scheißlauter Wind.

Die hatten noch mal geschossen. Und die Heckscheibe getroffen. Fuck. Fuckin' fuck. Ich sah mich hektisch im Wagen um. Palokaj war okay. Sabine war okay. Ich war okay. Ansonsten war nichts okay.

Entschluss. Ich schaltete die Scheinwerfer aus.

»Sabine.«

Sie starrte stumm geradeaus.

»Sabine?« Sie machte so einen Laut zwischen Ächzen und Schluchzen.

»Sabine, ich brauche dich gleich. Okay? Du musst dich zusammenreißen, tut mir leid. Du machst das klasse, aber es muss gleich schnell gehen. Hörst du?« Der Wagen rumpelte mit dem platten Reifen, ich konnte so gut wie nichts sehen im spärlichen Licht, das durch die Bäume drang, der Fahrtwind pfiff unvermindert durch die geborstene Heckscheibe.

»Sabine?«

»Ja, verdammt. Ja. Ich höre dich. Scheiße. So eine Scheiße.«

»Ja. Scheiße. Sorry. Also, pass auf. Ich breche gleich in einen Seitenweg. So weit wie möglich in den Wald rein. Ich setze den Wagen gegen einen Baum, okay? Mit Absicht. Dann müssen wir so schnell wie möglich raus. Palokaj, hören Sie mich auch?«

»Ich höre Sie.«

Alter Soldat. Musste man ihm lassen.

»Können Sie laufen?«

»Ja. Vielleicht etwas Hilfe. Dann geht.«

»Okay. Achtung. Da. Der Weg. Da biege ich ab.«

Ein Seitenweg links. Kein Gegenverkehr. Ich bremste, bog ab. Jetzt sah ich nichts mehr. Kaum den Weg. Ich fuhr langsam.

»Ich bringe euch beide schnell vom Wagen weg. Wenn wir Glück haben, sehen die uns nicht gleich und fahren zuerst weiter. Aber die werden irgendwann merken, dass wir abgebogen sein müssen. Spätestens dann kommen die zurück. Die finden uns auf jeden Fall.« Der Wagen rumpelte durch Schlaglöcher, ich vermutete, dass sich die Reste vom Hinterreifen gerade pulverisierten.

»Festhalten, ich knall jetzt an einen Baum.«

Ich hatte vielleicht gerade mal noch zehn Sachen drauf. Der Aufprall hielt sich also in Grenzen. Reichte aber, um die Airbags rausrauschen zu lassen. Kannste nicht meckern.

»Alles klar?« Beide sagten ja. »Okay, dann los.«

Ich jumpte raus und lief um den Wagen. Sabine kam raus, sie stand ziemlich wacklig im dunklen Wald. Ich öffnete die Tür bei Palokaj vorsichtig, der war nämlich dran festgeschlossen. Ich schloss die eine Handschelle auf, half ihm raus und fesselte ihn wieder.

»Da rein.«

Wir liefen in den Wald links vom Auto. Ging natürlich nur langsam. Palokaj biss die Zähne zusammen, er hatte offensichtlich Schmerzen, war immer noch schwach. Aber er war ein sauzähes Luder. Ich schaute, dass wir mindestens fünfzig Meter vom Wagen wegkamen, dann blieb ich stehen.

»Okay. Ihr verhaltet euch hier mucksmäuschenstill. Palokaj, ich kann kein Risiko eingehen, deswegen werde ich Sie an diesen Baum fesseln.« Ich ließ ihn eine bequeme Sitzposition einnehmen, dann öffnete ich wieder die Handschellen. Er musste um einen jungen Baum rumfassen, dann schloss ich wieder zu.

»Sabine, ich gebe dir eine Pistole. Hast du so was schon mal in der Hand gehabt?«

»Was? Natürlich nicht!« Ich nahm die beschissene Desert Eagle von Palokajs Lakai raus.

»Nur zur Sicherheit. Ich entsichere gleich die Waffe und das heißt, du musst nur den Abzug betätigen. Auf den Angreifer richten und durchziehen. Halt sie dabei mit zwei Händen. So. Verstanden?«

Sie nickte, aber ihre Hände zitterten, als sie es versuchte.

»Du musst sie gut festhalten, das Biest hat einen ordentlichen Rückschlag. Wenn alles klappt, brauchst du die nicht. Nur für den Notfall. Aber wenn du schießen musst, schieß am besten gleich ein paar Mal.«

»Ruben. Ich ...«

»Ich weiß. Aber diese Kerle meinen es ernst. Wenn ich nicht mit allen fertigwerde, dann nehmen die keine Rücksicht. Okay? Wir verlieren Zeit.«

»Okay. Ja. Scheiße. Okay.«

Ich kontrollierte, ob eine Patrone in der Kammer war, dann entsicherte ich die Waffe, spannte den Hahn und gab sie ihr zurück.

»Schön still bleiben, ja? Und nicht herumfuchteln mit dem Ding.«

»O mein Gott. Komm bloß zurück, Ruben.«

»Mach ich. Keine Panik.«

Ich ging zuerst etwas tiefer in den Wald, dann verschob ich mich parallel zur Wegführung wieder in Richtung Landstraße. Nach geschätzt vierzig, fünfzig Metern arbeitete ich mich zurück Richtung Waldweg und suchte mir eine gute Deckung. Mein Herz schlug Trommelwirbel in meinem Hals.

Jedenfalls mussten die Typen schon einmal vorbeigefahren sein. Sonst wären sie schon längst da.

Ich konnte nur hoffen, dass es nicht von der anderen Seite einen Zugang zum Wald gab, den die kannten. Hm. Taktisch gesehen, war ich auf der anderen Seite besser aufgehoben. Ich wartete einen Moment, sagte im Stillen zu mir »Wir springen über den Weg. Gruppe fertig machen zum Sprung« und dachte gleichzeitig, wie viel Kram man einfach nie vergisst, sondern nur vergräbt. Und irgendwann kommt alles wieder hoch.

Ich sprang auf und rannte über den Waldweg auf die andere Seite, schlug mich ins Unterholz, arbeitete mich wieder weiter zurück in Richtung Audi und suchte mir eine neue Deckung. Gut. Jetzt würde ich auch sehen, falls die Typen von der anderen Seite kämen.

Ich wartete. Überwachte beide Richtungen.

Licht auf der Landstraße. Es war die ganze Zeit überhaupt kein Verkehr gewesen. Mir wurde ein bisschen kalt, mein Hals fühlte sich staubtrocken an, aber mein Kopf war hellwach und klar wie ein Swimmingpool mit hellblauen Kacheln. Ich musste sehr gut sein jetzt. Vielleicht so gut wie noch nie in meinem Leben. Ich hatte zweimal acht Schuss. Für Sabine wäre es einfacher gewesen, mit der SIG umzugehen, aber ich war mit der Desert Eagle null vertraut. Ich musste treffen.

Ich hörte ein Auto. Ein Licht bog in den Wald ein. Erreichte mich nicht. Gut. Der Wagen rollte langsam näher. Ich ging in die klassische Anschlagsposition »Kniend freihändig« und hielt mich so gut wie möglich, ohne mein Schussfeld einzuschränken, in der Deckung eines Baums. Ein zweites Paar Scheinwerfer tauchte an der Wegmündung auf. Der Transporter. Er blieb gleich stehen, schaltete die Scheinwerfer aus.

Das andere Fahrzeug war ein BMW. Was Größeres. 5er oder 7er, ich hab's nicht so mit Autos. Der Kies knirschte unter den fetten Reifen, das Auto rollte langsam und mit fast unhörbarem Motor an meiner Position vorbei und hielt an. Wenn sie hier aussteigen würden, müsste ich eigentlich noch ein Stück weiter vor, damit ich beide gleichzeitig sehen konnte. Zögern konnte ich mir nicht leisten, noch guckten sie nach vorne. Vermutlich konnten sie unseren Audi schon sehen. Ich verschob mich diagonal ein Stück nach hinten und dann diagonal wieder zurück Richtung Weg. So hatte ich es beim Bund gelernt. Möglichst wenig Querbewegung im feindlichen Schussfeld. Lieber ein bisschen ausweichen, sich dabei schräg verschieben und wieder vorarbeiten. Macht mehr Arbeit, ist aber sicherer.

Sie rollten im Schritttempo weiter. Sehr gut. Dann konnten sie mich nicht hören. Ich schaffte es unfallfrei in eine neue Position, gerade als sie endgültig stehen blieben. Unser Audi kurz in ihrem Scheinwerferlicht, bevor sie sie ausschalteten und die Türen öffneten. Fahrer und Beifahrer stiegen aus.

Ich war knapp zwanzig Meter vom Weg entfernt und konnte beide gut sehen. In fließenden Bewegungen, wie nebenher, zogen sie ihre Waffen aus Hüftholstern, hoben sie eng am Körper hoch und beließen sie nah vor ihren Gesichtern. Sie waren leicht in die Knie gegangen und hatten sich taktisch optimal formiert für das Vorrücken. Optimal, wenn man den Gegner vor sich annahm. Ich war aber schräg hinter ihnen.

Natürlich ging mir durch den Kopf, dass ich Polizeibeamter war. Und sie anrufen musste und warnen und drohen und so weiter. Das wären die Regeln. Die Regeln sagten weiter, dass die beiden dann stehen bleiben und meiner Aufforderung nachkommen würden, ihre Waffen vor sich auf den Boden zu werfen. Anschließend würde ich sie die Hände auf ihre Köpfe legen und zwei Schritte zurücktreten lassen. Ich würde um sie herumgehen, sie konnten mich und meine Waffe sehen, dann würden sie sich auf meine Aufforderung hin auf den Boden legen, lang ausgestreckt, Hände immer noch über dem Kopf. Ich würde die Waffen mit den Füßen hinter mich schieben. Sabine rufen, und dann würde ich sie einen nach dem anderen fesseln, sie ordnungsgemäß belehren und dann vorläufig festnehmen. Dann Kollegen rufen. Bingo.

Aber so lief es eben nur im Lehrbuch. In der Wirklichkeit waren wir weit weg von allem in einem Wald. Nachts. Die Typen hatten eine Zwei-zu-eins-Übermacht, waren bewaffnet und extrem gut ausgebildet. Wenn die mich rufen hören würden, würden die sich einfach umdrehen und feuern. Mich mindestens niederhalten damit, wenn nicht sofort treffen. Und sich dann nach dem Prinzip »Feuer und Bewegung« an mich heranarbeiten. Und dann: Ciao Rubeck. Ciao Sabine. Und ciao Palokaj. Aber ehrlich, der wäre mir eher wurscht.

Also blieb nur eins. Und das musste ich schnell und gut und ohne zu zögern umsetzen. Ich bin pragmatisch.

Als ich beide aus meiner Sicht optimal im Schussfeld hatte, gab ich zuerst zwei schnelle Schüsse auf den hinteren Mann ab, dann sofort zwei auf den vorderen. Alle vier trafen. Ich rückte schnell vor, während die beiden zu Boden fielen, hielt mich immer noch in Deckung der Bäume. Der, auf den ich zuerst gefeuert hatte, rührte sich gar nicht mehr, aber der vordere versuchte, sich in meine Richtung zu drehen.

Ich schoss noch zweimal auf ihn, sein Kopf sackte nach unten.

Dann spähte ich in Richtung Transporter. Eine Tür öffnete sich. Der Fahrer stieg aus. Sonst keiner.

Ich zog mich so schnell und so unauffällig wie möglich ein Stück in den Wald zurück und verschob mich dann wieder in Richtung Transporter. Währenddessen entnahm ich das Magazin, in dem nur noch ein Schuss war und schob das zweite ins Griffstück. Eine Patrone war noch in der Kammer gewesen, damit hatte ich jetzt neun Schuss und musste nicht neu durchladen.

Der Kerl rückte in derselben Haltung vor wie eben seine Kollegen. Waffe nah vorm Gesicht, schwenkte mit der Mündung Weg und Waldrand ab. Unvorsichtig, aber was sollte er machen?

Ich ging hinter einem Busch in Deckung, klaubte einen Stein auf und wartete. Als er nah genug war, schleuderte ich den Stein flach über den Weg rüber auf die andere Seite. Er drehte sich sofort mit Anschlag in die Richtung, ich schoss zweimal, er fiel nach hinten um.

Ich lief schnell näher und gab dann aus gut zehn Metern Entfernung noch einen Schuss auf ihn ab. Der Körper zuckte vom Einschlag, aber es war schon kein Leben mehr in ihm.

Ich zitterte wie ein Birkenast im Sturm. Mein Herz pumpte im Rhythmus eines Maschinengewehrs, und mir war übel. Ich ging zu dem BMW. Es würde sich nicht vermeiden lassen, die Kerle anzugucken, also konnte ich das auch jetzt hinter mich bringen. Ich schaffte es nur bis zu dem, der hinten gegangen war.

Dann musste ich kotzen. Ich kannte ihn. Er hatte mir erst kürzlich die Fresse poliert.

Es war The Edge.

## 16

Filme können einem wirklich weiterhelfen im Leben. Ich würde jetzt nicht sagen, dass ich ein Filmfreak bin, aber mir waren Filme immer wichtig. Ich unterhalte mich ja nicht so sehr gerne. Ich weiß schon, dass ich manchmal zum Quasseln neige. Aber eher so in meinem Kopf. Oder im »Schlabbekicker«, aber nur, wenn ich voll wie 'ne Strandhaubitze bin. Jedenfalls mag ich es nicht so, mich mit anderen auszutauschen. Aber Filme reden mit mir, ohne dass sie eine Antwort erwarten. Bücher auch, klar, ich bin bloß bisschen bücherallergisch. Das kann passieren, wenn man in einem Professorenhaushalt aufwächst.

Nachdem ich mich wieder im Griff hatte, wobei mir zwei Roth-Händle halfen, machte ich mich an die Arbeit. Weder wollte ich Sabine den Anblick von drei Toten zumuten, schon gar nicht, wo sie mit dem Mann, der alle drei erschossen hatte, noch eine Weile Auto fahren musste, noch hatte ich Bock, mit dem BMW der Typen über den Kerl aus dem Transporter zu rollen. Der Weg war einfach zu schmal, um ihn zu umfahren. Er musste von der Straße, und dann würde ich das Auto ein gutes Stück zurücksetzen, bevor ich Sabine und Palokaj holte. Und jetzt kommen die Filme ins Spiel. Ich konnte das nur unfallfrei hinter mich bringen, weil ich an alle Leichentransportszenen dachte, die ich kannte. Am meisten an die von Robert de Niro und Joe Pesci. Die kriegen einige zusammen. Und viele davon komisch. Unfreiwillig und gewollt. Mit den Bildern im Kopf ging's dann. Ich zog den Typ auch nur gerade so vom Weg und legte ihn sanft ab. Die anderen beiden würden weit genug vom Auto entfernt sein, damit Sabine sie nicht sah. Warum ich die nicht auch von der Straße zog? Weil das die Sache für die Spurensicherung schwieriger machen würde. Denn es war auch klar, dass ich über diese Scheiße hier die Kollegen informieren musste. Und ich wollte den Tatort weitestgehend unverändert lassen. Das konnte nur für mich sprechen. Ich ließ auch die Waffen liegen, denn zumindest eine davon würde die sein, mit der der Bodyguard von Palokaj gekillt worden war.

Erst jetzt wurde mir klar, wie knapp es für Palokaj im Bahnhofsviertel gewesen war. Ich war zum einzig möglichen Zeitpunkt in diese Schießerei gestolpert, an dem er zu retten war. Der Bodyguard war schon alle gewesen, und er hatte ohne Deckung auf der Straße gestanden. Eine halbe Minute später wäre er vermutlich tot gewesen. Warum war ich nicht länger im »Schlabbekicker« geblieben? So ein Scheiß. Hätte mir und Sabine eine Menge Ärger erspart. Und den drei Toten hier auch. Na ja. Selbst schuld, würde ich sagen.

Der BMW hatte genauso eine moderne Zündung wie unser Audi. Man musste den Schlüssel bloß am Mann haben und dann so einen Knopf drücken. Blöd, dass ich den aber nicht am Mann hatte. Ich musste also die zwei anderen doch noch anfassen und durchsuchen. Auch dabei halfen mir Bobby de Niro und Psycho-Joe. Danke an alle Mafiafilme, die ich je gesehen habe. Echt. The Edge war der Fahrer, und er hatte das Teil in der Hosentasche.

Ich ging zum geschredderten Audi, notierte mir die Adresse des Safe House, dann schnappte ich mir den Schlüssel dafür und Sabines Tasche und ging zum BMW. Im Handschuhfach des Audi war auch eine Taschenlampe. Schwein muss man haben. Ich setzte den BMW gut fünfzig Meter zurück und leuchtete mir dann den Weg zu Sabine und Palokaj. Mich überfiel schlagartig der Gedanke, dass vermutlich noch sehr viel mehr Leute in dieser Sache drinhingen, als nur die drei Musketiere. Ich ging in Trab über, rief Sabine schon von Weitem Beruhigendes zu.

Was nicht viel brachte. Sie war total runter mit den Nerven jetzt. Kniete mit weit aufgerissenen Augen da, die Desert Eagle lag auf dem Boden, zu meinem nicht gerade kleinen Erschrecken fast in Reichweite von Palokaj, aber eben nur fast.

»Hast du geschossen? Wer hat geschossen? Was ist los? O Scheiße. Scheiße. Scheiße.« Sie geriet schon wieder in so eine Art Hyperventilation. Ich kniete mich vor sie und nahm sie in den Arm. Ich bin nicht geschickt in so was und rechnete damit, dass sie davon noch hysterischer würde. Aber was anderes fiel mir nicht ein. Und es ging gut. Sie drückte sich fest an mich und fing an zu weinen. Ich bin kein Seelenklempner, aber ich vermute, heulen ist auf jeden Fall besser als hysterisch herumschreien. Außer eine Kneipe zerdeppern vielleicht. Aber das war wohl nicht so Sabines Art.

Sie fühlte sich gut an. Das muss ich schon sagen. Und ihr Haar roch toll. Ich verbot mir jeden weiteren Gedanken in der Richtung, aber na ja. Nach einer Weile schluchzte sie nur noch leise.

»Es ist alles in Ordnung, Sabine. Die können uns nichts mehr tun. Aber wir müssen sofort weiter. Hörst du?«

»Aber … unser Auto?«

»Wir nehmen das von denen. Gut? Also, los.«

Sie nickte und schniefte. Palokaj sagte gar nichts, er ächzte nur, nachdem ich ihn vom Baum befreit, auf die Füße gezogen und dann wieder gefesselt hatte. Ich sammelte die Desert Eagle ein und schob ihn vor mir her. Wir gingen, jetzt mit Licht immerhin, zum BMW. Palokaj kam wieder auf den Rücksitz, mit einer Handschelle an der Tür. Ich blockierte das Öffnen von innen mit der Kindersicherung, und dann empfahl ich Sabine, die Augen zu schließen, bis ich ihr sagte, dass es gut wäre. Erst jetzt schaltete ich die Scheinwerfer ein und setzte den BMW zurück auf die Landstraße. The Edge und sein Kumpel lagen regungslos auf dem Weg. Sie gingen mich nichts mehr an, merkte ich. Guter Rubeck. Böser Rubeck.

»Kannst jetzt wieder gucken, alles okay.« Sabine tat, was ich sagte. Sie schüttelte sich unwillkürlich und legte den Kopf zurück.

»Ich muss was trinken.«

»Im Fußraum«, sagte ich und zeigte auch gleich drauf. Sabine nahm einen langen Zug aus der Wasserflasche, während wir den Horrorwald hinter uns ließen. Ich achtete auf Markierungsschilder, damit ich den Kollegen nachher eine vernünftige Ortsbeschreibung geben konnte. Ich hatte keine Ahnung, wer hier zuständig war, aber ich würde auf jeden Fall Can anrufen. Der würde alles Weitere in die Wege leiten. Und später, viel später, wenn etwas Ruhe war, würde ich mich bei Meyer-Becker und Nawrocki melden.

Am liebsten hätte ich den Punkt komplett übersprungen. Palokaj irgendwo an der Landstraße aus dem Auto werfen und mit Sabine ans Meer fahren, das wär's gewesen. Ich komme von da oben. Nicht ganz am Meer, aber nah dran. Das fehlt mir oft. Ich weiß bis heute nicht, warum ich mich nicht mal in den Norden habe versetzen lassen. Nach Frankfurt war ich ja wegen meiner Frau gegangen. Aber sie war dann noch vor Ablauf eines Jahres meine Ex-Frau geworden, und danach war ich eigentlich frei wie ein Vogel. Tja. Rätsel über Rätsel. Ein Psychologe könnte sich vermutlich Jahre mit mir beschäftigen. Aber letztlich denke ich, das trifft auf jeden zu. Jeder von uns besteht aus einem Haufen Probleme und Scheiße, die er hinter sich lassen will, aber nicht kann.

Würde Sabine überhaupt mit mir ans Meer wollen? Ich stellte mir vor, sie erzählt das jemandem am Telefon. »Du, ich hab da so einen Typ kennengelernt. Nicht hübsch, aber interessant. Ja. Nee, jung ist er auch nicht, aber er kommt noch die Treppen hoch. Der erste Tag mit ihm war verrückt. Er ist Bulle, ja, cool, nicht? Er kam ins Krankenhaus, da war ein Gangster, den wir versorgt hatten. Der Typ, also der Ruben, der war total lustig, wir haben uns unterhalten und dann hat er einen anderen Gangster, der auf den ersten aufpassen sollte, verprügelt. Ganz schön heftig. Mit einem Teleskopstock, ja. Irre. Und dann ist der erste Gangster durchgedreht und hat mit einer Pistole rumgefuchtelt, und dann hat Ruben den auch verdroschen. Und dann hat er mich gefragt, ob wir einen Ausflug machen wollen irgendwohin. Der erste Gangster, Ruben und ich. Ja. Süß, nä? Auf der Landstraße wollten uns dann drei Typen von der Straße holen, aber der Ruben, du, der kann vielleicht Auto fahren. Dann haben uns die Typen aber beschossen. Fies. Den Ruben bringt das aber nicht aus der Ruhe. Der hat die in den Wald gelockt und dann alle drei erschossen. Jaaaaa. Ist das nicht crazy? Ja, und jetzt hat er den ersten Gangster an der Raststätte rausgelassen und wir fahren ans Meer. Soooooo romantisch.«

Genau …

»Worüber lachst du?« Sabine klang fassungslos. Kann man ja verstehen.

»Sorry. Ich war gerade woanders. Ich glaub, ich bin echt fertig.«

Sie sagte eine Weile nichts. Hielt mir die Wasserflasche hin, und ich trank.

»Soll ich mal fahren? Wie weit ist es überhaupt noch?«

Wir rollten durch einen kleinen Ort. Es kam ein Hinweis auf Limburg. Ja, wie weit war es noch? Keine Ahnung, ich hatte die Adresse überhaupt nicht in das Navi eingegeben und keine Ahnung, wo wir hinmussten und ob ich auch nur einigermaßen in die richtige Richtung fuhr. Aber das war auch egal. Es gab nämlich keine richtige Richtung. Es gab nur eine falsche Richtung. Die falsche Richtung wäre, weiter in Richtung Safe House zu fahren. Denn irgendwoher mussten die Arschlöcher ja gewusst haben, wo wir langfuhren. Bei Nawrocki war was undicht. Der Superbulle hatte ein Leck im System und keine Ahnung. Das Safe House war unsafe. Die nächste Falle.

Ich musste mir etwas anderes ausdenken. Und das war nichts mehr für Sabine. Das ging über alles hinaus, was zu rechtfertigen war.

»Nicht mehr weit. Alles gut. Wir haben's gleich geschafft.«

Ich steuerte den BMW nach Limburg rein. Völlig tot, die Stadt. Keine Sau mehr unterwegs. War ja auch schon lange nach Mitternacht. Wir kurvten schweigend umher, bis ich endlich irgendwo ein einsames Taxi entdeckte. Ich lichthupte, und der Pilot war auf Zack. Hielt an.

Ich stieg aus, ging zu ihm und zeigte ihm meinen Dienstausweis. Der war auch nötig, ich an seiner Stelle hätte das Fenster nicht runtergelassen. Immerhin hatte ich es hingekriegt, mich nicht mit Blut vollzusauen. Der Fahrer war offensichtlich Pakistani oder Inder oder aus Bangladesh. Der hatte vermutlich ganz anderes erlebt.

»Machen Sie jetzt noch eine Fernfahrt?«

»Aber klar. Wo soll es denn hingehen?«

Leichter Akzent, aber gutes Deutsch und gute Laune. Ich dachte sofort an Sonne, Palmen, Elefanten. Und Singha Beer. O Mann, ich war echt im Arsch.

»Ich denke Frankfurt, aber das soll die Dame Ihnen sagen. Einen Moment.«

»Ich hab sonst nichts vor, Sir.« Er lachte. Das tat gut.

Ich ging zum BMW, öffnete die Fondtür und beugte mich zu Palokaj runter. Ich durchsuchte seine Jackentaschen, er rührte sich nicht, schaute mich nur an. In der linken Brusttasche hatte er Kohle. Ich zog einen dicken Packen Banknoten raus, von einer silbernen Klammer zusammengehalten. Die Kerle waren doch alle gleich. Ich zoppelte einen Fünfhunderter raus und noch mal zwei Hunderter extra. Er protestierte nicht.

Ich ging zur Beifahrertür und öffnete sie.

»Sabine. Hör zu. Stell jetzt keine Fragen. Nimm das Geld, steig in das Taxi und fahr zurück nach Frankfurt. Geh schlafen, ruh dich aus. Ich melde mich, sobald ich kann. Okay?«

Sie sah mich lange an. Dann griff sie ihre Tasche und das Geld und stieg aus. Blieb vor mir stehen. O Mann.

»Du bist okay, Ruben. Du bist ein Irrer und eine wandelnde Bombe, aber ich glaube, du bist okay. Das war der allerschlimmste Tag meines Lebens. Hoffe ich zumindest. Wenn einer kommt, der noch schlimmer ist, werde ich sterben.« Sie umarmte mich. Lange. Und dann bekam ich einen Kuss. Einen sehr besonderen Kuss. So einen hatte ich zuletzt von meiner Frau bekommen. Als sie meine Exfrau wurde. Es war kein romantischer Kuss. Es war einer, der sagte, wie schade es war, dass man es mit mir nicht aushalten konnte. Dass ich lieber auf mich aufpassen soll. Und vielleicht, ganz vielleicht könnte man ja mal in ein paar Jahren schauen, ob ich ein normaler Mensch geworden bin und ob man es eventuell noch mal versuchen kann. Es gibt Küsse, die all das sagen. Aber die sind selten. Der hier war so einer, und als er vorbei war, fühlte ich mich wie auf null gestellt.

»Untersteh dich, hier nicht heil rauszukommen, Ruben Rubeck. Und wenn du dann geduscht hast, ruf an.«

Ich sah dem Taxi nach, bis es um eine Ecke verschwunden war.

Palokaj hatte nach Wasser gefragt und sonst kein Wort gesprochen. Keine Frage gestellt. Nicht gemeckert. Der saß einfach da hinten und ließ die Dinge auf sich zukommen. Profi.

Wir gurkten ziellos über Landstraßen, grobe Richtung Marburg. Ich sah im Rückspiegel, dass Palokaj immer wieder einschlief und dann hochschreckte. Und dann wieder einschlief. Ich war auch hundemüde, völlig am Ende, aber ich hatte noch immer keine Idee, wie es weitergehen sollte.

Wir kamen wieder durch ein Waldstück. Da war ein Parkplatz für Wanderer. Ich fuhr den Wagen so weit wie möglich in die Deckung der Bäume und schaltete Motor und Licht aus. Es war sonderbar. Als der fast nicht hörbare Motor mit einem leisen Zittern erstarb und die Scheinwerfer verlöschten, hörte etwas auf. Fiel von mir ab. Ich war eigentlich keinen Schritt weiter, aber es fühlte sich für einen Augenblick an, als würde es hier einfach enden. Im Dunkeln, auf einem Waldparkplatz.

»Wir bleiben hier, Palokaj. Legen Sie sich ab und schlafen Sie.«

Er lachte, das ging in ein Husten über, dann faltete er sich gehorsam zusammen, und tatsächlich war er in zwei Minuten weg.

Ich schloss die Augen und ließ es eine Weile lang in meinem Kopf rauschen. Dann wählte ich Cans Nummer.

»Rubeck, was los?« Er klang verschlafen, aber er war schon nach zweimal Klingeln rangegangen.

»Can. Ich habe jetzt einen Riesenhaufen Scheiße für dich. Du musst mich vor nichts schützen und aus nichts raushauen, einfach nur deinen Job machen. Hast du was zu schreiben?«

Ich erzählte ihm so knapp wie möglich, was er wissen musste. Er blieb cool, aber ich konnte hören, dass es ihm nicht leichtfiel.

»Also ich schätz mal, da sind die Kollegen aus Limburg zuständig. Aber das ist ja wurscht. Ich kümmer mich um den Tatort. Dass da nix wegkommt. Aber du musst Meyer-Becker anrufen, und deinen Mystic Man. Du brauchst Deckung, was deinen Aufenthalt angeht. Sonst bist du flüchtig, das ist dir klar, Alter?«

»Ja. Ist klar. Ich ruf beide an. Jetzt. Wenn ich Meyer-Becker nicht erreiche, geb ich dir Bescheid, okay?«

»Okay.«

Wir schwiegen eine Weile.

»Rubeck?«

»Ja?«

»Wie geht's dir?«

»Wie soll's mir gehen, Can? Es geht. Muss ja.«

»Ja. Muss, Alter. Bleib tapfer.«

»Can?« Ich merkte, dass meine Stimme zittrig wurde. Ich musste ein paarmal tief ein- und ausatmen.

»Ja?«

»Danke, Alter.«

»Schon gut. Würdest du für mich auch machen. Oder?«

»Für dich? Nein. Wieso?« Ich lachte. Can lachte. Dann legten wir auf.

Kurz danach kam eine SMS.

*Würdste doch, Alter.*

Wenn ich der Typ wäre, der heult, dann wäre es jetzt so weit. Aber ich hatte noch zwei Anrufe vor mir. Bei Meyer-Becker klingelte es ziemlich lange, dann ging er ran.

»Chef? Rubeck hier.«

»Wie viel … warte mal … zwei Uhr zweiunddreißig. Scheiße. Was ist los?«

»Ich sehe irgendwie keine Möglichkeit, dir das schonend zu erklären.«

»Ich will es nicht wissen. Ich will nicht. Ruf Nawrocki an und erzähl es dem. Der soll sich kümmern, der hat das alles angerichtet, was immer es ist. Aber ich will es nicht wissen.«

Zuerst hatte er ganz leise gesprochen, zwischendurch mal gepresst, als er aufgestanden war, und dann hatte ich gehört, wie sich eine Tür schloss. Und seitdem redete er normale Lautstärke. Und jetzt redete er gar nicht mehr.

»Okay. Die Kurzversion. Ich hab es gerade schon Can Karakaç vom KDD durchgegeben. Der rückt gleich mit Kollegen aus. Ich müsste da, wo es passiert ist, eigentlich warten, aber das ging nicht. Sagen wir mal Gefahrenlage. Okay?«

Es raschelte, Meyer-Becker packte irgendwas aus und aß dann. Vermutlich Schokolade. Er ist Schokojunkie.

»Herrjeh, Rubeck …«

»Willst du es hören oder nicht?«

»Jemand verletzt?«

»Ja.«

»Schwer?«

»Tot.«

»So ein Mist.«

Ich sagte nichts.

»Was noch? Da ist noch was.«

»Es ist nicht nur einer. Es sind drei. Alle tot.«

Wieder Schweigen. Wieder Papierrascheln und Mampfen. Dann machte Meyer-Becker einen Laut, den ich so noch nie von ihm gehört hatte. Irgendwas zwischen Klagen und Husten.

»Schick mir die Nummer von Karakaç. Sofort. Und dann wirst du diesen jugoslawischen Gangster im Präsidium los. Und danach lieferst du dich selbst bei mir ab. Ist das klar?«

»Ja, Chef.«

»Keine Extratouren mehr. Es ist Schluss.«

»Ich rufe Nawrocki an.«

»Tu das. Und sag ihm, dass ich gesagt habe, dass Schluss ist.«

»Ja.«

»Verdammt noch mal, Rubeck. Ich hab's gewusst. Ich hab's von Anfang an gewusst. Das musste so kommen.«

Er legte auf.

Ich kramte nach den Roth-Händle. Eine rauchen. Dann noch einmal telefonieren. Und dann schlafen.

Ich drehte mich um, wollte Palokaj checken. Und kriegte einen Schreck, weil der mich starr anguckte. Ich war richtig erleichtert, als er blinzelte.

»Nawrocki? Ist Name?«

Ich nickte.

»Ist Polizist, ja?«

Ich nickte wieder.

»Sie arbeiten für Nawrocki?«

»Na ja, was Sie angeht, schon.«

Er schloss einen Moment die Augen.

»Warum haben Sie dann Kollegen getötet?«

»Wie Kollegen? Die waren doch keine Polizisten.«

»Doch. Auf jeden Fall waren früher Polizei. Arbeiten für Nawrocki. Schon in Kosovo für Nawrocki gearbeitet.«

Jetzt starrte ich Palokaj an.

»Was? Die Typen gehören zu Nawrocki?«

Er lächelte.

»Sie wissen nichts über Nawrocki, richtig? Sie keine Ahnung. Soll ich erzählen?«

Mir wurde schlagartig wieder übel.

»Ich muss erst rauchen.«

»Rauchen Sie. Mich nicht stört. Sie rauchen. Ich erzähle.«

Ich hatte große Mühe, mein Feuerzeug in Gang zu kriegen, so zitterten meine Finger.

## 1999

*»Fuck. So ein gottverdammter Scheißdreck, das gibt's doch nicht!« Mücke rastet schier aus. Bongo legt seine Hand auf Mückes Schulter, der hebt seine MP5.*

*»Ruhig bleiben, Alter, das bringt jetzt gar nichts.«*

*»Ich hab ihn, Bongo, ich kann ihn wegblasen.«*

*Bongo durchzuckt der übermächtige Wunsch, Mücke die Feuererlaubnis zu erteilen, aber da öffnet sich die Seitentür des Transporters und vier weitere Typen mit AK-47 steigen aus und stellen sich mitten auf die Straße.*

*»Nicht feuern, nicht feuern.« Bongo schreit es in Mückes Ohr, der belässt die Waffe im Anschlag.*

*»So eine Scheiße, verfickte Scheiße.«*

*»Waffe runter, Mücke. Jetzt.«*

*Mücke ist den Tränen nahe.*

*»Reiß dich zusammen, Mann. Waffe runter.«*

*Mücke senkt die MP5. Die Männer auf der Straße lachen.*

*»Wat is da los, Bongo?« Quitte aus dem Dunkel der Einfahrt.*

*»Wir stecken in der Scheiße, Quitte. Bis zum Hals. Geiselnahme. Unser Fahrer. Fünf Bewaffnete.«*

*»Fuck.«*

*»Ja.«*

*Aus dem Pulk der vier Männer tritt einer vor.*

*»Kommen raus. Alle. Langsam. Hände hoch. Jetzt.«*

*Bongo dreht sich zu Quitte um.*

»Ich seh keinen Ausweg, Quitte. Die schicken Entsatz aus dem Camp, vielleicht kommen die ja rechtzeitig. Wir können es hinziehen, das ist alles.«

Quitte nickt, er stöhnt. »Ich kann nicht aufstehen. Geht nicht.«

Bongo hebt den rechten Arm.

»Wir haben einen Verwundeten. Kann nicht gehen. One wounded. Can not walk.«

Der Mann winkt ab.

»Andere alle raus. Jetzt.«

»Okay, ihr habt es gehört, Jungs. Also alle aufstehen, langsam, Hände hoch.«

»Bongo ...«

»Speedy, ich hab jetzt das Kommando. Wir sind durch, keine Optionen mehr hier.«

»So ein Dreck.«

Speedy, Mücke und Bongo heben die Arme über den Kopf. Der Typ zeigt mit seiner Kalaschnikow auf die Hauswand.

»Da. Stehen. Los.«

Die anderen vier kommen dazu. Der Junge wird neben Bongo gestellt.

»Es tut mir leid, Herr Oberfeldwebel. Echt, ich ...«

»Quatsch. Da kannste nix für. Ist eben so. Kopf hoch. Wir kommen da schon raus.«

Die Kerle schubsen sie auseinander, sie müssen die Beine breit stellen und sich vornüber an die Wand stützen. Ihre Waffen werden eingesammelt, die Munition, alles an Ausrüstung. Auch das Funkgerät. Immer wieder werden sie geschlagen, getreten. Der Junge heult und kassiert Gelächter und Ohrfeigen. Einer ist in die Hofeinfahrt gegangen. Er ruft was auf Serbisch. Der Wortführer ruft etwas zurück. Alle lachen. Die Deutschen wissen, dass den Kerlen alles zuzutrauen ist. Völkerrecht ist denen hier so was von egal. Ob Serben oder Albaner, die geben sich alle nichts.

*Sie werden später nie darüber reden, aber jeder von ihnen hat auf einen Schuss in der Einfahrt gewartet. Aber der kommt nicht. Immerhin.*

*Dann von Ferne das Knattern eines Helikopters. Ein Motor heult auf, ein zweiter Wagen kommt um die Ecke, ein zerbeulter PKW. Der Wortführer zieht Bongo und Mücke von der Wand weg und zeigt auf die Durchfahrt. »Ihr holen Mann. Dann da.« Er zeigt auf den Transporter, dann stößt er Bongo den Lauf der AK-47 in den Bauch. »Schnell.« Er schaut unwillkürlich nach oben, und Bongo registriert, dass das Helikoptergeräusch näher kommt.*

*Bongo und Mücke laufen in die Einfahrt und heben Quitte hoch, der laut schreit. Sie legen ihn in den Transporter, Speedy und der Junge werden hinterhergeschubst. Ein Bewaffneter steigt mit ihnen hinten ein und schließt die Tür, zwei weitere nehmen vorn Platz. Die anderen schmeißen die erbeuteten Waffen und alles Zeug in den Kofferraum des PKW und steigen ein. Die Autos setzen sich in Bewegung.*

*»Zack. Wir können doch Zack nicht da liegen lassen.« Mücke boxt gegen die Tür, der Bewaffnete stößt ihm den Kolben seines Gewehrs in die Seite und brüllt etwas, das sie nicht verstehen. Natürlich nicht, aber sie wissen, was gemeint ist.*

*Bongo zeigt auf Quittes Bein.*

*»Muss helfen.« Er zieht den Zeigefinger immer wieder über seine Kehle und zeigt dann auf Quitte. »Gefährlich. Bein.«*

*Sie werden hin und her geworfen, die Autos fahren in halsbrecherischem Tempo durch die schmalen Straßen. Bongo zeigt auf eine Tasche an seiner Weste, auf der ein Aufnäher mit rotem Kreuz ist. Dann zeigt er vorsichtig auf eine kleine Taschenlampe, die in seinem Gürtel steckt. Der Typ nickt, Bongo nimmt die Lampe heraus, öffnet die Reißverschlusstasche und leuchtete so hinein, dass der Typ sehen kann, dass nur Sanitätsmaterial drin ist. Er nickt wieder.*

*Bongo gibt Mücke die Lampe und versorgt Quittes Bein so gut er kann. Reißt den Stoff auf, säubert die Wunde, legt einen Druckverband an. Gegen die Schmerzen haben sie nichts. Quittes Augen gehen aber immer wieder flatternd zu. Er wird vermutlich einfach ohnmächtig demnächst. Bongo und Mücke setzen sich nah zu ihm. Mücke hält Quittes Hand. Quitte, das Tier.*

*Die Kerle schreien sich an und zeigen nach oben. Der Heli ist tatsächlich sehr laut, muss direkt über ihnen sein. KFOR? Aber was können die machen? Die Lage ist komplex. Geiseln in zwei Autos, eine nicht überschaubare Zahl von Bewaffneten. Aber wenn das ihre Leute sind, haben die zumindest Fühlung. Sie verschwinden nicht im Nirwana.*

*Bongo ist jetzt Führer dieses Trupps, und sein Trupp ist in Gefangenschaft. Sie sind für so was ausgebildet worden, theoretisch. Jetzt ist es real. Und Bongo ist plötzlich nicht sicher, ob er gut genug ausgebildet ist für das hier. Er denkt in Endlosschleife »Warum-warum-warum?« und »Ab wann ist das schiefgelaufen, zur Hölle?« Und darauf gibt es nur eine vernünftige Antwort. Es muss von Anfang an schiefgelaufen sein, ohne dass sie es gemerkt haben. Ihr Scheißinformant hat sie da reingeritten. Niemand sonst. Der Wichser hatte sie verraten. Es gibt keine andere Erklärung.*

*Der winzige Konvoi rumpelt durch die Straßen. Bongo und die Kameraden haben Mühe sich festzuhalten. Quitte ist mittlerweile weggetreten, Bongo prüft immer wieder seinen Puls. Der Verband blutet nicht durch, das ist viel wert. Der Helikopter knattert immer noch über ihnen, und die Serben werden langsam nervös.*

*Und dann bremst der Fahrer so heftig ab, dass alle nach vorne fliegen. Es gibt zuerst einen, dann noch einen grellen Lichtblitz, es knallt ohrenbetäubend. Die Seitentür wird aufgerissen, Typen schreien auf Italienisch, drücken Bongo und die Jungs nach unten. Bongo sieht einen Arm mit einer Glock 17 über sich, die Glock befindet sich direkt vor dem Gesicht des Typen mit der AK-47, und der Kerl, dem die Glock gehört, zieht zweimal ab, worauf der Kopf des Serben rot explodiert und der Körper in den Sitz geworfen wird. Dann ziehen Kerle in blaugrauen Overalls und schwarzen Westen die Deutschen aus dem Auto und werfen sie auf den Boden. Schüsse. Noch mehr italienisches Geschrei.*

*Und dazwischen Englisch mit schwerem Akzent.*

*»Germans, heads down, keep calm. Carabinieri, KFOR, all good, all good.«*

*Bongo versucht, die anderen zu sehen. »Mücke, Mücke. Speedy.«*

*»Hier sind wir, Bongo, alles klar. Scheiße, die Spaghettis, wie geil.«*

*Mücke ist völlig hysterisch. Bongo sieht, wie zwei Carabinieri ihn auf den Boden pressen und auf ihn einreden, aber Mücke kreischt und heult nur noch. Speedy sitzt an den Transporter gelehnt, er hat den jungen Fahrer im Arm, ein Italiener redet auf den blonden Obergefreiten ein und streichelt seinen Kopf.*

*Quitte wird von zwei Mann auf einen Stretcher gepackt und weggetragen. Bongo hält den Arm von einem der Italiener fest und wartet, dass der ihn anguckt. Dann zeigt er auf seine eigene Beintasche, sagt: »Cigarets, please.« Der Italiener lacht, greift in die Tasche und zieht die Packung Roth-Händle raus, sie ist zerdrückt, aber er fischt eine heile Kippe für Bongo raus. Steckt sie in seinen Mund und gibt ihm Feuer. Bongo zieht, atmet den Rauch ein. Der Italiener hilft ihm, sich aufzusetzen.*

*»What's your name, eh?« Bongo fällt es einen Moment nicht ein, dann lacht er. »Mi chiamo Ruben. Ruben.« Sie haben ein paarmal Urlaub in Italien gemacht. Rom. Toskana. Sein Vater konnte Latein und Griechisch und hatte sich Italienisch selbst beigebracht.*

*Der Italiener haut ihm auf die Schuler. »Ah, tu parli italiano, bene, bene. Sono Giancarlo. Ciao Ruben.« Sie geben sich die Hand. Ruben zieht an der Zigarette, der besten Zigarette seines Lebens. Er schaut in den Himmel über Priština, an dem jetzt zaghaft ein neuer Tag heraufdämmert. Der Helikopter steht immer noch über ihnen, seine Rotoren scheinen sich ganz langsam zu drehen. Es sind drei, denkt Ruben, drei, das gibt's doch gar nicht, drei Rotoren.*

# 17

Ich hatte die Fenster vorne runtergefahren und das Schiebedach geöffnet. Der fette BMW war trotzdem die reinste Räucherkammer, weil auch draußen die Luft stand. Ich zog, hielt den Rauch in der Lunge, atmete ihn aus. Aschte aus dem Seitenfenster, drückte die Kippen an der Tür aus und ließ sie fallen. Trank den letzten Rest aus der Wasserflasche und zündete mir eine neue Roth-Händle an. All die verschissenen Bilder aus dem Kosovo vor Augen, während Palokaj erzählte.

Dass er natürlich nicht Kabashi sei. Dass die ganze Geschichte mit Kabashi nicht stimmte, es habe überhaupt nie einen Kabashi gegeben. Ich hab mir keine Namen gemerkt damals. Interessierte mich nicht. Wir haben Fotos gekriegt und uns Gesichter eingeprägt, damit man nicht dem falschen eine Schrotflinte vor den Bauch hielt oder die falsche Nase brach. Der Rest war mir immer scheißegal.

Ich kann mich nicht erinnern, wie der verfickte serbische Oberst hieß, den wir nie zu Gesicht gekriegt haben. Oder der Informant, der uns verraten hatte und wegen dem Zack verreckt war und Quitte nie wieder richtig laufen konnte. Polizisten der UNMIK, der UN-Interimsregierung, hatten den Typ eine Woche nach der Aktion tot in einem Graben gefunden. Er hatte auf dem Bauch gelegen, man hatte ihm in den Hinterkopf geschossen. Die Serben hatten seine Familie bedroht, wenn er ihnen nicht helfen würde, was hätte er machen sollen? Und sie hatten Wort gehalten. Die Familie blieb ungeschoren, bloß er hatte kein Gesicht mehr.

Wenn ich da drüben eines gelernt habe, dann, dass es »das Böse« nicht gibt. Es gibt Menschen, die Spaß an Grausamkeit entwickeln oder einfach die Notwendigkeit sehen, gezielt Gewalt anzuwenden. Aber es geht dabei immer ums Überleben. Oder Kohle. Oder Macht. Oder dass einer denkt, es ist »das Richtige«. Keiner denkt: »Ey, das ist voll krass böse, drei Generationen der Nachbarsfamilie in 'ne Scheune zu sperren und durch alle Fenster Handgranaten zu werfen. Das mach ich jetzt mal.« Wer das macht, sagt: »Geht nicht anders. Muss sein.« Ob der eine oder andere Spaß daran hat, wird man nie erfahren. Wer so etwas getan hat, wird immer lügen. Hatte er welchen, gibt er das nur denen gegenüber zu, die dasselbe gemacht haben. Und hatte er keinen, dann sagt er das nur Leuten, die ihn zur Rede stellen. Deswegen hat es für mich auch nie eine Rolle gespielt, ob einer Serbe war oder Albaner oder sonst was. Auf allen Seiten gab es arme Schweine und fiese Arschlöcher. Mich interessiert Schuld nicht. Wo kämen wir da hin?

Ich hab schon als Militärpolizist nie solche Fragen gestellt. Und als richtiger Bulle schon gar nicht. Ich musste nie entscheiden, ob einer irgendwas gemacht hatte oder nicht. Ich bekam den Auftrag, einen zu kaschen, und dann guckte ich, wie ich ihn kasche. Wenn er brav mitgeht, ist alles gut. Wenn er nicht will, sorge ich dafür, dass er macht, was ich sage. Mit Grundrechten und allem pipapo, klar, aber das heißt eben nicht unbedingt mit heilen Knochen. Selbst schuld. Ich lasse nie Zweifel daran, wer und was ich bin. Ich bin die kalte Faust des Rechts. Ha. Und so eine Faust hat keine Ahnung. Die wird geschlossen und haut zu. Punkt.

Jeder tut, was er glaubt, tun zu müssen. Und Palokaj war da keine Ausnahme. Er war Geschäftsmann. Und Killer. Er hatte für sich entschieden, mit Gewalt Geld zu verdienen. Er hatte keine Geduld für einen normalen Beruf und vielleicht auch von früh an einen Schaden im Getriebe. Er rechtfertigte nichts. Er entschuldigte nichts. Er erzählte mir nur, was er erzählen wollte, aber ich konnte mir gut vorstellen, dass das, was er mir erzählte, der Wahrheit entsprach. Zumindest einer Version der Wahrheit, die ich bei meinen nächsten Entscheidungen berücksichtigen musste.

»Wir haben Geschäft gemacht. Nawrocki und ich. Gute Geschäft. Für mich gut und für ihn gut.«

So hatte er angefangen. So fing es ja oft an. Beinahe war es mir zu blöd zu fragen, was für Geschäfte. War ja offensichtlich. Was für Geschäfte konnte ein Bulle mit einem Gangster machen? Er schützt den Gangster vor den anderen Bullen, und der Gangster bezahlt ihn dafür.

»Was für Geschäfte?«

Palokaj lachte leise, als freute er sich heute noch, ein wie gutes Geschäft der Deal mit Nawrocki damals gewesen war.

»Polizei guckt weg, ich bezahle. So ein Geschäft. Sagt mir, wann wird zu heiß irgendwo. Nawrocki bei UNMIK wichtige Polizist. Wusste immer Bescheid.«

»Special Team Six?«

»Special Team? Neeeein. Nicht Special Team. Nawrocki im Büro, weiß Bescheid Razzia, Kontrolle gegen Schmuggel. Klar, weiß auch, wann Special Team kommt. Aber kommt nicht zu mir.«

»Das Special Team sollte Sie nicht festnehmen?«

Palokaj schüttelte den Kopf.

»Nix festnehmen. So weit lasse ich nicht kommen.«

»Sie sind nicht abgehauen? Keine Handgranate? Keine Flucht mit dem Auto? Kein Unfall?«

Palokaj lachte wieder.

»Hat Nawrocki erzählt? Ja?« Er schlug sich auf die Schenkel, so komisch fand er das. Dann hörte er plötzlich auf zu lachen und hob seinen Finger. »Aber Nawrocki kommt zu mir mit Männern. Von Special Team, aber auch andere. Und droht mir. Wegen Geschäfte. Findet, er kriegt zu wenig, er will mehr, er muss seine Männer bezahlen. Und zeigt auf Special Team.«

Ich riss eine neue Packung Zigaretten auf. Mein Hals brannte vom Rauch.

»Bitte, kann ich auch Zigarette? Ich habe aufgehört schon Jahre, aber jetzt vielleicht guter Zeitpunkt.«

Wieder lachte er. Ich zündete eine an und gab sie ihm nach hinten. Er nahm sie mit der freien Hand, guckte sie an, grummelte irgendwas Albanisches und dann sog er daran. Er paffte bloß, aber er gluckste, so freute er sich am Qualm.

Über die UNMIK wurde viel geredet. Die Albaner haben sich über die beschwert, die Übergangsregierung sei serbenfreundlich. Und es hieß, es gebe Korruption. Was soll ich sagen? Ich war da als Soldat. Keine Sau besticht einen deutschen Soldaten. Vielleicht hätte ich ja was genommen, aber uns hat keiner was angeboten.

Nawrocki war auf jeden Fall ein linker Vogel, das stand für mich von Anfang an fest. Der hatte immer einen eigenen Zettel, so einer war das. Ob Nawrocki so weit ging, wie Palokaj behauptet, keine Ahnung. Es konnte mir auch egal sein. Nawrocki hatte auf jemanden gezeigt und gesagt, ich soll ihn schnappen. Dass es dabei nicht ganz nach den Regeln abging, störte mich nicht. Dass Palokaj ein Gangster war, daran gab es keinen Zweifel. Grund genug, ihn festzusetzen. Wenn Nawrocki ihn irgendeiner Gerechtigkeit zuführen wollte, hatte ich kein Problem damit.

Aber wenn ich dabei helfen sollte, irgendwas zu vertuschen, dann hatte er sich den Falschen ausgesucht.

»Und dann? Was haben Sie gemacht? Ihm mehr bezahlt?«

Palokaj zuckte mit den Achseln.

»Natürlich. Ich bin nicht verrückt. Er sagt, er weiß alles über mich, und er ist Polizei. Es war immer noch gutes Geschäft.« Er hielt mir die Kippe hin, er hatte aufgeraucht.

Ich ließ sein Fenster runter.

»Nach ein Jahr, Nawrocki geht nach Hause. Deutschland. Ich suche mir anderen Freund, ein Franzose. Mache Geschäft mit ihm.« Er hob beide Hände, wobei seine rechte nicht weit kam, weil sie ja an die Tür gefesselt war, und zog die Augenbrauen hoch. Lachte. Langsam nervte mich seine gute Laune. Ich hätte ihm gerne eine gedonnert, aber irgendwie machte das jetzt auch keinen Sinn.

»Und dann sind Sie hierhergekommen?«

»Ja. War gute Sache. Französischer Freund hat geholfen. Ich mache Kontakt neu zu Nawrocki. Nawrocki hilft auch. Weil ich weiß zu viel über ihn. So dreht sich Wind, nicht wahr?«

Er hustete, ein-, zweimal, dann wurde es ein richtiger Anfall. Hätte er mal nicht geraucht. Aber er war ja alt genug.

»Nawrocki sagt: Okay, aber nicht in meine Stadt. Mir egal. Hamburg auch gut. Gute Geschäfte. Gute Stadt. Luft am Meer gut für mich.« Er lachte wieder. Verdammt noch mal, wie lustig fand der das alles? Ich guckte in die Nacht, hörte in den Wald, rauchte. Schüttelte den Kopf.

»Und dann doch Frankfurt? Fanden Sie das plötzlich auch gut, oder wie?«

Palokaj zuckte mit den Achseln.

»Frankfurt sehr gute Geschäfte. Viele Partner hier. Ich sage Nawrocki, hilf mir in Frankfurt, ist gutes Geschäft auch für dich. Nawrocki sagt okay. Und dann in Bahnhofsviertel schickt Leute, schießen auf mich. Und dann kommen Sie.«

So einfach? Aber welche Rolle hatte ich in dem ganzen Scheißspiel?

»Und Ihr Bodyguard? Der war ein Bulle?«

»Ja. War Special Team. Arbeit mit Nawrocki auch. Aber sagt zu mir: Hör zu, Gani, du bist Business Man, du machst krumme Dinger, aber jeder weiß. Nawrocki und andere in UNMIK sagen, sie Polizei. Für Recht. Aber machen auch krumme Dinger. Ich arbeite lieber für dich.«

Wieder diese Mafia-Geste mit Marlon-Brando-Gesicht und dem Untertitel »Was soll ich machen?«

Es kotzte mich an. Es war doch völlig egal. Einer so korrupt wie der andere. Einer so skrupellos wie der andere. So war es immer. Ich nahm das Handy von der Ablage und wählte Nawrockis Nummer. Er ging gleich dran.

»Rubeck. Wo sind Sie?«

Der hatte schon wieder diesen Kommandoton drauf. Passte mir gar nicht.

»Ist doch scheißegal. Ich bin ohnehin gleich wieder unterwegs. Die Frage ist: Wo sind Sie? Ach halt, ich glaube, ich weiß es. Und da komme ich jetzt mal hin. Also, bis gleich.«

»Was … wie …?« Ihm entglitt die Stimme.

»Regen Sie sich nicht auf. Ich bringe Ihnen Palokaj. Und dann sind wir beide durch, und ich gehe nach Hause.«

Er wollte etwas anderes sagen, stammelte nur und sagte schließlich: »In Ordnung.«

Ich legte auf. Drehte mich zu Palokaj um.

»Ready to rumble, alte Drecksau?«

Der lachte nur.

Ich drehte das Radio auf, ein Oldie-Sender. Die hatten einen Freak an die Playlist gelassen, nur Blues. Genau richtig. Viel Slide-Guitar und sogar so Banjo-Zeugs.

Wir flogen über die dunklen Landstraßen, die Lady im Navi hatte ich stumm geschaltet, die Fenster waren offen. Ich guckte ab und zu auf den Bildschirm, das reichte.

Wir brauchten keine Dreiviertelstunde. Mir hätte das ja gleich einfallen können. Ein Safe House in der Pampa? Macht nicht viel Sinn. Da kommen zwar nicht so viele Leute vorbei, aber die bemerken doch jede Veränderung. Es stand ja nicht mitten im Wald. Eine Wohnung im Hochhaus, was Anonymes in der Innenstadt. Das macht Sinn. Da, wo es den Leuten völlig egal ist, was der Nachbar treibt ... Die Reifen des BMW machten ein schönes, sattes Geräusch, als sie auf den Kies in der Hofeinfahrt rollten. Standesgemäß, wenn nicht ich am Steuer sitzen würde.

Aus einem Fenster drang gedämpftes Licht. Ich blieb ein paar Minuten sitzen, um mir einen Überblick zu schaffen. Die SIG lag in meiner Hand, und die Hand lag auf meinem Oberschenkel. Draußen rührte sich nichts. Kein Empfangskomitee. Auch gut. Ich gab Palokaj den Schlüssel für die Handschellen. Als er sie aufgeschlossen hatte, nickte ich ihm im Rückspiegel zu und öffnete die Tür. Ging um den Wagen und machte die Tür hinten auf. Palokaj stand ächzend auf, streckte sich, dann packte ich ihn am Kragen und schob ihn vor mir her in Richtung Eingang.

Es war eine ziemlich große Hütte. Ein Landhaus, könnte man sagen, wenn man das heute noch sagte. So Försterei-Stil.

Ich griff in die Tasche und holte die Desert Eagle raus. Steckte sie Palokaj hinten in den Hosenbund. Der atmete tief ein.

Die Tür war offen.

»Nawrocki?«

Eine Treppe führte nach oben. Am Fuß, gleich rechts, ging die Tür zur Küche ab. Sie war leer und dunkel. Das Licht kam von hinten im Haus.

»Hey, Nawrocki, sind Sie eingepennt? Oder wollen Sie gleich ›Buh‹ rufen? Das wäre 'ne Scheißidee, ich habe meine Waffe in der Hand, und ich hab einen total miesen Abend hinter mir ...«

Ich war ziemlich fertig. Das merkte ich erst jetzt. In meinem Kopf schepperte jedes Wort, das ich sagte, noch mal nach. Meine Beine waren steif und wackelig. Ich schmeckte Eisen. Ich wäre gerne einfach umgefallen, aber die Figuren waren aufgestellt, und das Spiel wollte gespielt werden, egal wie beschissen es war.

»Nawrocki, wenn Sie nicht ganz friedlich aus Ihrem Loch kommen und mit mir vernünftig reden, fahr ich mit unserem albanischen Freund zurück nach Frankfurt und geb ihn bei meinem Chef ab. Dann können Sie das untereinander ausmachen, okay? Ich hab jetzt echt die Schnauze voll.«

Ein Schatten flackerte durch das Licht von hinten. Schritte.

»Kommen Sie rein.«

Ich nahm Palokaj wieder am Kragen. Er sträubte sich kurz, aber dann nickte er und ging los. Die Holzdielen knarrten. Ich linste um den Gangster herum ins Zimmer. Wie nennt man das? Rustikal. Eiche und so. Eine Schrankwand, eine Sitzgruppe samt Sofatisch. Lampenschirm. Daneben stand Nawrocki im tadellosen Anzug. Die P30 passte gut zum modernen Schnitt. Mir wurde kurz übel, vielleicht ballerte der jetzt einfach los. Aber nichts da, ich hatte ihn richtig eingeschätzt. Er würde versuchen, die Sache organisiert anzugehen. Er wollte sauber rauskommen. Gut für mich. Mir ist sauber egal.

Ich wartete mit Palokaj im Türrahmen. Nawrocki zuckte nicht mit der Wimper.

»Was ist los mit Ihnen, Nawrocki? Ich hatte eine scheiß Nacht, das können Sie mir glauben, und ich bringe Ihnen hier Ihren bösen Buben, und Sie bieten mir nicht mal 'nen Stuhl an, oder einen anständigen Drink?«

Nawrocki zeigte nur auf den groben Holztisch.

»Bitte.«

Wir tanzten alle auf Eiern zum Tisch und setzten uns.

»Sie haben ziemlich viel Staub aufgewirbelt, Rubeck. Ich habe Ihnen ja einiges zugetraut, aber drei Mann auf einen Streich, das ist schon eine reife Leistung.«

»Ach, konnten die Sie noch anrufen?«

»Blödsinn. Ich war dort. Ihr Chef, Meyer-Becker, hat mich informiert. Er war ein bisschen überrascht, dass Sie sich nicht bei mir gemeldet haben, aber er hat es sich fast nicht anmerken lassen.«

»Das waren Ihre Männer, Nawrocki. Ich geb zu, von allein wäre ich nicht drauf gekommen. Dass Sie mir Ihre eigenen Leute auf den Hals hetzen.«

Nawrocki guckte Palokaj an.

»Klassische Desinformationstaktik, nicht wahr? Nichts vergessen aus den guten alten Zeiten.«

Palokaj lächelte.

Nawrocki schüttelte den Kopf. »Rubeck, der Mann erzählt Ihnen alles Mögliche. Wie es ihm gerade nützt. Sie waren doch drüben. Sie haben das alles erlebt. Ich habe Sie doch nicht umsonst ausgesucht. Sie kennen die Lügen. Die Skrupellosigkeit. Das sind Tiere. Und wir bringen dieses Tier zur Strecke. Es ist nicht ganz so gelaufen, wie ich erwartet hatte, das gebe ich zu. Dass diese ... Typen Ihnen aufgelauert haben, das ist ... Meine Güte ...« Er nickte zu Palokaj. »Er hat schon immer seine Beziehungen gehabt. Schon im Kosovo. Er hat sie alle gekauft. Hat sie erpresst, bedroht.«

»Ja. Sie zum Beispiel hat er gekauft. Oder etwa nicht?«

Nawrocki schnaubte.

»Rubeck, lassen Sie sich doch nicht so einen Blödsinn erzählen. Geld. Ich bitte Sie. Ich bin Beamter im Höheren Dienst, ich verdiene genug. Ich komme aus einer gut situierten Familie. Dieses Haus hier ist eines von fünf Anwesen, die mir gehören. Alles geerbt.«

»Also kein Safe House?«

»Was? Nein, also kein offizielles. Das war zu Ihrem Schutz. Damit niemand einen Tipp kriegen kann.«

»Ja. Aber die drei Vögel hatten einen Tipp.«

»Ja. Leider. Ich denke, die wollten Palokaj befreien.«

»Tja. Und ich denke, die wollten Palokaj umlegen. Weil das nämlich meiner Meinung nach dieselben Kerle waren wie letzte Woche auf der Niddastraße. Und dass die ihren Job heute zu Ende bringen wollten, bei dem ich sie gestört habe. Der Ex-9er und Freund Palokaj sollten zum Schweigen gebracht werden, weil sie zu viel wussten. Über Sie.«

»Rubeck.«

»Rubeck am Arsch. Rubeck reicht's jetzt. Ja, Sie haben recht. Ich kenne die Lügen, und ich habe es satt. Sie lügen. Er lügt. Alle lügen. Und in dem scheiß Krieg wären wir wegen der ständigen Lügen fast alle drauf gegangen. Auf dieser beschissenen Straße im beschissenen Priština. Auf der Straße hätten wir gar nicht sein sollen. Aber unser Kommandeur wollte unbedingt beweisen, dass sein geiler Zugriffstrupp der Feldjägerkräfte genauso cool ist wie die harten Special Forces. Wie das KSK und die Kampfschwimmer. Wie die Gruppo di Intervento Speciale, die uns dann aus den verdammten Autos rausgebombt und rausgeschossen hat. Unserem Kommandeur hat es nämlich nicht gereicht, Oberst zu sein. Er wollte General werden. Und wissen Sie was? Es hat geklappt. Weil sie alles vertuscht haben. Sie haben uns das Ehrenkreuz für Tapferkeit an die Jacke gepinnt, und wir durften alle Berufssoldaten werden. Ach nein, Oberfeldwebel Kwiatkowski haben sie nach Hause geschickt, weil er nicht mehr ordentlich gehen konnte. Ich hab denen was geschissen.«

Zugegeben, das lief gerade etwas aus dem Ruder, aber ich hatte einmal angefangen, und jetzt war Schlussverkauf. Alles musste raus.

»Rubeck. Ich habe von Ihrem Fall gelesen. Deswegen bin ich doch auf Sie gekommen. Das war wie ein Zeichen.« Er beugte sich vor, sah mich beschwörend an. »Es ist bedauerlich, was da passiert ist, Rubeck, aber schuld waren nicht Ihre Vorgesetzten. Schuld waren die Serben. Und es hätten auch Albaner sein können, es hätte dieser Mann hier sein können. Weil die so sind. Alle. Und wir können es nicht zulassen, dass so einer wie der hier ungestraft seinen dreckigen Geschäften nachgeht.«

»Ein Zeichen? Echt? So vom Himmel? Ich weiß, was Sie aus meiner Akte gelesen haben. Dass ich blöd genug bin, Ihnen zu glauben, und durchgeknallt genug, im Zweifelsfalle den Typ hier für Sie umzulegen. Und die drei anderen Typen auch. Weil die nämlich zu viel über Sie wissen, genauso wie Palokaj. Und ich Vollidiot hab Ihnen den Gefallen auch noch getan. Aber um die drei Wichser tut es mir nicht leid, weil wenn die es an der Straßensperre geschafft hätten, hätten sie mich und eine völlig unschuldige Krankenschwester einfach umgelegt, oder? Hä? War das der Plan? Dass entweder ich alle Mitwisser kaltmache und dann von Ihnen erledigt werde? Oder dass die drei mich und Palokaj wegknallen, und Sie werden die dann irgendwie anders los?«

Nawrocki mahlte mit den Kiefern. Ich hob meine Waffe und hielt sie ihm direkt vors Gesicht.

»Ich sage Ihnen meinen Plan. Ich werde jetzt aufstehen und gehen. Durch diese Tür. Und dann steige ich in den Scheiß-BMW und fahre heim. Und morgen liefere ich mich bei meinem Boss ein. Was Sie machen, ist mir völlig egal.«

Ich stand auf.

Nawrocki pumpte.

»So kommen Sie nicht davon, Rubeck. Sie haben drei Männer erschossen. Polizeibeamte. Ja. Die Männer haben für mich gearbeitet. Das war eine hochkomplexe Undercover-Operation, das …«

»Bullshit. Das ist totaler Bullshit.« Ich brüllte. Tat gut. Ich ging langsam rückwärts Richtung Tür. »Es. Interessiert. Mich. Nicht. Capisce?«

Ich war am Türrahmen angekommen, Nawrocki achtete nicht mehr auf Palokaj, und der nutzte den Moment. Als die Desert Eagle sich an Nawrockis Schläfe drückte, machte ich mich bereit.

Es ging schnell.

Nawrocki hatte seine P30 auf ihn gerichtet und schoss. Die Desert Eagle belferte ebenfalls los. Beide krachten rückwärts vom Stuhl. Ich blieb stehen, die Waffe im Anschlag. Wartete.

Nichts rührte sich.

Eine dreiviertel Stunde später rollte ein ziviler VW Passat auf den Hof. Meyer-Becker und Can Karakaç. Ich saß auf den Treppenstufen vorm Eingang.

Die beiden Kollegen gingen ins Haus. Blieben eine Weile. Kamen wieder raus. Setzten sich neben mich. Links und rechts.

Meyer-Becker räusperte sich.

»Die Typen da im Wald ... die waren aus seiner Abteilung. Ex-GSG-9, alle. Waren im Kosovo. Nawrocki auch, aber er war nicht beim Special Team Six. Er hatte einen Job bei der UNMIK. Und es gab Vorwürfe. Er wurde vom Posten abgelöst. Genaueres weiß man nicht. Die Sache ist im Sand verlaufen.« Meyer-Becker holte tief Luft. Er sah mich von der Seite an. »War wohl alles ziemlich unübersichtlich da unten, wie?«

Ich nickte.

Der Himmel hatte sich rosa verfärbt.

»Gibst du mir deine Waffe, Alter?«

Ich gab sie Can.

»Hast du da drinnen geschossen?«

Ich schüttelte den Kopf.

Can nickte. Im nächsten Moment holte er aus und hämmerte mir seinen Ellenbogen gegen die Nase. Ich kippte einfach nach hinten um und blieb mit offenen Augen liegen. Höllische Schmerzen, aber ich hatte keine Kraft mehr zu schreien.

Meyer-Becker atmete ein. Hielt die Luft eine Weile, dann stieß er sie aus.

»Kollege Karakaç kann mich ja berichtigen, aber so wie ich das sehe, ist da drin Folgendes passiert. Du wolltest Palokaj verabredungsgemäß an den Kollegen Nawrocki übergeben. Damit hatte ich dich auch beauftragt. Palokaj hat dir eine gezimmert und sich der Desert Eagle bemächtigt, die du unvorsichtigerweise am Mann getragen hast. Nawrocki kam zu Hilfe und hat auf Palokaj geschossen, der wiederum auf Nawrocki geschossen hat. Bumm-bumm.«

Ich merkte, dass etwas Dunkles, Grollendes aus meinem Magen aufstieg. Und mein Herz sich zusammenzog. Ich rappelte mich auf, fummelte eine Kippe aus der Packung und zündete sie an.

»Ja, genau so war's.« Mit jedem Wort eine Rauchwolke.

»Dann rufe ich mal die Kollegen, die dürften gerade am anderen Tatort alles zusammenpacken.«

Ich legte den Kopf in den Nacken. Schaute in den Himmel.

Kein Helikopter.

Einfach nur Himmel.

Roter Himmel.